그곳에는 새로운 인생이 있다

그곳에는 새로운 인생이 있다

초판인쇄 2005. 3. 10.
초판발행 2005. 3. 12.

글 · 사진 육성철
편 집 홍석봉, 정지희, 안명희
마 케 팅 이태준
펴 낸 이 강준우
관 리 김수연
디 자 인 김정현
펴 낸 곳 인물과사상사

등 록 1998. 3. 11(가제17-204호)
주 소 서울시 강동구 성내동 533-1 영우빌딩 3층
전 화 02) 471 - 4439
팩 스 02) 474 - 1413
우 편 134 - 600 서울 강동우체국 사서함 164호

E-mail insa@inmul.co.kr
홈페이지 http://www.inmul.co.kr

값 11,000원

ISBN 89 - 5906 - 006 - 2 03810

파손된 책은 교환해 드립니다.

백두대간 종주기

그곳에는 새로운 인생이 있다

글 · 사진 | 육성철

머리말

2003년 가을 지리산을 출발한 지 15개월 여 만에 향로봉에 도착했다. 걸어온 길보다 가야 할 길이 더 많이 남아 있었지만 나는 걸음을 멈추고야 말았다. 향로봉 전망대에서 금강산은 손에 잡힐 만큼 가까이 있다. 굳이 금강산이 목표라면 동해 바다를 넘나드는 유람선에 몸을 의탁할 수도 있고, 얼마 전부터 시작된 육로 관광을 이용할 수도 있다. 그러나 나는 그 길을 가지 않았다. 녹슨 철조망을 걷어내고 끊어진 허리를 보듬는 여정이 아니라면 백두대간은 그 진정성을 회복할 수 없다고 믿기 때문이다.

내가 백두대간을 종주하는 사이에도 백두대간에서는 많은 일들이 일어났다. 우선 우여곡절 끝에 통과된 '백두대간보호에관한법률'에 대해 지방자치단체들이 거세게 반발하면서 법률의 제정 취지를 무색케 하는 보호구역 축소 현상이 곳곳에서 나타나고 있다. 그런가 하면 영남지방에선 재선충이 급속도로 퍼지면서 소나무의 씨가 마르기 시작했고, 국립공원 주변에서는 대규모 토목공사와 위락시설을 둘러싼 환경파괴 논란이 끊이지 않았으며, 국토연구원은 위성영상과 첨단 지리정보시스템(GPS)을 활용해 백두대간의 연속성을 과학적으로 입증해내는 쾌거를 이루었다.

백두대간에 대한 일반인의 관심 또한 커지고 있다. 전국적으로 백두대간 종주가 붐을 형성하고 있으며 매스컴에서도 심심치 않게 백두대간과 관련한 이슈를 다루고 있다. 이렇듯 하마터면 우리의 기억 속에서 영원히 잊혀질 뻔했던 백두대간 개념이 짧은 시간에 대중화된 것은 분명 반가운 일이다.

하지만 백두대간이 민족의 전통적 지리체계로서의 원형을 회복하기 위해서는 앞으로도 풀어야할 숙제가 많다. 우선 시급한 과제는 백두대간의 무분별한 훼손을 저지하고 백두대간을 중심으로 형성된 사회문화적 생활공동체의 근간을 유지하는 것이요, 장기적으로는 백두대간의 이론적 완결성을 강화하고 남북의 마루금을 한 묶음으로 연결하는 것이다. 백두대간을 복원하는 일이 환경운동을 넘어 민족 동질성 회복운동에까지 이어지는 까닭이 여기에 있다.

나는 백두대간 종주를 계획하면서 나보다 먼저 백두대간을 걸어간 사람들의 글을 거의 다 찾아서 읽었다. 그중에는 마루금도 불분명했던 시절 일일이 나침반 눈금을 확인해가며 표지를 단 사람도 있었고, 독특한 관점에서 백두대간을 새롭게 해석한 책도 있었다. 나는 그분들이 축적해 놓은 자료가 있었기에 한결 여유롭게 백두대간을 바라볼 수 있었다. 이 지면을 빌어 선배 산꾼들의 노고에 진심으로 감사드린다.

다만 한 가지 내가 여러 산꾼들의 종주기를 읽으며 아쉽게 여겼던 것은, 백두대간을 우리의 일상으로 좀 더 가깝게 끌어들이지 못한 점이었다.

그런 이유로 나는 백두대간을 단순한 산줄기로 바라보고 싶지 않았다. 가능하면 백두대간 주변의 역사와 문화, 인간과 환경이 서로 부대끼는 현상을 열린 마음으로 바라보고자 했다. 또한 산행과 더불어 유적지를 둘러보고 산촌 마을의 지킴이들에게도 눈길을 돌렸다. 백두대간에서 마주친 이 땅의 사람들은 하나같이 따뜻한 마음으로 초보 산꾼을 품어주었고, 어느 순간 나는 이 땅을 진심으로 사랑하고 있음을 깨달았다.

사람들은 백두대간 하면 상당한 부담을 갖는다. 그것은 백두대간이라는 단어를 떠올리는 순간 수백 킬로미터에 달하는 어마어마한 산줄기를 함께 연상하기 때문이다. 나는 이런 분들에게 백두대간에 대한 새로운 접근법을 제공하고 싶었다. 때로는 가족과 함께 백두대간 주변의 문화유산을 둘러보고, 때로는 산 아래 계곡에 발을 담근 채로 산세를 살필 수 있는 기회를 드리고 싶었다. 그래서 나는 기회가 되는 대로 가족과 함께 여행을 떠났고, 지인들을 일부 구간에 초대하기도 했다.

돌이켜 보면 백두대간에서 내딛은 한 걸음 한 걸음이 더없이 소중한 감동의 연속이었다. 백두대간에는 격동의 현대사 속에서 이름 없이 쓰러져간 민초들의 한이 담겨 있었고, 고단한 살림살이를 정직하게 일궈나가는 일꾼들의 땀이 묻어 있었고, 유비쿼터스 문명이 판치는 시대에도 불구하고 아날로그식 삶을 고집하는 사람들의 멋이 배어 있었다.

이제 나는 백두대간에서 얻은 경험을 보다 많은 사람들에게 전하고자 한다. 감히 단언하건대 누구든 백두대간을 겸손한 마음으로 걷는다면, 이 땅을 새로운 눈으로 바라보게 될 것이다.

백두대간을 새롭게 종주할 사람들에게 한 가지 당부하고 싶은 것이 있다. 산을 그냥 산으로만 바라보지 말라는 것이다. 우리 민족에게 산의 의미는 서양의 개념과는 다른 것이었다. 산은 삶의 일부였고, 죽어서 묻히는 곳이었다. 또한 산은 수많은 역사의 수레바퀴를 돌려놓은 현장이었고, 찬란한 문화를 꽃피운 보물창고였다. 백두대간 마루금을 걸으면서 산의 기운을 함부로 거스르지 않았던 우리 조상들의 심성을 되새겨보고 우리가 물려받은 소중한 자산을 어떻게 가꿀 것인가를 진지하게 고민해볼 수 있다면, 백두대간 종주의 의미는 한 단계 진일보할 것임에 분명하다.

이 책은 모두 15장으로 구성돼 있다. 백두대간은 보는 시각에 따라 다양한 형태로 나뉠 수 있으나, 나는 그런 형식에 얽매이지 않고 발길이 닿는 지점에서 글의 마디를 끊었다. 나 또한 전문 산꾼이 아닌 여행 마니아일 뿐이기에, 나의 종주기는 부담 없이 대간 길을 걷고 싶은 사람들에게 좋은 벗이 될 것으로 믿어 의심치 않는다. 아무쪼록 이 글이 이 땅의 아름다움을 재발견하고 그 속에서 새긴 마음을 널리 퍼트릴 사람들에게 한 알의 홀씨로 인식되기를 빈다.

끝으로 이 책이 나오기까지 도움을 주신 분들에게 고마운 마음을 전하고 싶다. 백두대간 종주를 지원해 준 국립공원관리공단과 육군본부, 불교계 관계자 여러분, 단순한 산행일지로 끝날 수도 있었던 글을 종주기로 격상시켜 연재의 기회를 준 월간『신동아』편집부, 졸고의 출판을 위해 세심한 배려를 기울여주신 도서출판 인물과사상사, 마지막으로 오랜 시간 책임을 다하지 못한 남편을 이해하고 배려해준 아내에게 감사드린다.

이제 이 책을 세상으로 내보내며 나는 잠시 백두대간을 잊어버릴 생각이다. 당분간은 백두대간 마루금을 기억 속에서 지우고 생각나는 대로 집 근처의 뒷동산부터 드나들까 한다. 그렇게 이 땅의 구석구석을 보듬다가 백두대간이 몸서리치게 그리워지면 다시 한번 짐을 꾸릴 지도 모르겠다. 아무쪼록 두 번째 종주는 향로봉에서 그치는 반쪽 여정이 아니라 백두산까지 이어지는 진정한 의미의 종주였으면 하는 마음 간절하다. 아들과 함께 그 길을 걷을 수 있다면 더 이상 바랄 것이 없겠다.

2005년 2월 육성철

차례

바람, 운해, 심산계곡 그리고 '달력 속의 풍경' 11
[천왕봉에서 성삼재까지]

"산 잘 타는 놈은 숲에서 죽고, 헤엄 잘 치는 놈은 물에서 죽는다네" 27
[성삼재에서 복성이재까지]

장엄한 해돋이, 드넓은 구름바다… '산은 보일 때 걸어야 제 맛이다' 41
[복성이재에서 빼재까지]

산에서 배운 것은 오직 하나, 넓고 큰마음이었으니… 58
[빼재에서 삼도봉까지]

바람도 구름도 쉬어가는 추풍령, 굽이마다 한 많은 사연 77
[삼도봉에서 작점고개까지]

세조 따라 걸으니 견훤이 막아서고… 긴 세월 켜켜이 쌓인 역사와 전설 94
[작점고개에서 늘재까지]

"문경새재는 웬 고갠가, 구부야 구부 구부가 눈물이 난다" 112
[늘재에서 문경새재까지]

라일락 향기, 철쭉꽃 잔향 "산마다 냄새가 다르다오" 133
[문경새재에서 싸리재까지]

백리에 구불구불 구름 사이 솟고, 하늘과 땅이 만든 형국 억척일세 150
[싸리재에서 고치령까지]

기원전 천제(天祭)의 역사 간직한 하늘과 구름 그리고 숲 167
[고치령에서 댓재까지]

벌거벗고 신음하는 대간마루, 동해 푸른 파도가 달래주나 186
[댓재에서 삽당령까지]

"산은 벗고 걸어야 제 맛, 한번 훌훌 벗고 걸어보시게" 204
[삽당령에서 진고개까지]

설악산 공룡능선에 단풍드니 가을 나그네 바빠진다 221
[진고개에서 한계령까지]

금강산이 어드메뇨, 바위들의 축제 속에 설악 삼매경 빠져든다 240
[한계령에서 미시령까지]

비바람, 눈보라에 바랜 향로봉… 나그네 발길 묶는 녹슨 철조망 263
[미시령에서 향로봉까지]

에필로그 277

바람, 운해, 심산계곡 그리고 '달력 속의 풍경'

천왕봉에서 성삼재까지

백두대간(白頭大幹)은 조선 영조 때 여암 신경준이 편찬한 것으로 전해지는 『여지편람』의 『산경표(山經表)』에 등장하는 명칭이다. 이에 따르면 백두산에서 지리산으로 내려오는 산줄기가 백두대간이고, 백두대간의 끝을 이어주는 것이 정간(正幹), 백두대간에서 뻗어 나온 가지들이 정맥(正脈)이다. 결국 산경표는 한반도를 1대간 1정간 13정맥으로 설명하고 있는 셈이다.

중 · 고등학교 시절 지리 수업을 열심히 들은 사람이라면 이러한 체계에 어리둥절할 것이다. 태백산맥과 낭림산맥이 우리 국토의 등줄기라고 외웠던 사람들에게, 지리산은 백두대간이 아닌 소백산맥의 끄트머리에 위치한 준봉일 뿐이기 때문이다(일제시대 일본의 지리학자와 지질학자들이 한국의 산맥을 거론하면서 한 목소리로 태백산맥과 소백산맥을 강조한 것은 과연 우연의 일치일까?).

아무튼 산맥을 중심으로 한반도의 지형을 파악하는 이론은 일제시대를 거치며 학계의 주류로 등장했고, 이에 대한 반대급부의 논리로서 산경표의 백두대간 체계는 태생적으로 민족적 자존심을 내포하게 됐다. 1980년대 민족사학의 르네상스와 더불어 백두대간이 새롭게 주목받은 것이나, 역사의 자주성을 중시하는 재야 사학자들이 백두대간의 복원에 힘을 실어주고 있는 것이 단적인 예다.

백두대간의 세부 구간에 대해서는 의견이 분분하다. 짧게는 20여 개 구간에서부터 길게는 50여 개 구간으로 나뉘기도 한다. 나는 이 가운데 강승기 선생이 구분한 44구간을 중심으로 종주에 나서고자 한다. 강승기 선생은 1995년부터 2001년 사이에 남한 땅에 있는 대간과 정간 그리고 정맥을 모두 종주한 산악인으로, 특히 산경표를 신봉한다.

개천절 오후, 지리산으로 떠나다

나는 2003년 10월 3일 개천절, 백두대간 종주를 시작했다. 왜 하필 개천절인가? 특별한 이유는 없다. 내가 현재 몸담고 있는 국가 기관의 국정감사가 전날(2일) 끝나 마음이 홀가분해졌고, 조금 더 늦추면 가을철 국립공원 입산 통제기간에 발목이 잡힐 것 같아 부득이 휴일 오후에 짐을 꾸린 것이다.

확실히 요즘은 지리산으로 가는 길이 편해졌다. 몇 년 전만 해도 전라선 막차에 몸을 실어야만 아침 일찍 지리산에 오를 수 있었지만, 요즘은 백무동이나 중산리로 직접 들어가는 버스가 수시로 있다. 특히 대전에서 통영까지 새롭게 뚫린 고속도로는 지리산을 한결 가깝게 끌어들였다.

'어리석은 사람이 머무르면 지혜를 얻어 달라지는 산' 이라는 뜻을

지리산 천왕봉. 지리산 천왕봉은 설악산 대청봉과 더불어 한국인들이 가장 즐겨 찾는 명소다. 정상 표지석에는 '한국인의 기상 여기서 발원되다'라는 문구가 새겨져 있다.

가진 지리산(智異山)은 예로부터 다양한 이름으로 불렸다. 백두산이 반도를 타고 이곳까지 이어졌다는 두류산(頭流山), 한라산 · 금강산과 함께 신선이 사는 세 개의 산이라는 의미의 삼신산(三神山), '큰스님의 처소'라는 뜻을 가진 방장산(方丈山) 등이 그것이다. 이름에서도 알 수 있는 것처럼 우리 민족은 지리산에 산 이상의 의미를 부여해왔다.

지리산은 전라남 · 북도와 경상남도 등 3개 도, 5개 시 · 군(구례 · 남원 · 하동 · 산청 · 함양)에 걸쳐 드넓게 펼쳐진 산이다. 넓이로는 1억 3천만 평이나 되고 둘레로는 무려 800여 리에 달한다. 지리산의 정상인 천왕봉은 한라산을 제외하면 남한에서 가장 높을 뿐 아니라, 지리산 자락에는 1000m가 넘는 봉우리만도 20여 개에 이른다. 그다지 화려하지 않으면서도 묘한 매력으로 마니아들을 유혹하는 산, 남한 최대의 산이면서도 늘 어머니 품처럼 따뜻하게 품어주는 산. 한국인은 그런 이유로 이 지리산을 그토록 사랑하는 것이 아닐까?

오후 7시 30분 중산리에 도착했다. 중산리는 지리산을 가장 빨리 오를 수 있는 곳이자 백두대간의 출발점이다. 이곳에서 20여 년째 지리산국립공원 관리사무소에 근무하고 있는 주성근 계장을 만났다. 주 계장과는 지리산을 드나들며 벌써 수 년째 인연을 맺어온 사이다. 세상만사가 다 그렇겠지만 뭔가에 20년 이상 몰두하면 도가 트이고 마음으로 사랑하기 마련인가 보다. 주 계장은 소주잔을 비우자마자 국립공원에 대한 걱정부터 털어놓는다.

"국립공원을 관리하는 데 있어 선진국과 한국의 차이가 뭔지 아세요? 외국은 있는 그대로 놔두는데, 한국은 길을 막고 파헤치고 난리법석을 떨거든요. 홍수가 나서 둑이 무너진다고 시멘트로 다 발라버리면 그건 이미 자연이 아닙니다. 차라리 그 돈으로 주변의 땅을 사들여서 그냥 내버려두는 거예요. 그래야 미생물이 자라고 다람쥐나 노루가 내려오지 않겠습니까?"

천왕봉에 오르다

주 계장의 얘기를 듣다 보면 시간 가는 줄 모른다. 지리산에 사는 기인들이며 지리산에 미친 사람들에 대한 무용담을 끝없이 풀어놓기 때문이다. 나도 지리산이라면 수십 번 들락거리며 웬만한 코스는 다 밟아보았지만, 주 계장 앞에서는 입을 다문다. 그에 따르면 "계절마다 시간마다 산의 모습이 다르고, 올라갈 때와 내려올 때의 느낌이 다르니, 다니고 다녀도 모르는 게 지리산"이라는 거다. 이런 까닭에 지리산에 깊이 취한 사람일수록 말을 아끼는지도 모를 일이다.

10월 4일. 일찌감치 민박집을 나섰다. 새벽 하늘엔 별들이 총총히 박혀 있다. 중산리 매표소 앞에서 간단히 요기를 하고 지리산국립공원으로 들어섰다. 산악회에서 단체로 온 듯싶은 수십 명의 등산객들

지리산 천왕봉에서 바라본 풍경. 천왕봉은 일출로도 유명하지만 남도 땅을 시원하게 굽어보는 조망이 일품이다.

이 랜턴을 비추며 내 앞을 지나쳐갔다. 뒤를 돌아다보니 그보다 더 긴 행렬이 바쁜 걸음으로 따라붙고 있었다.

중산리에서 천왕봉(해발 1915m)에 오르는 코스는 크게 세 갈래. 가장 긴 길이 대원사에서 치발목을 거쳐 써리봉·중봉을 밟는 코스이고, 중간 길이 순두류 아지트를 경유하는 코스이다. 가장 짧은 길은 칼바위를 지나 직접 정상으로 가는 코스다. 나는 이 가운데 최단거리를 택했다. 해가 저물기 전에 막차를 타려면 서둘러야 했기 때문이다.

아침 9시. 산행을 시작한 지 2시간 30분 만에 천왕봉에 도착했다. 예정보다 30분 정도 빠른 속도였다. 앞서 가던 산악회원들이 워낙 빨리 걸어서 거기에 보조를 맞추다 보니 당초 계획보다 일찍 정상에 오른 것이다.

사람들은 천왕봉 하면 일출에 대한 감회를 앞세운다. 그중 압권은 역시 "3대가 공을 쌓아야만 천왕봉 일출을 감상할 수 있다"는 말이다. 그만큼 지리산에서 맑은 일출을 보기가 어렵다는 뜻이리라. 하지만 지리산 천왕봉을 단지 일출만으로 평가한다면 이는 숲을 보지 못하고 나무만 바라보는 격이라 할 수 있다. 비 개인 오후 천왕봉에서 바라보는 운해와, 눈보라 날리는 천왕봉에서 굽어보는 조망도 기막힌 절경이다. 어디 그뿐이랴. 천왕봉은 흐리면 흐린 대로 궂으면 궂은 대로 나름의 풍모를 보여준다. 단언컨대 천왕봉은 일단 오르기만 하면 본전 이상을 건질 수 있는 곳이다.

천왕봉에서 장터목으로 가는 길은 겨울에 걸어야 제 맛이다. 머리 위로는 눈 터널이고, 허리 아래로는 무릎까지 빠지는 눈밭이다. 나는 친구들에게 이 길을 가리켜 '달력 속의 풍경'이라고 말하곤 하는데, 앞서 걷는 사람이 눈 속으로 사라졌다가 나타나는 장면이 수없이 되풀이되기 때문이다. 그러니 달력 속의 주인공이 되고 싶거든, 겨울에 이 코스를 걸어보라고 권하고 싶다.

9시 40분. 장터목 산장은 수백 명의 인파로 북적였다. 해가 중천에 떴는데도 땅바닥에 비닐을 깔고 누워 비박(야숙)을 하고 있는 청년들이 보인다. 산에 처음 오른 사람들은 비박하는 사람들을 불쌍히 여기기도 하지만, 정말 산에 미친 사람들은 산장에 자리가 나도 비박을 고집하곤 한다. 다만 비박은 늘 위험을 안고 있다는 점을 명심해야 한다. 안전한 장소, 철저한 장비, 튼튼한 체력 등이 갖춰지지 않았다면, 비박은 절대 금물이다.

장터목에서 세석산장으로 가는 길에선 무엇보다 바람을 즐겨야 한다. 아마도 지리산 종주 능선 가운데 이 코스의 바람이 가장 맵고 사나울 것이다. 나의 친구는 언젠가 이 길을 걸으면서 "돌멩이가 날아다닌다"고 말한 일도 있는데, 정말 어떤 때는 몸이 날아갈 듯한 기분이 들기도 한다. 세석평전을 코앞에 두고 가파르게 올라서면 촛대봉(해발 1703m)에 이르게 되는데, 이곳에서는 지리산의 주 능선을 한눈에 조망할 수 있다.

'지리산 공비 토벌 루트 안내도'

최근 몇 년 사이 지리산 주변 지방자치단체들은 경쟁적으로 빨치산 상품화 작업에 나섰다. 이런 탓에 지리산 입구마다 당시 빨치산들이 쓰던 장비가 진열돼 있는가 하면, 수많은 공비 토벌 루트 안내판이 들어섰다. 이 가운데 중산리 입구의 기념관이 가장 두드러지는데, 승자의 역사만을 일면적으로 기록해놓은 것 같아 안타까울 따름이다. 그나마 역사의 객관성을 감안한 '물건'을 하나 고르자면, 바로 벽소령의 '입간판'이 아닌가 한다.

지리산은 우리 민족의 기상과 혼, 애환이 담긴 명산이다. 해방 이후 현대사의 아픔을 간직한 빨치산의 의미를 되새기며, 분단의 아픈 현실과 이데올로기를 벗어나 빨치산과 토벌대의 투쟁 현장을 함께 찾아가 보자.

세석평전에서 벽소령으로 가는 길은 지리산 빨치산들이 가장 처절하게 싸웠던 현장이다. 먼저 세석평전에서 대성골로 이어지는 계곡은 최후 격전지로 유명하고, 벽소령에서 의신마을로 내려가는 빗점골은 지리산 유격대 총사령관이었던 이현상의 아지트로 알려져 있다. 대성골과 빗점골은 찾는 사람이 적어서 일단 산에 들어서면 능선에 오를 때까지 혼자서 산행할 수도 있다. 그렇다고 고독을 즐긴답시고 함부로 찾아갈 일은 아니다. 지리산국립공원 관계자에 따르면 이곳은 뱀도 많고 반달곰이 자주 출몰하는 코스라고 한다.

오후 2시. 벽소령에서 늦은 점심을 먹고 음정골로 이어지는 옛 군사도로를 따라 하산을 시작했다. 음정골은 벌꿀로 유명한 곳인데, 몇 해 전 물난리가 나서 주민들이 큰 피해를 당했다. 지리산 주능선에서 음정골을 내려다보면 상하로 길게 늘어선 줄무늬가 나타나는데, 이것이 바로 산사태의 흔적이다. 음정골로 가까이 갈수록 수마의 상처는 더욱 처절해 보였다. 아직까지도 다리가 끊겨 있고, 나무는 쓰러져 있다. 이 때문에 예전 같으면 마을에서 곧바로 버스를 탈 수 있었지만, 요즘은 아스팔트 길을 한참이나 더 걸어가야만 한다.

같은 길이지만 다른 길

10월 11일. 1주일 만에 다시 배낭을 챙겼다. 이번엔 동서울터미널에서 백무동행 버스를 타고 중간 기착지인 마천에서 내렸다. 마천은 음정골로 가는 입구로, 지난주에 내려온 길을 거슬러 올라가고자 이 코스를 택한 것이다. 이곳에서 하차한 이유는 더 있다. 바로 마천에서만 맛볼 수 있는 '원조 소문난 자장' 생각이 났기 때문이다. 이 중국집의 사장 겸 주방장은 팔이 하나 없는 분인데, 한 손으로 정성껏 볶아낸 자장 맛이 일품이다. 값은 3천 원. 그리 비싸지도 않다. 게다가 주방 앞에 서서 외팔이 아저씨의 세상 살아가는 이야기를 듣는 재미도 쏠쏠하다.

오후 3시 30분. 음정골로 들어가기에 앞서 막걸리와 손두부를 샀다. 어차피 산 중턱에서 해가 떨어질 거라면, 취기를 느끼며 걷는 것도 괜찮으리란 생각이 들었다. 음정골로 가는 들녘에서는 추수가 한창이고, 전망 좋은 터에서는 관광객들의 춤판이 뜨겁다. 가뜩이나 좁은 마을 길은 관광버스 때문에 더욱 어지럽고, 그 사이사이로 경운기가 아슬아슬하게 지나간다.

똑같은 길도 내려갈 때와 올라갈 때가 다르다는 말은 확실히 맞는 것 같다. 1주일 전 여유롭게 내려서던 그 길이 다시 올라서려니 적지 않은 피로를 안겨준다. 그래도 갈 수밖에 없다. 해는 떨어졌고 산중에는 몸 누일 곳도 마땅치 않다. 다행스럽게도 자연휴양림 입구에서 민박집 아주머니의 도움을 받아 샛길로 들어섰기에 망정이지, 하마터면 밤길에 단단히 고생할 뻔했다.

저녁 7시 40분. 마침내 벽소령산장에 도착했다. 벽소령은 본래 달로 유명한 곳이지만 구름이 많아 달 구경은 진작에 포기했다. 밤길에 힘을 너무 뺀 탓인지 저녁 생각도 없었다. 야외 나무 식탁에 앉아 밤풍경을 바라보며 막걸리를 따라 마셨다. 배낭 속에서 적당히 뒤섞인 김치와 손두부가 알싸한 냄새를 풍겼다. 혼자서 이런저런 생각을 하던 차에 미군 부대에서 일한다는 중년의 아저씨가 막걸리 냄새가 좋다며 옆에 와 앉는다. 나는 그분에게 막걸리를 따라 주었고, 그분은 미군들이 먹는 시레이션(비상식량)을 안주로 내놓았다. 우리는 '미군'이라는 주제를 놓고 이런저런 얘기를 나누었는데, 서로 참 많이 다르다는 생각을 했다. 하지만 산에서는 그런 일도 다 넘어가게 마련이다. 다들 머리를 씻으러 산에 들어왔기에, 조금 복잡해진다 싶으면 자세를 낮추고 알아서 피하기 때문일 것이다.

지리산의 심장 반야봉

10월 12일 아침 6시 40분. 컵라면과 이동식 전복죽을 먹고 연하천을 향해 출발했다. 아내가 일러준 일기예보대로라면 비가 내려야 한다. 하지만 아직까지 비가 올 조짐은 없다. 봉우리 하나 넘을 때마다 하늘빛이 바뀌었지만 비구름은 보이지 않는다.

오전 10시. 삼도봉에서 긴 휴식을 취했다. 평소 같으면 뱀사골에서 원기를 회복하고 출발했겠지만, 그곳엔 워낙 사람이 많아서 그냥 달리다 보니 삼도봉까지 왔다. 삼도봉은 전라남 · 북도와 경상남도가 나뉘는 지점이다. 이곳에서 북쪽으로 우뚝 솟은 봉우리가 바로 반야봉인데, 지리산 종주에 나선 사람들의 대부분은 이 봉우리를 슬쩍 빼버리고 지나치는 경우가 많다.

하지만 반야봉은 한번쯤 거쳐갈 만한 가치가 있는 곳이다. 지리산 주능선을 멀리서 바라보면 크게 천왕봉과 반야봉이 우뚝 솟아 있는 모양새를 띤다. 또한 예로부터 반야봉 아래쪽에는 수도승들의 거처가 있었다고 한다. 그런 이유로 『산은 사람을 기른다』라는 백두대간 순례기를 쓴 윤제학 선생은 반야봉을 지리산의 '심장'이자 '나이테'라고까지 평한 바 있다. 반야봉이 간직한 또 하나의 놓칠 수 없는 볼거리가 바로 낙조다. 지리산의 수많은 봉우리 가운데 반야봉에서 바라보는 낙조가 가장 운치 있고 장엄하다.

12시 05분. 노고단(해발 1507m)에 도착했다. 노고단의 멋은 운해와 아고산식물군이다. 운해는 여름철 아침에 특히 아름답고 아고산식물군은 자연탐방 시간에 둘러보는 게 좋다. 지리산국립공원은 생태계 복원을 위해 곳곳에 출입통제구역을 만들었는데, 계절이 바뀔 때마다 새롭게 변하는 모습이 그저 신기할 따름이다. 역시 자연은 있는 그대로 두는 것이 최선인가 보다.

성삼재에서 구례로 내려가는 길은 단풍 관광차량으로 극심한 정체를 빚었다. 운전자들은 길이 막힌다 싶으면 곳곳에서 경적을 울려대며 통행을 재촉했다. 2차선 도로 위에 불법으로 주차시킨 차량들 때문에 체증은 좀처럼 풀리지 않았다. 나는 그제야 어정쩡한 시간대에

코재 전경. 노고단에서 성삼재로 가다 보면 화엄사에서 올라오는 길과 마주치는 지점이 있다. 이곳이 바로 코재다. 여기에서 구례 땅을 바라보는 모습이 정겹다.

산에서 내려온 것을 후회했다. 단풍철에는 아주 일찍 도망가거나 아주 늦게 빠져나와야, 산의 정기를 고스란히 가져갈 수 있다는 충고를 잠시 잊고 있었던 것이다.

단풍을 봐야 '거시기'를 하고

가을에 백두대간 종주를 시작한 마당에 지리산의 단풍을 빼놓고 '거시기할(지나칠)' 수는 없는 노릇이다. 나는 어머니와 네 살 된 아들 녀석을 데리고 단풍 구경을 가기로 했다. 어떤 사람들은 네 살짜리가 어떻게 지리산에 오르느냐고 걱정할지도 모르겠다. 하지만 내가 보기에 아이들은 몸이 가벼워 어른보다 더 쉽게 산에 오르는 것 같다. 다만, 무리할 경우 연골 등을 다칠 수 있으니 충분히 쉬면서 올라가야 한다.

피아골 삼홍소 단풍. 지리산 지락에는 참나무가 많아 단풍이 화려하기보다는 그윽하다. 하지만 피아골 단풍만큼은 설악산에 비길 만하다.

10월 27일 새벽 0시 25분. 수원역에서 기차를 탔다. 지리산으로 가는 고전적 교통편인 전라선 마지막 열차다. 10월 말은 단풍도 단풍이지만 천왕봉의 일출이 가장 아름다운 때라서 그런지, 기차의 좌석은 대부분 등산객들로 채워져 있었다.

새벽 5시 10분. 구례는 서울보다 쌀쌀했다. 구례터미널에서 간단히 아침을 먹고 피아골로 가는 버스를 탔다. 참나무가 많아 다소 밋밋한 것이 지리산 단풍의 특징이라지만, 피아골과 거림계곡만큼은 설악산 못지않게 화려한 자태를 자랑한다. 예상대로 직전마을을 지나 삼홍소에 이르자 사방이 붉게 타는 장관이 연출됐다.

이곳에서부터 피아골산장으로 오르는 길이 바로 그 유명한 피아골이다. 이 지역 사람들에 따르면 원래는 피가 많이 자라서 피밭골이었는데, 언제부터인가 피아골로 바뀌었다고 한다. 피아골이라는 지명이 사람들에게 널리 알려진 데는 조정래 선생의 대하소설 『태백산맥』의 영향도 컸다. 『태백산맥』에서 가장 매력적인 인물로 등장하는 '하대치'가 빨치산 씨름대회에 출전해서 아깝게 2위를 차지하고, 소를 잡아 축제를 벌이는 이른바 '피아골 대합창'의 무대가 바로 이곳이다.

오전 11시. 피아골산장에서 라면을 끓여먹고 임걸령 쪽으로 방향을 잡았다. 이 코스는 계단이 많아서 무릎이 좋지 않은 사람들이 고생하는 길이다. 아니나 다를까, 어머니가 통증을 호소했다. 그래서 속도를 늦추고 천천히 오르는데, 아들 녀석은 저만치 앞서가며 콧노래를 부르고 있다. 확실히 이 녀석은 타고난 산꾼인가 보다. 네 살에 지리산을 세 번이나 올랐으니, 산꾼이라 불러도 무리는 아닐 듯하다.

임걸령에서 노고단으로 가는 길은 2주 전에 이미 걸었던 주능선 코스. 그래서 이번에는 고개마다 쉬어가며 지리산의 가을 풍경을 만끽했다. 속도가 느려지자 아들 녀석이 조금씩 꾀를 부렸다. 다리가 아파서 못 간다고 버티더니 끝내는 업어주지 않으면 안 가겠다며 울음을 터뜨렸다. 이럴 때는 당근이 필요한 법. 나는 오르막길에서 목마를 태워주고 내리막길에서 손을 잡고 걷는 방법으로 노고단까지 아들을 무사히 데려갈 수 있었다.

저녁 6시. 노고단산장에서 김치찌개를 끓여서 저녁을 먹고 일찍 잠자리에 들었다. 그런데 문제가 생겼다. 아들 녀석이 배가 아프다며 끝없이 우는 것이다. 뭔가 심통이 단단히 난 모양이다. 나는 아들의 배를 문질러주며 귀에 대고 속삭였다. "집에 가면 엄마가 '판판이'(블럭 장난감의 일종)를 사준대." 아들의 울음소리가 잦아들었다. 그리고는 이렇게 말한다. "아빠, 다음에는 '판판이' 하고 같이 지리산에 오자."

아들 청호는 어려서부터 산길을 잘 걸었다. 그래서 지리산을 몇번 데리고 갔는데, 지금도 "제일 좋아하는 산이 어디냐?"고 물으면 "지리산"이라고 답한다. 아직도 꾀를 많이 부리지만, 산꾼의 기질은 농후하다.

지리산은 아직도 남아 있고

새벽 2시. 아들은 엄마가 보고 싶다며 다시 보채기 시작했다. 나는 아들에게 두꺼운 옷을 입힌 뒤 산장 밖으로 나갔다. 밤하늘엔 별들이 가득했다. 나는 아들에게 별자리를 설명해주며, 노고단 주변을 산책했다. 하지만 아들은 별보다 아빠의 머리에 붙어 있는 랜턴 불빛이 더 좋은 모양이다. 랜턴을 벗어서 아들의 머리에 씌워주자, 갑자기 만화영화의 로봇 목소리를 흉내내며 온갖 포즈를 취했다. 그 모습을 카메라에 담고 산장으로 돌아왔다.

28일 아침 6시. 즉석 사골우거지국을 끓여 아침을 먹고 성삼재로 내려왔다. 백두대간 첫 번째 코스는 여기까지다. 원래는 성삼재에서 만복대와 정령치를 지나 주촌리 쪽으로 내려갈 계획을 세웠으나, 어머니와 아들의 몸 상태를 감안해서 성삼재에서 일단 길을 멈추기로 했다. 지리산을 한 번에 끝내기엔 왠지 아쉬움이 남는 데다, 제2구간을 성삼재에서 시작한다는 핑계로 지리산의 가을을 한 번 더 느끼고 싶은 욕심이 발동했기 때문이다.

이제 백두대간의 첫 관문인 지리산 종주능선을 끝냈다. 빨리 달리자면 하루에 내칠 수 있는 코스를 세 번에 걸쳐 나누어 걸은 셈이다. 지리산국립공원 관계자에 따르면 노고단에서 천왕봉을 5시간여 만에 주파하는 철인도 있다고 하지만, 나는 그렇게 산을 타고 싶은 마음이 없다. 막히면 쉬었다 가고, 지치면 다음을 기약하는 기분으로 백두대간 종주에 나서려 한다. 결코 만만치 않을 것으로 보이는 긴 여정을 통해 이 땅의 아름다움을 느낄 수 있다면 이미 소기의 목적을 달성한 것일 테고, 나의 감동이 여과 없이 독자에게 전해질 수 있다면 그 자체로 만족할 수 있을 것 같다.

[천왕봉에서 성삼재까지]

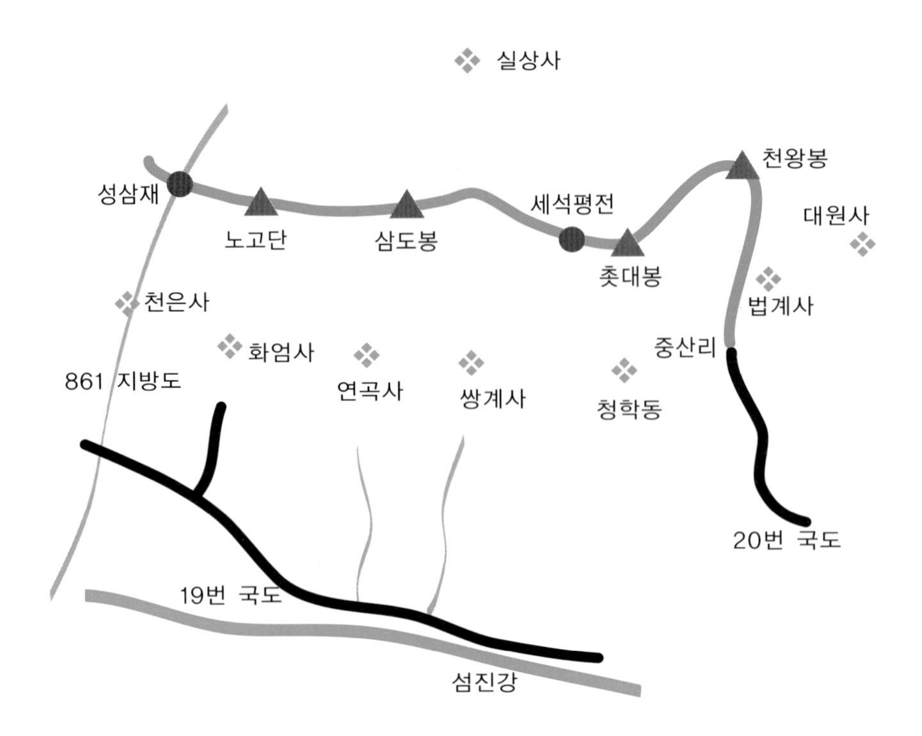

천왕봉: 진주에서 중산리행 버스를 타고, 중산리에서 오른다.
자가운전 시 산청이나 하동에서 20번 국도를 타고 중산리로 진입한다.

종주로: 천왕봉 → 제석봉 → 촛대봉 → 영신봉 → 덕평봉 → 벽소령 → 명선봉 → 토끼봉 → 삼도봉 → 노고단 → 성삼재

"산 잘 타는 놈은 숲에서 죽고,
헤엄 잘 치는 놈은 물에서 죽는다네"

성삼재에서 복성이재까지

백두대간(白頭大幹)에는 모두 487개의 산(山), 령(嶺), 봉(峰), 재(峙)가 있다. 특기할 것은 500번 가까이 오르내리는 동안 단 한 번도 물을 건너지 않는다는 점이다. 그래서 백두대간을 설명할 때 '산은 물을 건너지 못하고 물은 산을 넘지 못한다'는 말이 단골처럼 등장한다. 백두대간을 오르내리다 보면 자연스럽게 산이 솟은 이유와 물이 흐르는 사연을 되새겨보게 된다. 그곳에는 서로를 범접하지 않으면서도 자신의 길을 올곧게 걸어가는 군자의 풍모가 고스란히 담겨 있다.

어떤 사람은 백두대간을 능선의 연속으로만 파악한다. 그래서 백두대간의 주능선 코스만을 보존하는 것으로 우리 국토의 건강성을 지킬 수 있다고 주장하기도 한다. 하지만 한반도의 지리 체계를 자세히 뜯어보면 백두대간이 일련의 산줄기를 넘어 한반도 전체를 품고 있음을 알 수 있게 된다. 실제로 백두대간은 지역을 구분하고 문화적 다양성을 창출하며 역사의 물줄기를 수없이 바꿔왔다. 그런 측면에서 백두대간을 보호한다는 것은 곧 한국인이 자연의 면전에서 겸손함을 되찾는 과정이라 할 수 있을 것이다.

다시 성삼재에 서다

11월이다. 또 다시 전라선 마지막 열차에 몸을 실은 나는 취기를 빌려 잠을 청하러 식당칸으로 갔다. 늦가을 지리산으로 향하는 사람들은 여전히 많았다. 1주일간 지리산에 묻히기 위해 휴가를 냈다는 한 중년 여성이 자신의 키보다 더 큰 배낭에 기댄 채 열심히 지도에 줄을 긋고 있었다. 아마도 1주일 동안 돌아다닐 코스를 정하는 모양이다. 그에게 "왜 지리산인가?" 물었더니, 미술사학자 유홍준 선생이 지리산 답사를 마치고 내린 결론이 날아왔다. "산은 지리산이다." 모르긴 해도 이 정도의 내공이라면 죽을 때까지 '지리산 중독증'에서 벗어나지 못할 팔자다.

국립공원관리공단의 자료에 따르면 1990년대 초반까지 한국 사람이 가장 많이 찾는 산은 설악산이었다. 지리산이 설악산을 제치고 1위로 올라선 것은 1994년이고, 이후로는 역전을 허용하지 않았다. 설악산이 수학여행 등 단체 관광객을 많이 유치한 반면, 지리산은 거대한 마니아 집단을 갖고 있다. 가까운 시일에 백두산이 우리 곁으로 성큼 다가서지 않는 한, 지리산은 앞으로도 국내 제1의 국립공원 자리를 지켜나갈 듯하다.

구례터미널에서 성삼재로 올라가는 길은 현기증이 날 정도로 굴곡이 심하다. 혹자는 이 길을 구 영동고속도로 대관령의 아흔아홉 굽이와 비교하기도 하는데, 산 아래쪽을 내려다보는 맛은 성삼재 코스가 한 수 위다.

비가 갠 지리산 주능선의 운해. 구름이 둥둥 떠 다니는 모습에 취하지 않을 수 없다. 노고단의 운해는 지리산 10경 중 하나로 꼽힌다.

특히 여름철 장마 끝에 이 길에서 맛볼 수 있는 구름바다는 지리산 10경의 하나로 꼽힌다. 지리산 종주를 제대로 하고 싶다면 화엄사에서부터 등반을 시작해야 마땅하지만, 한 번쯤은 차량으로 성삼재까지 드라이브도 해볼 만하다. 이 길은 계절에 따라 보는 맛이 다르니 시간을 두고 감상해야 진수를 느낄 수 있다.

아침 6시 20분. 다시 성삼재에 섰다. 오른쪽 길을 따라 노고단으로 향하는 등산객들을 뒤로하고, 나는 인적은 물론 불빛조차 없는 왼쪽 철창문으로 들어섰다. 만복대로 가는 입구다. 멀리 반야봉 쪽에서 해가 떠오르면서 산 아래쪽에 치마폭처럼 둘러쳐 있던 안개가 조금씩 흩어지기 시작했다.

성삼재에서 40여 분쯤 오솔길을 걸어가자 헬기장 가장자리에서 야영하는 사람들이 보였다. 중년의 부부로 보이는 사람들이 텐트 위의 물기를 제거하고 있었다. 이곳이 바로 묘봉치다. 지리산 서부능선을 타는 사람들이 쉬어 가는 장소다. 묘봉치에서 곧장 내려가면 위안리가 나오고 그 길을 계속 걸으면 지리산의 새로운 명물로 등장한 지리산 온천랜드가 있다. 지리산 온천은 한겨울이 제 맛인데, 그중에서도 눈이 내리는 날 노천탕에서 즐기는 반신욕이 으뜸이다.

세상 모든 일이 마찬가지지만 마지막이 늘 힘들다. 나는 수없이 산을 오르내리면서 '아무리 낮은 봉우리도 쉽게 머리를 보여주지 않는다' 는 말을 무수히 되새겼다. 만복대로 가는 길도 마찬가지였다. 마음 같아서는 한걸음에 내달릴 거리였지만, 세 번이나 숨을 고르고 밧줄에 몸을 기댄 채 힘겹게 만복대에 섰다.

여전히 후덕한 산골 인심

말 그대로 만복대다. 나에게도 복이 찾아들었다. 서울에서 왔다는 중년의 아저씨들이 더덕술을 따라주며 배를 안주로 내놓았다. 내가 백두대간을 종주할 계획이라고 말하자, 백전노장으로 보이는 아저씨는 겁부터 먹였다. 설악산에서 얼어죽은 모 산악회 총무의 얘기에서부터 혼자서 대간을 종주하다 다리를 못 쓰게 됐다는 친구의 사연까지 흘러나왔다. 서둘러 짐을 챙기는 나에게 그 분이 던진 충고는 지금도 잊혀지지 않는다.

"이보게 젊은이. 산 잘 타는 놈은 숲에서 죽고, 글 잘 쓰는 놈은 필화로 죽고, 헤엄 잘 치는 놈은 물에서 죽는다네. 아무쪼록 조심해서 가게나."

9시 30분. 만복대에서 곧장 30분 동안을 내려와 정령치(鄭嶺峙 · 1172m)에 이르렀다. 서산대사의 「황령암기(黃嶺岩記)」에 따르면 정령치는 기원전 84년에 마한의 왕이 진한과 변한의 침략을 막기 위해 정씨 성을 가진 장군으로 하여금 성을 쌓고 지키게 한 데서 유래했다. 이렇듯 삼한시대부터 전략적 요충지였던 이곳에서 후일 신라의 화랑들이 무술을 연마하기도 했는데, 지금은 근방에 있는 개령암지마애여래불상군(보물 1123호)이 더 유명하다.

정령치에서 가파른 고갯길을 오르면 큰고리봉(1305m)이다. 이곳에서 계속 달리면 바래봉과 팔랑치가 나오는데, 백두대간은 여기서 잠시 숨을 고르고 하산을 시작한다.

주촌마을로 내려가는 경사가 급한 오솔길은 혼자 걷기에 호젓한 코스다. 여름의 신록을 그대로 간직한 소나무와 가을 햇볕을 제대로 빨아들인 황갈색 측백나무가 마주하며 서 있다. 좁은 길을 사이에 두고 두 종류의 나무가 서로 다른 삶을 살고 있지만, 머지않아 이들에겐 똑같이 겨울이 찾아들 것이다. 자연이나 인간이나 살아가는 이치는 다 같은 모양이다.

11시 30분. 주촌리에 도착했다. 멀리 지리산 주능선을 바라보면서 한적한 아스팔트 길을 걸었다. 백두대간이 다시 산과 만나는 노치마을은 노랗게 물들어 있었다. 집집마다 감나무에 감이 주렁주렁 매달렸고, 마당에서는 아주머니들이 곶감을 꿰느라 바쁜 손을 놀렸다. 내가 허기를 달래려고 우물가에서 라면을 끓이자, 녹두를 털던 할머니는 슬며시 콩밥을 한 공기 내밀었다. 세상이 많이 달라졌다지만, 산골 인심은 여전히 후덕한 것 같다.

힘이 남아 있을 때 조금이라도 코스를 단축하기 위해 쉬지 않고 걸었다. 도중에 갈림길도 많았지만, 먼저 지나간 백두대간 종주자들의 표지 덕분에 길을 잃지는 않았다. 특히 '남원 뚜벅이' 라고 적힌 리본의 도움이 컸다. 어떤 분인지는 모르지만 이 지면을 빌려 고마움을 전하고 싶다.

그냥 지나칠 여원재가 아니로다

수정봉에서 여원재로 가는 길은

잡목이 많고 탁 트인 전망도 없다. 마치 산 속에 갇혀 긴 터널을 지나는 느낌이다. 능선을 지나면서 오른쪽으로 보이는 곳이 바로 운봉면인데, 이곳은 판소리 동편제의 고향으로 알려져 있다. 동편제 창시자인 송흥록이 운봉 태생이고, 한 시대를 풍미한 그의 제자들이 모두 운봉 땅에서 득음했다.

운봉은 또한 수년 전까지 양을 기르는 목장으로 유명했다. 때문에 여름철이면 유럽 대륙에서나 볼 수 있을 법한 풍경이 펼쳐지곤 했다. 하지만 지금은 그런 풍경을 볼 수가 없다. 양 떼가 사라진 운봉 목장에는 요즘 소 떼가 한가로이 풀을 뜯고 있다.

수정봉에서 여원재까지는 천천히 걸어도 2시간 이내. 쉬운 길이지만 나는 이상할 정도로 피로를 느꼈다. 급하게 먹은 점심이 얹히기라도 했는지 식은땀까지 흘렸다. 그러다 결국 탈이 나고 말았다. 여원재에 도착해서 배낭을 점검해 보니 방풍 파카가 없어진 것이다. 덥다고 벗어서 배낭 위에 얹은 것까지만 기억나고, 어디에서 떨어졌는지는 알 길이 없었다. 나는 파카를 찾으러 왔던 길을 다시 올라갔다. 1시간쯤 걸어가자 등산객들의 목소리가 들려왔다. 그분들에게 파카에 대해 물었으나, 아무도 본 사람이 없었다.

허탈한 심정으로 다시 여원재로 돌아왔다. 파카 속에 들어 있을 비상금을 빼고 나니 서울까지 갈 교통비도 빠듯하다. 할 수 없이 근방에 사는 친구에게 SOS를 쳤다. '이쯤 되면 산행은 여기서 멈출 수밖에 없다는 판단에 남아 있는 비상식량으로 요기를 하고, '여원재'라는 지명에 대해 곰곰이 생각해보았다.

지금으로부터 100여 년 전. 동학군의 접주 김개남이 영남 지방으로 진격하기 위해 동학군 1만 명을 이끌고 나섰다가 수많은 희생자만

여원재. 동학 농민들의 한이 서린 땅이자 임진왜란의 상처가 남아 있는 곳이다.

남기고 남원으로 물러설 수밖에 없었던 비극의 땅. 여원재 전투의 충격 탓에 동학군은 결국 영남지방으로는 한 발짝도 들어가지 못했다. 또한 여원재에는 임진왜란 때 왜구에게 몸을 더럽히지 않으려던 조선 여인이 이곳에서 스스로 젖가슴을 도려내고 죽었다는 전설이 전해진다. 말 그대로 여원재의 여원(女院)이 '여원(女怨)'이라는 것이다. 아무튼 나는 그 여원재에서 아내의 선물을 잃고 일찌감치 귀경길에 올랐다.

"산은 내려가야 올라갈 수 있다"

12월 7일 새벽 4시 30분. 남원역

근처의 식당에서 콩나물국밥을 주문했다. 졸린 듯 눈을 비비고 일어난 중년의 주인 부부는 주방과 식당을 분주히 오가며 첫 손님을 맞았다. 잠시 후 10여 명의 아저씨와 아주머니들이 들이닥쳤다. 겨울 등산객치고는 너무 짐이 가벼워 보여 걱정스럽게 물으니, 도리어 추운 날씨에 산에 오르는 나를 측은하다는 듯 바라보았다. "우리는 지리산 온천에 때 밀러 가요. 때 벗기고 시간 나면 노고단에 들러볼까 합니다."

다시 여원재에 섰다. 해가 뜨려면 아직 1시간이나 남아 있었지만, 서둘러 고남산을 향해 걷기 시작했다. 그러다가 또 탈이 나고 말았다. 노루가 편안하게 놀았다는 데서 연유한 장동(獐洞)마을까지는 잘 찾아갔는데, 산길로 접어들면서 그만 '백두대간' 표지를 놓치고 만 것이다. 칠흑 같은 어둠 속에서 40여 분을 헤매다가 멀리 보이는 불빛을 따라 급한 내리막길로 내려서니, 함양-남원 간 24번 국도가 나타났다. 지루한 아스팔트길을 걸어서 다시 여원재에 이르니 아침 7시. 1시간을 허비하고 나서야 출발점으로 돌아온 것이다.

나는 여원재 표지판을 원망스런 눈빛으로 한동안 바라보았다. 그리고 다시 대간으로 올라섰다. 이번에는 장동마을의 개들이 일제히 나의 뒤로 따라붙었다. 깜짝 놀라 골목 어귀에서 걸음을 멈추고 서 있자, 농기구를 챙기던 농부가 단 두 마디의 호통으로 개들을 멀리 쫓아버렸다. 고마워하는 나에게 그가 던진 말은 많은 것을 생각하게 한다. "이것 봐. 개를 무서워하면서 어떻게 산을 타는가. 허벅다리쯤 개한테 먹이로 준다고 생각하면 걱정할 게 없어. 귀신도 뒤를 돌아보지 않는 사람은 해치지 않는다네."

고남산으로 가는 길은 알고 보니 쉽고 편안한 코스였다. 처음에는 잡목을 뚫고 나가는 것이 지루하더니, 능선으로 올라서자 시원한 소나무 숲길이 펼쳐졌다. 멀리 장동마을에서는 굴뚝마다 연기가 피어올랐다. 비록 겨울 산에 눈이 없는 것이 '옥에 티'였지만, 고남산 정상에서 바라보는 남북의 산줄기는 아침 산행의 맛을 배가시키기에 충분했다.

고남산에서 매요리까지는 줄곧 내리막길이다. 매요리 입구의 밭고랑에는 김장배추와 무가 아무렇게나 나뒹굴고 있었다. 길 가는 아주머니의 넋두리에서 농촌의 달라진 세태를 읽을 수 있다. "예전에는 다 주워 먹었어요. 지금은 밭떼기로 팔아 넘기니까 약도 많이 치고, 서울 사람들이 차로 실어가고 돈 받으면 끝이죠. 아깝지만 인건비도 안 나오니까 그냥 내버리는 겁니다."

매요리에는 백두대간 종주에 나선 등산객이라면 누구나 들러가는 쉼터가 있다. 바로 폐교된 운성초등학교 앞쪽에 위치한 매요휴게소다. 이곳에 사는 신순남 할머니(68)는 백두대간 종주자들 사이에서 꽤나 유명하다. 길 가는 사람 붙들고 라면을 끓여주는가 하면, 밤길에 지친 나그네에게 거실을 내어주고, 10마지기 농사로 7남매를 가르치며 살아온 인생역정도 들려준다.

매요휴게소에서 놓치지 말아야 할 포인트가 하나 더 있다. 바로 앞마당 오른편에 걸린 광목에 백두대간 종주자들이 써놓은 문구가 그것이다. 이번 산행에서 나의 눈과 귀를 붙잡은 것은 다소 철학적인 문구였다. "산은 내려가야 올라갈 수 있다." 아마도 지금 나는 좀 심각한 마음으로 백두대간을 밟고 있는 모양이다.

급할수록 돌아가라 했는데

매요리에서 사치재로 가는 길은 낮은

고남산 소나무 숲길. 솔 향기를 맡으며 걷는 재미가 쏠쏠한 구간이다.

매요휴게소 신순남 할머니. 매요휴게소는 대간 종주자들이 숨을 고르는 곳이다. 신순남 할머니의 인심이 넉넉하고 마당에 붙어 있는 종주자들의 문구가 재미있다.

야산이다. 나는 산악구보를 하는 기분으로 가볍게 뛰면서 사치재를 넘었다. 사치재에서 복성이재로 가려면 88올림픽고속도로를 건너야 한다. 건너는 방법은 크게 세 가지. 쉽게 가려면 주민들이 다니는 지하의 우회로를 이용하면 되고, 점잖게 걸으려면 2km를 돌아서 고가도로를 지나면 된다. 문제는 세 번째 방법을 택하는 사람들이다. 주로 단체 등산객들이 이 방법을 쓰는데, 다짜고짜 고속도로를 막고 무단횡단 하는 것이다. 88고속도로가 상대적으로 교통량이 적은 길이라지만, 더없이 무모한 행동이다.

나의 속을 상하게 만든 풍경은 또 있었다. 사치재에서 가파르게 올라서면 697m봉이 있는데, 이곳에서 북쪽을 바라보니 한숨만 나왔다. 1994년과 1995년 연이어 산불이 난 탓에 나무들이 모두 타 죽은 것이다. 숯덩이로 변한 나무들이 시커멓게 누워있고, 죽은 나무 밑에서는 잡목들이 힘겹게 새 생명을 키우고 있었다. 그렇다고 애써 고개를 왼편으로 돌려도 마음이 편치 않기는 마찬가지다. 멀리 아래쪽으로 지리산휴게소가 눈에 들어오는데, 그곳에 우뚝 선 88고속도로 준공탑은 지리산의 산세와 도무지 어울리지 않는 추물 중의 추물이다.

이 코스의 위안거리는 오로지 억새뿐이다. 몸이 흔들릴 정도로 몰아치는 겨울바람에 억새들은 쉼 없이 몸부림치고, 그들의 몸부림이 빚어낸 묘한 효과음이 지친 다리에 생기를 불어넣어 주었다.

흥부의 마을에서 걸음을 멈추다

예전에 우마차가 다녔다는 새맥이재에서 복성이재로 가는 길은 온통 철쭉밭이다. 오르내리면서 철쭉가지에 옷가지와 배낭끈이 수차례 걸려 그때마다 풀어내는 수고를 다하고 나면 눈앞에 아막성터가 보인다. 이곳은 삼국시대 당시 백제와 신라가 맞붙었던 격전지다. 역사서를 보면 백제에서는 아막성으로, 신라에서는 모산성으로 불렸다는 기록이 있는데, 지금은 무너져 내린 돌덩이들이 등산로의 계단에 뒤죽박죽 쌓여 있을 뿐이다.

아막산성 너머로 보이는 긴 길이 바로 복성이재다. 백두대간을 기준으로 왼쪽이 전북 장수 땅이고, 오른쪽이 남원 땅이다. 나는 복성이재로 내려서면서 줄곧 오른쪽을 응시했는데, 이곳이 바로 고대소설 『흥부전』의 배경이기 때문이다. 흥부가 제비 다리를 고쳐주고 제비가 물어준 박씨로 부자가 됐다는 곳이 바로 전북 남원시 아영면 성리의 상성마을이다. 때문에 최근 이 지역에서는 흥부전을 모태로 한 테마파크 개발이 한창인데, 과연 마을의 길목마다 흥부를 연상케 하는 조형물들이 들어서 있었다. 놀부가 화초장을 지고 갔다는 화초장바위거

아막산성 너머로 보이는 복성이재 도로. 전북 장수와 남원의 분기점으로, 남원 방면으로 가면 흥부마을이 나온다.

리나 흥부가 배를 곯다가 쓰러졌다는 허기재 등은 한번쯤 들러볼 만한 곳이다.

오후 4시. 더 가자니 부담스럽고 끝내자니 아쉬운 시간이다. 복성이재에서 잠시 고민하다가 과감하게 끊기로 했다. 겨울산에서 무리하는 것만큼 미련한 짓도 없기 때문이다. 혹시 눈이라도 내렸다면 마음이 동할 수도 있겠지만, '겨울 속의 가을 산행' 이라면 이쯤에서 접는 것이 낫겠다는 생각이 들었다. 작은 병에 담아간 위스키를 들이켜며 흥부의 마을로 걸어 내려오는데 산 너머로 해가 뉘엿뉘엿 지기 시작했다.

[성삼재에서 복성이재까지]

성삼재: 구례에서 버스 또는 택시로 오른다.
자가운전 시 19번 국도에서 천은사 방향 861번 지방도를 타고 진입한다.

종주로: 성삼재 → 만복대 → 정령치 → 고리봉 → 고기리 → 수정봉 → 여원재 → 사치재 → 복성이재

장엄한 해돋이, 드넓은 구름바다 …
'산은 보일 때 걸어야 제 맛이다'

복성이재에서 빼재까지

2003년 12월 9일 '백두대간 보호에 관한 법률'이 마침내 국회 본회의를 통과했다. 이 법률은 그동안 관련 부처마다 서로 다른 입장 때문에 표류를 거듭해왔었다. 국회는 일단 '환경부가 산림보호 기본계획의 원칙과 기준을 수립하고, 산림청이 보호지역 지정 · 관리를 맡는다'는 대안을 제시했다. 다소 늦은 감이 있지만 국회가 백두대간의 오염을 더 이상 방치해서는 안 된다는 목소리를 수용해 무분별한 개발에 제동을 건 것은 의미 있는 결정이라고 볼 수 있다.

하지만 '구슬이 서 말이라도 꿰어야 보배'라는 말이 있듯이, 백두대간 보호는 법률 제정보다도 실천이 더 중요하다. 벌써부터 정부 각 부처는 '백두대간 보호에 관한 법률'을 달리 해석하고 있어 업무 조정 단계에서 자칫 갈등을 빚을 수도 있을 것 같아 보인다. 또한 백두대간 개발을 둘러싸고 중앙정부와 지방정부, 시민단체와 지역주민의 이해관계가 여전히 첨예하게 부딪치고 있다. 특히 백두대간 보호지역

가운데 약 36.8%는 사유림이어서 재산권 분쟁도 꺼지지 않은 불씨로 남아 있다.

이보다 더 중요한 문제가 있다. 바로 백두대간을 대하는 사람들의 마음가짐이다. 한반도 곳곳에서 백두대간의 지형을 변형시키고 있는 각종 위락시설과 채석장도 가슴 아픈 일이지만, 백두대간을 단순한 하이킹 코스 내지는 관광단지 정도로 여기는 우리네 의식은 이미 위험수위를 넘어선 지 오래다. 나는 백두대간의 상처를 발견할 때마다 덕유산의 어느 골짜기에 붙어 있는 문구를 떠올리곤 한다. '오지 않았던 것처럼 머물다 가십시오.' 백두대간 보호의 첫걸음은 바로 그렇게 내디뎌야 하지 않을까 싶다.

무진장으로 가는 길목에서

'무진장', 전라북도 사람들은 동북쪽의 산간 지역을 흔히 그렇게 부른다. 무주 · 진안 · 장수의 앞 글자를 따서 붙인 이름이다. 무주는 전북에서 경작지 면적이 가장 적고, 진안은 산지의 비율이 80%에 달하며, 장수는 평균 해발고도가 430m에 이른다. 이렇게 보면 무진장이 '전라북도의 지붕'으로 불리는 것도 충분히 이해할 만하다.

2003년 12월 27일 새벽. 이따금씩 들르던 남원역 근처 식당은 문을 열지 않았다. 할 수 없이 시외버스터미널로 발길을 돌려 24시간 김밥집을 찾았다. 순두부찌개에 김밥 한 줄을 추가로 시켜 먹고 만반의 준비를 갖추고 있는데, 문득 옆 테이블에 자리를 잡은 아저씨의 배낭이 눈에 들어왔다. 나의 배낭보다 3배는 더 무거울 것 같아 보이는 초대형 배낭이었다. 호기심이 발동한 나는 그에게 한 수 배우고 싶었으나, 그는 서둘러 식당을 빠져나갔다. 왠지 그가 예사롭지 않은 사람처럼 느껴졌다.

남원에서 인월까지 버스로 이동한 뒤, 인월에서 택시로 갈아타고 복성이재에 도착했다. 아침 7시 40분. 산속이라 그런지 아직 어둠이 짙게 깔려 있었다. 언제나 그렇듯이 첫걸음은 무겁다. 고갯마루에 올라서자 멀리 지리산 쪽에서 해가 떠올랐고, 몸에서 적당히 땀이 배어 나면서 발걸음도 빨라졌다. 한 발 한 발 내디딜 때마다 '사각사각' 소리가 들려왔다. 기온이 내려가면서 땅속의 물기가 지면을 밀어 올려 흙 속에 빈 공간이 생기고 그 사이에 엷은 얼음이 들어선 탓이다.

아침 9시 10분. 봉화산(920m)에 올랐다. 남원시 아영면과 장수군 번암면에 걸쳐 있는 이 산은 철쭉이 곱기로 유명하다. 타 지역 사람들

백두대간의 억새. 봉화산의 명물은 철쭉이지만 산 전체에 고루 분포하는 억새도 절경을 이룬다. 늦가을에 가면 제대로 취할 수 있다.

은 인근의 바래봉 철쭉을 더 높이 치지만, 이 동네 사람들은 봉화산 철쭉이 바래봉에 뒤지지 않는다고 평한다. 봉화산의 또 다른 명물은 억새다. 봉화산 정상 언저리에는 키가 2m를 넘는 억새가 거대한 평원을 이루고 있는데, 늦가을에 찾아가면 제대로 취할 수 있다.

월경봉에서 중치(중재)로 가는 길은 얕은 구릉을 오르내리는 편안한 코스다. 중치 표지판 앞의 너럭바위에 앉아 남원에서 사온 김밥으로 점심을 때웠다. 내가 "백두대간을 간다"고 하자, 김밥집 아주머니는 "탈이 나면 큰일"이라며 은박지로 겹겹이 싸서 비닐봉투에 넣어주셨다. 덕분에 산속에서도 마르지 않은 김밥을 먹을 수 있었다.

온종일 아무도 만나지 못했다

중치에서 백운산으로 가는 길은 고단했다. 어지간한 산이면 오르내림이 반복되게 마련인데, 백운산은 줄곧 오르막이다. 중치를 출발할 때만 해도 눈앞에 백운산 정상이 들어왔는데, 안으로 들어갈수록 깊이 묻히는 느낌이었다. 눈 쌓인 응달을 통과하면서는 몇 번이나 길을 찾지 못해 애를 먹었다. 백운산은 과연 지리산과 덕유산을 연결할 만한 준봉이었고, 해방 전후의 빨치산들이 주요 근거지로 활용할 만한 심산(深山)이었다.

가쁜 숨을 토해내고 정상에 오르자 가장 먼저 까마귀 떼가 맞아준다. 수십 마리가 산 정상 주위를 떼지어 선회하고 있었다. 한국에선 '흉조'로 알려져 있는 까마귀지만 산꼭대기에서 만나서일까, 그리 싫지가 않았다. 더욱이 까마귀 떼가 날아다니다 잠시 머무는 곳을 바라보면 어김없이 멋진 조망이 펼쳐졌다. 나는 지도를 펴들고 봉우리의 이름을 하나씩 맞춰보았다. 동쪽으로 기백산, 북쪽으로 덕유산, 서쪽으로 팔공산, 남쪽으로 지리산……. 이제야 사람들이 백운산을 명산으로 꼽는 이유를 알 것 같았다.

백운산에서 영취산으로 가는 길은 온통 산죽(山竹)밭이다. 얼마나 많던지 산죽을 헤치며 가느라 예정보다 1시간이나 더 지체했다. 하지만 새옹지마라던가. 덕분에 나는 영취산(1076m)에서 장엄한 일몰을 지켜볼 수 있었다. 영취산은 백두대간에서 금남 · 호남 정맥이 갈라지는 산이어서 호남과 충청의 산줄기를 한눈에 조망할 수 있는 곳이다.

빠른 속도로 기울던 해가 산 너머로 숨자 먼 산부터 색이 바뀌기 시작했다. 붉은색에서 분홍으로, 분홍에서 노랑으로, 노랑에서 회색으로. 그리고 마지막 절차인 검은색으로 변할 무렵 겨울 하늘에 초승달이 떴다. 이젠 더 가고 싶어도 갈 수 없는 시간이다. 나는 달빛에 의지해 무령고개를 따라 영취산을 내려왔다. 백두대간 종주에 나선 이래 처음으로 한 사람도 만나지 못한 채 하루가 지나갔다.

'무진장' 중에서도 장수 사람들은 예로부터 자부심이 강하기로 유명하다. 그 한복판에 바로 논개가 있다. 일찍이 수주 변영로 선생은 불꽃처럼 살다 간 논개를 이렇게 노래했다.

> 거룩한 분노는 종교보다도 깊고
>
> 불붙는 정열은 사랑보다도 강하다.
>
> 아 강낭콩꽃보다도 더 푸른 그 물결 위에
>
> 양귀비꽃보다도 더 붉은 그 마음 흘러라.

기왕지사 장수 땅으로 들어온 이상 논개의 삶을 돌아보지 않고 지날 수는 없는 노릇. 나는 아침 일찍 택시기사에게 "논개가 태어난 집

전북 장수군 계내면 대곡리에 위치한 논개사당. 이곳은 논개의 할아버지가 서당을 운영하던 곳으로 전해지고 있다.

으로 갑시다"라고 말했다. 그러자 택시기사는 "주논개 님 생가를 찾으십니까?"라며 나의 무례함을 꼬집고 나서, 논개의 삶과 죽음을 구수한 사투리로 풀어냈다. 그는 "장수 사람이라면 이 정도는 다 압니다"라면서도, "사람들이 진주 남강의 촉석루 때문에 주논개 님을 진주 사람으로 오해한다"고 아쉬움을 나타냈다.

학계에서는 논개의 실제 출생지에 대한 의견이 분분하다. 하지만 장수 사람들은 논개가 장수군 계내면 대곡리 주촌 마을에서 태어난 것으로 확신하고 있다. 그 주장에 따르자면 논개의 생가는 1986년 대곡저수지가 만들어지면서 수몰된 이후 인근 지역에 새롭게 복원한 것이고, 현재의 생가 터는 논개의 할아버지가 서당을 운영하던 곳이다.

또 한 가지 눈길을 끄는 것은 논개의 무덤에 얽힌 야사다. 진주성

싸움이 끝난 뒤 논개의 시신은 고향으로 돌아오지 못하고 경남 함양 땅에 묻혔는데, 이에 대해서는 주씨 문중이 왜병의 추격을 두려워했다는 설과 논개의 신분이 기생이라는 이유로 거절했다는 설이 전해오고 있다. 아무튼 논개의 묘는 순절한 지 382년 만인 1975년이 돼서야 세상에 알려졌는데, 이와 관련해서도 다른 주장을 펴는 이들이 있다. 심지어 어떤 향토사학자는 "논개는 실존 인물이 아니라 역사적 인물"이라고 주장해 파문을 일으키기도 했다.

역사적 사실이야 어떻든 조국을 위해 목숨을 버린 논개의 정신이 어찌 변질될 수 있을 것인가? 논개가 어디서 태어났든, 또 어디에 묻혔든, 논개의 생가에 들어선 바에야 그의 아름다운 영혼에 빠져볼 일이다. 나는 논개 생가 입구에 새겨져 있는 만해 한용운의 시 「논개의 애인 되야서」를 읽으며 한동안 감상에 젖었다.

> 천추에 죽지 않는 논개여.
>
> 하루도 살 수 없는 논개여.
>
> 그대를 사랑하는 나의 마음이 얼마나 즐거우며 얼마나 슬프겠는가.

깃대봉의 점심 식사

아침 9시, 영취산 정상에서 깃대봉을 향해 산행을 시작했다. 군데군데 쉬어갈 만한 바위도 많고 굴곡이 없는 능선이어서 성큼성큼 발걸음을 뗄 수 있었다. 한 가지 부족한 게 있다면 이쯤에서 사람 구경을 했으면 했는데, 여전히 인적은 찾을 수 없었다. 멀리서 전기톱 돌아가는 소리가 간간이 들려왔지만, 정작 벌목공은 보이지 않았다.

영취산과 깃대봉 중간 지점 북바위는 전망이 뛰어난 곳이다. 서쪽으로 대곡호수와 논개 생가가 한눈에 들어오고, 동쪽으로는 경남 함양군 서상면 지역을 조망할 수 있다. 나는 북바위에 앉아 오랫동안 생각에 잠겼다. 왼쪽은 논개의 고향이요, 오른쪽은 논개의 무덤이라……. 경남 함양군 서상면에 살던 논개의 할아버지가 바로 이 북바위를 지나 논계의 생가 쪽으로 내려갔을 것이라는 데에 생각이 미치니, 북바위 밑을 뚫고 지나가는 대전-통영 간 고속도로가 무상하게만 느껴졌다.

점심 무렵 어렵잖게 깃대봉(1014.8m)에 도착했다. 화창한 날씨 탓에 북편의 장수덕유산과 남덕유산이 훤하게 시야에 들어왔다. 내일이면 저 장쾌한 품에 안길 수 있다는 생각에 벌써부터 가슴이 두근거렸다. 나는 큰 산에 들기 전 충분한 휴식을 취하기 위해 일찌감치 육십령 쪽으로 내려섰다. 하지만 세상일이 어디 뜻대로만 될 것인가. 나는 깃대봉 아래 헬기장을 지나다가 진주에서 온 등산객들과 어울려 나른한 오후를 보냈다. 겨우 라면 한 봉지를 보태고, 대신 맛깔스런 반찬을 푸짐하게 얻어먹었으니 이만하면 빚을 져도 단단히 진 셈이다.

어디 그뿐인가? 나는 육십령에서 진주 등산객들의 자동차에 편승해 서상면의 논개 무덤까지 둘러볼 수 있었다. 하지만 어렵게 찾아간 논개의 묘는 들꽃과도 같았던 그의 삶과는 좀처럼 어울리지 않았다. 진한 갈색 우레탄이 깔려 있는 진입로와 대리석 계단은 거부감마저 일게 만들었다.

서상터미널에서 2시간을 기다려 버스를 타 저녁 늦게 육십령휴게소에 도착했다. 그곳에서 나의 눈이 틀리지 않았음을 확인했다. 하루 전 남원의 김밥집에서 마주친 아저씨를 다시 만난 것이다. 서로 통성

명을 하고 이야기를 나누었다. 송창섭씨는 지리산에서부터 백두대간 연속종주를 하는 중이라고 했다. 나는 아껴두었던 포도주를 따르며 고수의 특강을 경청했고, 그는 맥주로 답례하며 우리의 재회를 자축했다. 백두대간을 세 번째 종주하고 전국의 웬만한 명산은 다 올랐다는 그는 백두대간 구석구석을 손금 보듯 했다. 나는 그를 기꺼이 '송 선생님' 이라고 부르지 않을 수 없었다.

상처 입은 백두대간

육십령. 이곳은 예부터 영호남을 연결하는 교통의 요지이다. 예전에는 이 고개에 도적들이 많아 60명 이상 떼를 지어야만 안전하게 넘어갈 수 있었다고 해서 육십령이라는 지명이 붙었다고 한다. 지금도 안의와 장계를 연결하는 26번 국도가 육십령 고개를 지나는데, 이 지역은 특히 난을 재배하기에 적합한 곳으로 알려져 있다. 산꾼들 중에는 20여 년째 육십령휴게소를 지키고 있는 조정자 할머니(64)를 기억하는 사람들이 많다. 얼굴이 눈에 익으면 공짜로도 재워준다는 할머니의 넉넉한 인심 때문인지는 몰라도, 육십령으로 신혼여행을 온 사람까지 있었다고 한다.

12월 30일 아침 일찍 육십령휴게소를 나섰다. 송 선생이 앞서 걷고 나는 뒤를 따랐다. 30분쯤 갔을까. 새벽의 정적을 깨는 굉음이 들려왔다. 인근 채석장에서 나는 소리였다. 쉴 새 없이 트럭이 드나들며 돌을 실어 나르고 있었다. 해가 떠오르자 채석장은 흉측한 모양을 드러냈다. 이쯤 되면 지도의 모양도 바꾸어야 할 판이란 생각이 들었다. 채석장이 백두대간의 마루금(산의 능선을 연결한 선)에서 살짝 비켜나 있어 그나마 다행이지만, 불쾌한 기분을 떨칠 수 없었다.

남쪽에서 덕유산을 오르려면 먼저 할미봉을 통과해야 한다. 이곳은 덕유산 전 구간에서 가장 까다로운 코스로 알려져 있다. 송 선생은 서둘러 하산을 시작했고, 나는 숨도 고를 겸해서 할미봉 턱밑에 있는 '대포바위'를 둘러보았다. 이곳에는 임진왜란 때 진주성을 함락시킨 왜군이 전주성을 공략하기 위해 육십령을 넘어왔다가 어마어마한 대포를 보고 놀라 달아나서 호남 지방이 화를 면했다는 전설이 남아 있다.

드디어 공포의 할미봉 내리막길. 로프가 매달려 있지만, 올이 헝클어져 있어 그냥 매달리기엔 불안했다. 그래서 힘을 반쯤만 주고 내려가려니 눈길이 미끄러워 위태로웠다. 할 수 없이 배낭을 먼저 떨어뜨리고 네 발로 기어서 겨우 내려설 수 있었다. 멀리 송 선생이 봉우리를 두 개쯤 넘어 걸어가는 뒷모습이 보였다. 무거운 배낭을 지고 어떻게 저리 빨리 달릴 수 있을까 싶었다.

날씨가 갑자기 흐려지기 시작했다. 처음엔 바람만 강하게 불더니 구름이 앞을 가리고 간간이 눈보라까지 날렸다. 내가 걱정됐던지 송 선생은 덕유산교육원 삼거리에서 오랜 시간을 기다려주었다. 이때부터 우리는 구름 속을 산책하는 기분으로 덕유산 자락을 걸었다. 똑같은 산이지만 북벽과 남벽은 천양지차였다. 북벽엔 백색의 상고대가 절경을 이루었지만, 남벽엔 가을 낙엽이 수북히 쌓여 있었다. 우리는 가을에서 겨울로, 다시 겨울에서 가을로 넘나들며 덕유산에 빠져들었다.

장수덕유산(1510m)에는 눈발이 휘날리고 있었다. 날씨가 좋았다면 이곳에서 덕유산 전체를 조망할 수 있었겠지만, 짙은 구름과 눈발 때문에 아무것도 볼 수 없었다. 백두대간 마루금에서 살짝 비켜나 있는 남덕유산 정상의 일기는 장수덕유산보다 더 불순했다. 바람은 더 세

눈이 많기로 유명한 덕유산. 그중에서도 남덕유산은 호젓하게 겨울을 즐기는 사람들이 즐겨 찾는 곳이다.

졌고 시야도 갈수록 좁아졌다. 우리는 일정을 조정하지 않을 수 없었다.

비록 내공의 차이는 컸지만, 우리에게는 한 가지 공통점이 있었다. '산은 보일 때 걸어야 제 맛이다.'

"왜 산을 타세요?"

월성치에서 삿갓봉으로 가는 길은 달력 속의 그림을 연상케 할 정도로 아늑하다. 흔히 등산객들이 여기까지 오면 피로를 핑계삼아 삿갓봉(1418m)을 우회하곤 한다. 하지만 송 선생은 백두대간 마루금을 지나야 한다며 삿갓봉으로 코스를 잡았고, 삿갓봉 정상을 밟고 나서야 비로소 배낭을 풀고 긴 휴식을 취했다. 나는 이 대목에서 아주 평범한, 그러나 아주 중요한 질문을 던졌다. "왜 산을 타세요?" 그의 대답이 곧 그의 내공을 말해주었다.

"저도 때로는 왜 이 짓을 하나 싶어요. 아마 누가 돈 주고 하라고 하면 절대로 안 할 겁니다. 내 돈 쓰면서 하니까 기분 좋게 하는 거죠. 하루종일 걷다가 저녁이 되면 '아, 내가 오늘은 이만큼 걸었구나' 하는 걸 알 수 있잖아요. 세상을 살면서 그런 느낌을 갖기가 쉽지 않거든요. 아마 그 때문에 걷는 것 같아요."

삿갓봉에서 내려서자 삿갓재대피소가 보였다. 국립공원관리공단 직원은 기온이 갑자기 떨어져 수도가 터졌다고 걱정이었지만, 산중에서 하룻밤 쉬어가기엔 부족함이 없었다. 누룽지와 라면으로 저녁을 때우고 일찌감치 잠자리에 들었는데, 새벽녘 창문을 두드리는 바람소리에 잠이 깼다. 대피소 밖으로 나가보니, 어느새 구름이 모두 걷히고 하늘에 별이 가득했다. 내일은 기분 좋은 산행이 될 것 같은 예감이 들었다.

삿갓재 일출에 무룡산 운해까지

12월 30일 아침. 왠지 조짐이 좋았다. 송 선생이 배낭을 꾸리는 동안 나는 삿갓재대피소에서 황점 방향으로 이어지는 나무 계단에 기대어 동쪽 하늘을 바라보고 있었다. 붉게 번지는 햇살이 예사롭지 않더니 과연 장엄한 태양이 떠오르기 시작됐다. 작은 홍점이 반구를 이루고 다시 원형으로 바뀌는 데는 채

삿갓재 일출. 천지만물이 원기를 빨아들이는 순간이다.

무룡산 운해. 지리산 노고단 운해에 비길 만큼 장관이다.

3분도 걸리지 않았다.

삿갓재에서 40여 분쯤 걸어서 무룡산에 올랐다. 우리는 무룡산 정상에서 또 하나의 큰 선물을 받았다. 동서로 드넓게 운해가 펼쳐졌고, 남북으로 백두대간의 주능선이 훤하게 열렸다. 9km 정도 떨어져 있는 덕유산 정상(향적봉 · 1614m)이 손에 잡힐 듯 다가서는가 하면, 멀리 가야산까지 선명하게 보였다.

'덕유산(德裕山)' 의 한자를 풀어보면 '크고 넉넉한 산이라는 뜻이다. 우리 민족이 환란을 겪을 때마다 백성들이 이 산으로 숨어들면 적군이 찾지 못했다는 데서 유래한 이름이다. 전북 무주와 장수, 경남 거창과 함양에 걸쳐 있는 덕유산은 남북으로 30km에 이르고 1000m가 넘는 봉우리만도 20개를 거느리고 있으니 실로 엄청난 규모다.

나는 어제 무리하게 야간산행을 강행하지 않고 삿갓재대피소에서 묵은 것을 천만다행으로 생각했다. 악천후를 뚫고 밀어붙였다면 목표지점까지 도달할 수는 있었겠지만 아침 덕유산의 그 비경을 바라보지 못한 채 하산했을 것이다.

무룡산에서 동엽령까지는 편안한 내리막길이다. 앞쪽으로 향적봉을 바라보며 걷는 길이라 상쾌하고, 대간의 좌우를 바라보는 느낌도 시원하다. 동엽령에서 왼쪽으로 하산하면 도중에 칠연계곡이 나타나는데, 이곳은 구한말 전북에서 의병을 일으켰던 신명선이 왜군과 격전을 치르다가 부하 150명과 함께 장렬하게 전사한 곳이다. 뒷날 주민들이 의병들의 시신을 수습해 안성면 공정리에 무덤을 만들었는데, 그곳이 바로 칠연의총이다.

동엽령에서 백암산에 올라 송계 삼거리에 이르면 백두대간은 덕유산 정상을 바라보며 오른쪽으로 크게 방향을 튼다. 여기서부터는 고만고만한 봉우리를 오르내리며 덕유산 자락을 빠져나가는 코스다. 지봉과 대봉을 지나 갈미봉으로 이어지는 길은 다소 지루하게 느껴졌지만, 신풍령 가까이에 있는 아담한 오솔길과 시원한 소나무 숲은 산행의 피로를 깨끗이 씻어주었다.

나흘 동안 걸어서 빼재까지 왔다. 무주와 거창을 잇는 727번 도로 위에 내려섰을 때, 송 선생은 나를 1시간 동안 기다렸다며 반갑게 맞아주었다. 나도 제법 빠른 걸음으로 달려왔는데, 그는 나보다 훨씬 무거운 배낭을 지고 1시간이나 먼저 도착한 것이다. 그는 역시 체급이 다른 선수였다.

각자의 길을 가야 할 시간이 됐다. 우리는 아쉬운 작별 인사를 나누고 서로의 안전을 기원했다. 송 선생과 동행한 것은 불과 이틀이었지만, 나는 아주 오랜 친구를 떠나보내는 것 같은 허전함을 느꼈다.

스키족과 등산객의 분기점, 향적봉 산장

무주 리조트와 무주 구천동은 백두대간 마루금과 무관하다. 하지만 덕유산을 통과하면서 이곳을 외면할 수 없었다. 나의 어머니가 오래 전부터 무주 구천동에 가보고 싶어 했기 때문이다.

2004년 1월 4일 새해 첫 일요일을 맞아 무주 리조트는 북새통을 이뤘다. 이곳에서 덕유산 정상까지는 20분밖에 걸리지 않는다. 산 타는 사람들이 들으면 비웃을 일이겠지만, 곤돌라를 타고 10여 분 올라가서 다시 10분 정도 걸으면 손쉽게 향적봉에 닿을 수 있다. 향적봉에서 50m쯤 내려가면 향적봉산장이 있다. 리조트가 생기기 전에는 이곳이 요긴한 대피소였지만, 지금은 투숙객이 크게 줄었다고 한다.

이 향적봉산장은 리조트에 놀러온 사람과 덕유산 등산객을 가르는 심리적 분기점이기도 하다. 곤돌라 타고 놀러온 사람들은 대개 이쯤에서 돌아가고, 등산객 역시 리조트 쪽으로는 애써 눈길을 거둔다. 아주 묘한 일이다. 스키족들은 힘겹게 산에 오르는 사람들을 향해 “추운데 무슨 고생이야”라며 이해할 수 없다는 표정을 짓고, 등산객들은 리조트 쪽을 바라보며 “저 놈의 스키장이 산을 다 망가뜨린다”며 불만을 터뜨린다.

일단 향적봉에 올랐다면 중봉까지 가볼 일이다. 향적봉에서 중봉에 이르는 지역엔 우리나라에서 희귀한 아고산 식생대가 분포하고 있으며, 능선 주변에는 ‘살아서 천년 죽어서 천년’ 을 산다는 주목 군락지가 있다. 어디 그뿐인가? 중봉에 올라서야만 덕유산 일대의 백두대간 마루금을 제대로 볼 수 있다.

향적봉에서 무주 구천동으로 내려가는 길의 중간쯤에 조선시대 선승들이 머물렀던 백련사가 있는데, 현재 남아 있는 건물은 모두 1960년대 이후에 지어진 것이다. 백련사에서 구천동 관광단지까지는 약 6km 정도인데 넓고 평탄한 길이라서 부담 없이 걸을 수 있다. 봄에는 철쭉, 여름에는 계곡, 가을에는 단풍, 겨울에는 설경이 빛을 발하는 이 코스는 사시사철 사람들이 몰리는 관광지다. 시간이 넉넉하다면 무주 구천동 제1경(나제통문)부터 제33경(향적봉)까지 하나씩 밟아보라고 권하고 싶다.

[복성이재에서 빼재까지]

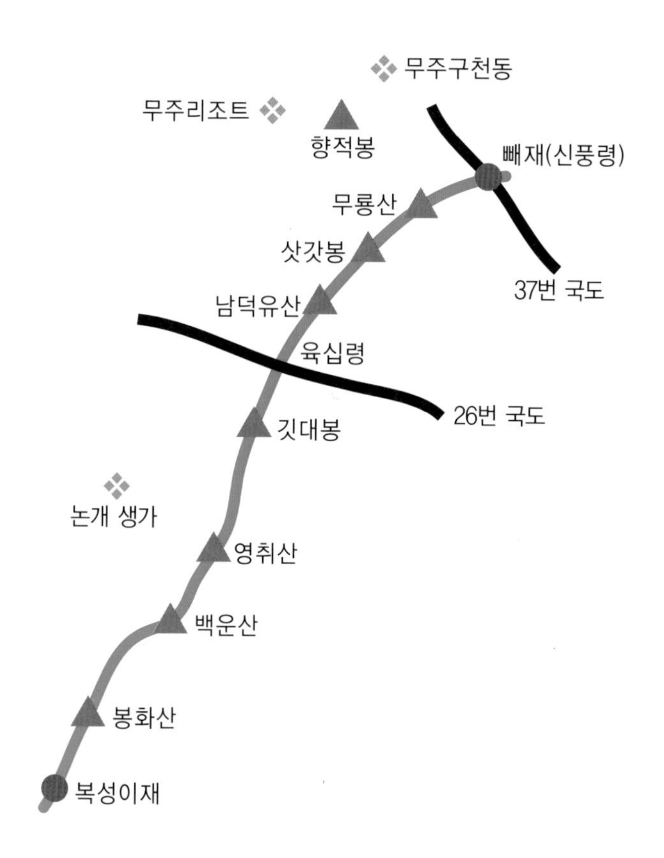

복성이재: 남원에서 인월까지 버스로 이동한 뒤 인월에서 택시로 진입한다. 자가운전 시 19번 국도나 88올림픽고속도로 지리산IC에서 진입할 수 있다.

종주로: 복성이재 → 봉화산 → 영취산 → 깃대봉 → 육십령 → 장수덕유산 → 남덕유산 → 삿갓봉 → 무룡산 → 빼재

산에서 배운 것은 오직 하나, 넓고 큰마음이었으니 …

빼재에서 삼도봉까지

2002년 하면 무엇이 생각나는가. 어떤 사람들은 세계 4강 신화를 창조해낸 감격적인 '한일 월드컵'을 기억할 것이고, 또 어떤 사람들은 엎치락뒤치락하던 제16대 대통령선거를 떠올릴 것이다. 그러나 웬만한 산꾼이라면 2002년이 UN이 정한 '세계 산의 해'였다는 사실을 알고 있을 것이다. 비록 한국에서는 축구와 정치에 파묻혀 그다지 주목받지 못했지만, 지구촌 곳곳에서는 산에 관한 축제와 토론이 잇따라 열렸다.

그해 5월 한국에서도 매우 의미 있는 심포지엄이 열렸다. 사단법인 대한지리학회가 주최한 춘계학회가 바로 그것. 이 자리에서는 한국의 산을 주제로 다양한 토론이 진행됐는데, 상당수는 백두대간에 관한 것이었다. 내가 처음 백두대간에 관심을 갖고 종주 계획을 세우게 된 것도 이때 발표된 글 때문이었다. 각론이 궁금한 분은 당시의 발제문을 정리해 출간한 『백두대간의 자연과 인간』(산악문화)을 참고하시기

바란다.

몇 년 전부터 백두대간을 보호해야 한다는 목소리가 부쩍 커졌다. 이렇게 되기까지는 무엇보다 언론과 환경단체의 노력이 컸다. 환경부가 2002년 실시한 백두대간에 대한 중요도 조사(5점 척도)가 이를 잘 말해준다. 조사 결과 한국인들은 '백두대간이 생물학적 관점에서 가장 중요하다(4.24)'고 응답했고 풍수지리적 관점(4.14), 역사지리적 관점(3.89), 문화적 관점(3.54) 등이 그 뒤를 이었다. 결국 현재 우리나라 사람들은 야생동물의 희생과 희귀생물의 멸종을 가장 우려하고 있는 셈이다.

강추위, 폭설 그리고 산행

2004년 1월 23일, 음력으로는 정월 초이틀. 시베리아의 찬 공기가 남쪽으로 밀려 내려오면서 한반도 전역은 영하 20℃의 강추위로 꽁꽁 얼어붙었고 설상가상으로 남부지방에는 폭설까지 퍼부었다. 평소 같으면 무덤덤하게 남편을 떠나보냈을 아내도 이날만큼은 걱정이 많은 표정이었다. 평소와는 달리 방한장비를 꼼꼼히 점검하며 산행을 연기하는 게 좋겠다고 권했을 정도. 하지만 나에겐 꼭 설날 연휴에 백두대간에 올라야만 하는 이유가 있었다.

산꾼들은 보통 정월 초하루부터 대보름 사이에 시산제(始山祭)를 지낸다. 시산제란 산신제의 일종으로 한 해 동안 안전한 산행을 기원하는 의식이다. 그동안 나는 남들이 지내는 시산제에 참석한 적이 있을 뿐, 직접 시산제를 지낸 일은 없었다. 하지만 백두대간을 종주하는 마당에 시산제를 올리지 않는다면 왠지 불경스러운 일이란 생각이 들었다. 그래서 출판기획자 김준영 씨에게 제문 초안을 부탁해 시산제를 준비했다. 비록 제물에 돼지머리가 빠져 아쉽기는 했지만 북어와 삼색 과일, 탁주와 떡을 정성스레 챙겼다.

이번 산행에는 대학 후배 손석현 씨가 동참했다. 눈길을 걸어야 하는 고된 산행인 만큼 동반자가 있다는 것은 더없이 든든한 일이다. 아침부터 서둘렀지만 점심 무렵이 돼서야 거창터미널에 도착했다. 백두대간에 오르기엔 이미 늦은 시각. 우리는 시내버스로 갈아타고 신원면으로 향했다. 삼남 지방치고 어지간한 사연 하나 없는 동네가 어디 있을까마는, 그중에서도 거창군 신원면은 한국 현대사의 비극을 고스란히 간직한 역사의 현장으로 꼽힌다. 1951년 2월에 발생한 양민학살사건을 두고 하는 얘기다.

낮에는 국군의 명령에 따르고 밤에는 빨치산의 지배를 받아야 했던 한국전쟁 중반부, 남한 정부와 국군은 등 뒤에서 칼을 겨누고 있는 빨치산을 제압하기 위해 대규모 소탕작전을 계획했다. 당시 제11사단장 최덕신 장군이 내린 작전명령이 '견벽청야(堅壁淸野)'. 이것은 손자병법에 나오는 말로 '아군의 성은 굳건히 지키되, 포기할 곳은 모두 정리하는 초토화 작전'을 뜻한다.

이렇게 해서 아무 죄도 없는 민간인 700여 명이 '통비(通匪)분자'라는 이름으로 거창군 신원면 박산골로 끌려가 무참히 학살당하는 사건이 발생했다. 거창사건희생자유족회에 따르면 희생자 719명 가운데 14세 이하 어린이가 절반이 넘는 359명이라고 하니 전쟁의 광기가 어떠했는지 가히 짐작하고도 남는다. 그뿐인가. 이승만 정부는 이 사건을 철저히 은폐하려 했고, 당시 작전을 수행했던 군인들은 응분의 처벌을 받지 않은 채 공직에 복귀했으며, 쿠데타로 집권한 군사정권은 희생자들의 합동위령비마저 땅 속에 파묻어 버렸다. 참으로 우리 역사의 돌이킬 수 없는 과오가 아닐 수 없다.

'소아합동지묘(小兒合同之墓)' 앞에서

1988년 여름 나는 1주일간 거창에서 농촌봉사활동을 한 적이 있다. 당시 농민들은 저녁 때만 되면 거창사건에 대해 얘기하면서 막걸리를 따라주곤 했는데, 나는 세월이 한참 흐른 뒤에야 그해 봄 유족들이 궐기대회를 열고 땅 속에서 위령비를 찾아냈다는 사실을 알았다(김영삼 정부 시절인 1996년 1월 5일 '거창사건 등 관련자의 명예회복에 관한 법률'이 제정됐다).

신원중학교 뒷동산의 사건 현장에는 3개의 비석이 있다. 전쟁의 공포는 유족들이 시신을 거두도록 내버려 두지 않았다. 이 때문에 사건 발생 3년 뒤인 1954년이 돼서야 주민들이 유골을 수습할 수 있었는데, 이때 뼈의 크기에 따라 남 · 여 · 어린이 묘로 나누어 안장했다고 한다. '남자합동지묘' '여자합동지묘' '소아합동지묘'라고 새겨진 비석은 그렇게 해서 생겨난 것이다.

우리는 묘소에 소주를 붓고 참배했다. 이미 여러 사람이 다녀갔는지 쓰레기통 안에는 술병이 가득했다. 멀리 도로 건너편으로 공사가 한창인 거창사건 희생자 묘역 및 기념공원이 보였다. 하늘을 향해 손가락을 세운 모양의 조형물 양옆으로 추모하는 군인과 오열하는 유족의 동상이 보였다. 조형물 뒤편에 새겨진 표성흠 시인의 글이 나그네의 마음을 또 한번 착잡하게 만들었다.

> 여기 이렇게 누워 있는 이들도 살고 싶었던 사람들이다. 잘못된 역사의 수레바퀴에 깔려 두 번 울었던 희생자들. (중략) 길손들은 여기 이곳을 그

거창양민학살사건 위령비. 지금도 위령비는 비스듬히 누워 있다. 역사가 아직까지 바로 서지 못한 것처럼.

소아합동지묘. 작은 뼈들만 추스려 만든 무덤. 누가 이들을 빨갱이라고 말할 것인가?

냥 무심코 지나지 마시라. 무언가 생각들을 좀 해보시라.

버스를 타려고 시내 쪽으로 걸어 나오다가 구멍가게에 들렀다. 소주와 컵라면을 주문하자 가게 주인이 김치를 안주로 내놓았다. 추위를 이기려 연신 소주를 들이켜면서 53년이라는 세월에 대해 생각해 보았다. 반세기가 지나서나마 희생자를 추모하는 기념공원이 들어선다는 건 반가운 일이다. 그러나 이 땅에는 진실이 밝혀지지 않은 '제2의 거창사건' 이 아직도 수두룩하다. 그것은 매우 슬픈 현실이다.

수승대 저녁 풍광에 취하다

신원면에서 거창읍내를 경유해 수승대(搜勝臺)로 향했다. 잠시 다른 생각을 하는 사이 버스는 수승대를 지나쳐 덕유산 방면으로 달렸다. 왔던 길을 되돌아 걸어 내려오는데 오른쪽으로 펼쳐진 계곡이 절경이다. 이곳이 바로 위천이다. 덕유산은 깊은 골짜기만큼이나 멋진 풍광의 계곡을 여럿 품고 있다. 무주의 구천동, 함양의 화리동, 거창의 위천이 손꼽힌다. 수승대는 위천의 한쪽 자락에 자리잡고 있다. 과거 이곳은 거창 신씨 문중의 터였다.

미술사학자 유홍준 선생이 수없이 강조했던 것처럼 우리 조상들은 나무기둥 하나도 그냥 세우지 않았다. 실제로 수승대를 거닐다 보면 주변의 풍광과 완벽하게 어우러진 정자인 요수정을 만나게 된다. 수승대의 명물이 거북바위인데, 요수정에서 계곡 쪽을 바라보면 거북의 형세가 그대로 드러난다.

수승대는 본래 수송대(愁送臺)로 불렸다 한다. 신라의 국력이 강성하던 무렵까지도 거창은 백제의 영토로 남아 있었는데, 당시 신라로 떠난 백제의 사신은 온갖 고초를 겪었다고 한다. 이 때문에 백제에서는 수송대에서 사신을 위한 송별잔치를 베풀었다고 한다. 말 그대로 수송대는 '근심으로 떠나 보낸다'는 뜻이다.

수승대라는 이름은 퇴계 이황이 지은 것으로 알려져 있다. 이황은 이곳을 방문하려다 갑작스런 왕명을 받고 발길을 돌려야 했는데, 이때 이황이 거창 신씨 문중의 신권에게 보낸 시에 '수승이라고 새롭게 이름을 바꾼다'라고 썼다. 지금도 수승대에는 이황의 시가 새겨져 있는데, 호방한 문장에서 새삼 대학자의 풍류를 짐작할 수 있다.

좋은 경치 좋은 사람 찾지를 못해

가슴속에 회포만 쌓이는구려.

뒷날 한 동이 술을 안고 가

큰 붓 잡아 구름 벼랑에 시를 쓰리다.

1월 24일. 아침 일찍 국밥을 사먹고 택시를 탔다. 무주-거창 간 37번 국도의 중간지점인 '빼재'가 백두대간 종주 제4구간 산행의 출발점이다. 추운 날씨 탓에 도로에 쌓인 눈이 녹지 않아 택시는 거북 걸음으로 비탈을 올랐다. 빼재는 사냥꾼들이 동물을 잡아먹고 뼈를 쌓아두었다 해서 붙여진 이름이라는 설이 있다. 하지만 고갯마루에 '수령(秀嶺)'이라는 글씨가 있고 이곳이 '신풍령(新風嶺)'으로도 불리는 걸 보면, '빼어난 고개'라는 데서 빼재라는 이름이 나왔을 가능성도 있다.

택시에서 내리자 칼바람이 얼굴을 때렸다. 방한용품으로 중무장을 했는데도 벌거벗은 것처럼 온몸이 떨렸다. 가장 먼저 올라야 할 수정봉을 바라보니 산 전체가 거대한 빙벽처럼 느껴졌다. 택시기사는 우리에게 고개 뒤편으로 오르는 길을 알려줬다. 조금이라도 쉽게 산행을 시작하고 싶은 마음에 우리는 빙벽 대신 뒤편의 넓은 길을 택했다. 무릎까지 빠질 정도로 눈이 쌓였지만 그리 힘들지는 않은 코스였다. 하지만 1시간이 지나도록 대간 마루금을 만나지 못해 애를 먹었다. 지도를 꺼내 방향을 살펴보고 나서야 산중턱 갈림길부터 반대로 걸었음을 알았다.

왔던 길을 되돌아 걷다가 허벅지까지 눈이 쌓인 비탈을 10여 분쯤 올라서 겨우 백두대간 능선을 찾았다. 조금 편하게 가려던 것이 오히려 화를 부른 셈이다. 수정봉에서 된새기매재를 지나 호절골재로 이어지는 길은 평탄한 코스였다. 눈만 아니라면 가볍게 뛰어갈 수도 있을 것 같았다. 하지만 바람에 눈이 흩날리면서 길이 사라져 버려 새롭게 러셀(Russell, 본래 제설차를 뜻하지만 맨 앞에서 눈길을 헤치면서 발자국을 남기며 걷는다는 의미도 갖고 있음)을 하다 보니, 평상시보다 시간이 2배 정도나 걸렸다.

허리까지 빠지는 눈길이었다. 처음에는 아무도 지나가지 않은 길 위에 발자국을 남기는 기분이 상쾌했다. 하지만 얼마 지나지 않아 체력이 떨어지기 시작했다. 장비마저 시원치 않은 후배의 입에서 “집에 가고 싶다”는 말이 나온 것도 이 무렵이었다.

삼봉산(1254m)은 조망이 뛰어났다. 북으로는 거창 삼도봉과 대덕산이, 남으로는 덕유산이 한눈에 들어왔다. 특히 산 전체가 눈으로 하얗게 뒤덮인 덕유산을 보고 있자니 산행의 피로가 말끔히 가시는 것 같았다.

여암 신경준 선생의 『산경표(山經表)』에 따르면 무룡산(봉황산)부터

삼봉산에서 바라본 대덕산(왼쪽)과 거창삼도봉 전경. 겨울에는 눈이 많은 곳이다.

삼봉산까지가 덕유산이다. '크고 넉넉한 산'이라 해서 덕유산이라 했던가. 삼봉산을 끝으로 덕유산 자락에서 벗어난다고 생각하니 몹시 서운했다. 나는 김정옥 시인의 '덕유산'을 읊조리며 허전한 마음을 달랬다.

> 산은 자유다.
> 몇 백 번을 만나도 붙잡지 않아
> 붙잡히지 않는 상큼한 자유다.
> 만나고 싶을 때 만날 수 있고
> 헤어지고 싶을 때 헤어질 수 있어

부작용 없고 부담 없는 자유다.

산은 자유다.

속박당할 염려 없는 깔끔한 자유다.

삼봉산에서 하산을 시작할 무렵 한 무리의 산악회 사람들이 다가왔다. 대전에서 왔다는 그들도 백두대간을 종주하고 있었다. 우리는 즐거운 마음으로 그들에게 러셀을 양보했다. 그들이 아니었다면 삼봉산에서 소사고개로 떨어지는 급한 내리막길에서 아마도 고전을 면치 못했을 것이다. 이 지면을 빌려 앞에서 길을 만들어준 9명의 종주대원들에게 고마움을 표한다.

오후 1시 30분. 예정보다 3시간이나 늦게 소사고개에 도착했다. 대전에서 온 종주자들은 매점 마당에 점심 상을 차렸고, 우리는 옆쪽 나무 테이블에서 라면으로 점심을 해결했다. 뜨거운 라면 국물이 금세 살얼음으로 변할 만큼 추운 날씨였다. 내가 오후 산행을 재촉하자 후배는 "더 이상 갈 수 없겠다"며 양해를 구했다. 그냥 밀어붙이기엔 장비가 너무 부실했다. 아쉬운 이별이었다.

그 대신 대전의 종주자들과 함께 대덕산을 넘어가야겠다는 계획을 세웠다. 그러나 그들도 회의 끝에 오후 산행을 포기했다. 그들은 나에게 포도주와 매실주를 권하며 "대덕산은 눈이 많다. 야간 산행을 감수해야 한다"고 잔뜩 겁까지 주었다.

이제 혼자 남았다. 갈 것인가, 말 것인가. 나는 음력 정월 초사흘에 맞춰 지어놓은 시산제 제문을 떠올리며 서둘러 거창 삼도봉 자락으로 발길을 재촉했다.

"삼가 엎드려 비옵니다"

거창 삼도봉으로 가는 길은 완만한 오르막 길의 연속이다. 눈만 아니라면 30분 안에 오를 거리였지만 1시간 30분이나 걸렸다. '든 사람은 몰라도 난 사람은 안다'는 말처럼 여럿이 함께 걷다가 혼자 가려니까 힘이 곱절로 드는 것 같았다. 나는 몇 번이나 돌아가고 싶은 유혹에 끌렸지만 그때마다 "가자! 가자!"고 외치며 눈길을 헤쳐나갔다.

거창 삼도봉(1250m) 정상엔 똑바로 서 있기 어려울 정도로 강한 바람이 불었다. 카메라로 전경을 담으려 했지만 순식간에 배터리가 방전됐다. 나는 할 수 없이 안부 쪽으로 내려서서 시산제를 준비했다. 본래 시산제는 유교식 제례를 따라 강신, 참신, 초헌, 독축, 아헌, 종헌, 헌작, 음복, 소지 순으로 이어진다. 하지만 혼자서 지내는 시산제인 데다 바람까지 불어 약식으로 진행할 수밖에 없었다. 나는 제물을 차리고 향을 피운 뒤, 큰 소리로 제문을 읽어 내려갔다.

"유세차 단기 4337년 1월 3일 불초 산꾼 육성철은 희망찬 새해를 맞이하여 천지신명님, 삼도봉 신령님 전에 삼가 엎드려 비옵니다. 아무것도 모르고 그저 산이 좋아 시작한 산행이 어언 스무 해로 접어드매 산에서 배운 것은 오직 하나, 넓고 큰마음이었습니다. (중략) 다가온 새해에도 모쪼록 안전하고 뜻 깊은 산행이 되게 하시어 불초로 하여금 산의 덕을 조금이나마 펼칠 수 있는 아량을 베풀어주시기 바라옵니다. (중략) 이제 한 잔 술을 올리나니 천지신명, 삼도봉 산신령께서는 상향하여 주시옵소서."

시산제의 마지막 순서인 소지를 끝내고 제물로 썼던 막걸리를 한 잔 따랐다. 입 속에서 얼음이 씹혔다. 들짐승을 위해 북어포를 눈 위에 던져 놓고 서둘러 짐을 꾸렸다. 잠시 지체했을 뿐인데 해는 벌써 산을 넘어가고 있었다. 시산제 중반부터 조금씩 날리던 눈가루도 어느새 함박눈으로 변해 있었다.

대덕산(1290m)에 도착했을 무렵 해는 이미 완전히 떨어졌다. 석양의 붉은 기운이 희미하게 남아 있었지만, 바람과 눈 때문에 시야가 거의 확보되지 않았다. 어둠은 예상보다 일찍 찾아왔다. 나는 랜턴을 켜고 백두대간 표지에 의존해 하산을 서둘렀지만 얼마 지나지 않아 길을 잃고 말았다. 표지는 더 이상 찾을 수 없었고, 이따금씩 산짐승의 발자국만 보일 뿐이었다.

언제나 그렇듯이 좋지 않은 일은 한꺼번에 찾아온다. 우선 랜턴 배

대덕산 정상의 모습. 날이 저물면서 기온이 갑자기 떨어져 카메라 셔터를 누르기 위해 한참 동안 몸을 비벼야 했다.

터리가 방전됐다. 추운 날씨 탓이다. 여분의 건전지를 가져오지 않은 것이 후회되었지만, 어쩔 수 없는 일이었다. 설상가상으로 등산장비가 하나둘 문제를 일으켰다. 바위를 통과하다가 스틱이 부러졌고, 내리막길에선 발을 헛디디는 바람에 아이젠 하나를 잃었다. 오후부터 조금씩 이상 징후를 보이던 등산화마저 방수기능을 완전히 잃어버렸다.

악전고투는 이럴 때 쓰는 말인가 싶었다. 나는 넘어지고 미끄러지면서 한 발짝씩 전진했다. 이따금씩 백두대간 표지가 나타났지만 이내 놓쳐 버리곤 했다. 아득했다. 얼마나 걸었을까. 멀리서 조그마한 불빛이 보이기 시작했다. 눈만 아니라면 단숨에 내칠 거리였지만, 허리까지 빠지는 눈길은 산속의 나그네를 더욱 위태롭게 만들었다.

몸이 얼어붙는 듯한 한기가 엄습했다. 초콜릿을 잘라 입안에 털어 넣었지만 한기는 가시지 않았다. 그때 바위로 삼면이 가려진 안락한 쉼터 같은 곳이 나타났다. '저곳에서 하룻밤을 보내고 싶다'는 강한 충동이 잠시 일었다. 실제로 바위 곁에 몸을 기대니 스르르 눈이 감겼다. 그러다가 덜컥 겁이 났다. 수많은 조난사고가 이런 상황에서 발생한다는 생각에 이르자 일시에 머리끝이 쭈뼛해지면서 긴장이 되살아났다. 다시 몸을 일으켰다.

눈 속에 파묻혀 하산한 지 4시간여. 평탄한 능선이 끝나는가 싶더니 아래로 뚝 내려섰다. 무주-김천 간 30번 도로가 지나는 덕산재였다. 긴 한숨이 터져 나오면서 '이제 살았구나' 하는 생각이 들었다. 마음 같아서는 택시를 부르고 싶었지만 휴대전화 배터리도 방전된 지 오래였다. 나는 잠시 어느 쪽으로 갈 것인가 고민하다가 무주 쪽으로 걸음을 옮겼다. 명절 연휴라 지나가는 자동차마저 없었다. 그래도 넓은 아스팔트 길이어서 산속만큼 두렵지는 않았다.

"할아버지, 고맙습니다"

얼마나 걸었을까. 더 이상 걷기가 어려울 정도로 지쳤을 무렵 불빛이 새나오는 농가의 문을 두드렸다. 한 할아버지가 문을 열더니 들어오라고 손짓했다. 나는 택시를 불러달라고 부탁했지만, 할아버지는 아랫목에 요를 깔고 이불을 폈다. 그리곤 나의 등산장비를 모두 들여놓고는 닭도리탕을 안주로 술상까지 차려냈다.

"이곳을 거쳐간 산꾼이 많으니 걱정하지 마소. 그냥 하룻밤 묵어 가시오. 돈 받을 생각이면 집에 들여놓지도 않았으니 다른 생각은 아예 하지도 마소."

그러나 어찌 빈손으로 받아만 먹을 것인가. 나는 배낭 속의 과일과 술을 꺼내 할아버지께 드렸다. 할아버지는 내가 따라주는 술을 마시며 70년 세월의 희로애락을 풀어냈다.

"일본에서 UN군으로 차출돼 6·25전쟁에 참전했다네. 인형공장을 운영하면서 5남매를 대학에 보내고, 10여 년 전 아내와 사별한 뒤 혼자서 과수원을 가꾸고 있는데……."

다음 날 아침, 나는 화장실에 가려 밖으로 나왔다. 마당에는 함박눈이 내리고 있었다. 멀리 대덕산이 보였다. 밝은 날 보니 산은 지난 밤과는 여러모로 달랐다. 당초엔 이날도 계속 산행을 할 계획이었지만 체력이 바닥난 상태라 무리해서는 안 되겠다는 판단을 내렸다. 더 이상 민폐를 끼쳐선 안 된다는 생각에 서둘러 짐을 챙기는데, 할아버지가 몹시 언짢은 표정을 지었다. "남의 집에 와서 아침도 들지 않고 가는 결례가 어디 있나? 아무리 바빠도 해장은 하고 가게나."

전북 무주군 무풍면 금평리에 사시는 박칠하씨. 인심 좋은 할아버지 덕분에 위기에서 벗어날 수 있었다.

할아버지는 지난 밤과 마찬가지로 닭도리탕을 안주로 소주와 막걸리를 차려냈다. 그러고는 수건에 물을 묻혀 주시면서 “우리 집에는 수도가 없어. 먼 길을 가야 하니 이걸로 세수라도 하게”라고 말했다. 막잔을 비울 무렵 택시가 도착했다. 할아버지는 택시기사에게 “잘 모셔다 드려야 한다”며 수차례 부탁하고 돌아섰다. 나는 함박눈을 맞으며 집으로 들어가는 할아버지를 바라보며 전라북도 무주군 무풍면 금평리를 빠져나왔다.

다시 덕산재에 서다

그로부터 일주일이 지난 2월 1일 새벽. 김천시

외버스터미널에서 무주행 버스를 탔다. 승객은 나를 포함해 2명. 나의 옆에 앉은 40대 중반의 여성도 등산복 차림이었다. 내가 "어느 산을 가느냐"고 묻자 "덕유산에 코스 답사를 간다"는 대답이 돌아왔다. 그는 회원이 200명 정도 되는 여성산악회의 회장이라고 했다. 우리는 산을 주제로 여러 얘기를 나누던 중 새삼 '등잔 밑이 어둡다'는 속담이 실감났다. 경기도에서 자란 나는 경기도의 산에 대해 별로 할 말이 없었고, 산악회장이라는 중년 여성은 자신의 집에서 가까운 지리산 · 덕유산 · 가야산에 자주 오르지 못했다고 털어놓았다. 한마디로 우리는 내 집의 보물은 거들떠보지도 않고 남의 집 물건만 열심히 보러 다닌 셈이다.

오전 8시, 다시 덕산재에 섰다. 1주일 전에 비해 추위는 누그러들었지만 바람은 여전했다. 대간으로 들어서자 앞서 간 발자국이 하나 보였다. 눈이 무릎까지 빠질 지경이었지만 누군가 지나간 발자국 덕분에 그리 힘들지 않았다. 김천과 무주를 연결하는 부항령을 지나 야트막한 오르막에 이르자 40대 초반의 등산객이 보였다. 그가 바로 발자국의 주인공이었다. 나는 그에게 "고맙습니다"라고 인사했다. 우연인지는 모르겠지만 그도 나와 똑같이 2003년 10월 3일 백두대간 종주를 시작했다고 했다. 하지만 진도는 나보다 두 배나 빨랐다. 부산에 산다는 그는 매주 산행을 하는데 폭설 때문에 덕산재-우두령 구간을 빼놓았다가 이번에 보충하는 중이라고 했다.

오는 게 있으면 가는 것도 있어야 하는 법. 이번에는 내가 앞에서 러셀을 했다. 그러자 1주일 전처럼 체력이 급격하게 떨어지기 시작했다. 급기야 1170m봉을 지나 목장지대를 통과하다가 눈 위에 드러눕고 말았다. 정말이지 허리까지 빠지는 눈길은 더 걷고 싶지가 않았다.

부산아저씨는 서둘러 우두령까지 가야 한다고 말했지만 나는 이때 이미 코스를 단축하기로 마음을 먹었다.

삼도봉에서 미니미골까지

삼도봉(1176m)으로 가는 길은 긴 오르막이라서 지치기 쉬운 코스다. 하지만 멀리 서쪽으로 시원하게 솟아오른 민주지산과 석기봉이 있기에 지루한 느낌은 들지 않았다. 민주지산은 비록 백두대간 줄기에서는 살짝 비켜서 있지만 산꾼들의 사랑을 듬뿍 받는 산으로 유명하다. 산 이름은 '산세가 민두름(밋밋)하다'는 데서 유래했다고 전해지지만 『동국여지승람』에는 백운산으로 기록돼 있다. 행정구역으로 볼 때 영남과 호남, 충청의 경계는 삼도봉이다. 하지만 언어 · 풍습 · 음식 등 문화적 분기점은 민주지산으로 보는 것이 보다 정확할 것이다.

백두대간을 걷다 보면 삼도봉이라는 이름을 자주 보게 된다. 첫 번째는 지리산 화개재와 임걸령 사이에 있는데 이곳은 전남 구례, 경남 하동, 전북 남원의 분기점이다. 두 번째는 소사고개와 대덕산 사이에 있는데 이곳은 경북 김천, 경남 거창, 전북 무주의 갈림길이다. 그리고 세 번째가 바로 민주지산 자락에 있는 삼도봉으로 충북 영동, 경북 김천, 전북 무주의 경계선이다. 충청 · 호남 · 영남을 삼도로 이해한다면 마지막 삼도봉이 실질적인 삼도봉이라고 볼 수 있다. 그래서인지는 몰라도 이곳에는 삼도의 화합을 기원하는 기념탑이 세워져 있고 해마다 10월 10일이면 '삼도봉 만남의 날' 행사가 열린다.

삼도봉 아래쪽 안부에서 하산을 시작했다. 나와 부산아저씨는 영동 물한리계곡 쪽으로 내려섰다. 이 코스는 길이 평탄하고 계곡의 풍광도 아름답기 때문에 삼도봉이나 민주지산 등반객들이 많이 이용한다. 하지만 이 길을 우습게 여겼다가는 큰코다치는 수가 있다. 물한리계곡은 일기 변화가 극심해서 순식간에 폭설이 내리는가 하면 기온이 급격하게 떨어지는 일도 허다하다. 이 때문에 1998년에는 국군 특수부대 장병들이 동계훈련 도중 집단 동사한 일까지 있었다.

물한리계곡은 흔히 미니미골로도 알려져 있다. 한국전쟁 당시 미니미골에는 후방에서 고립된 인민군 1개 사단과 빨치산 부대가 주둔해 있었는데, 밤낮으로 계속된 포격으로 전원 몰살당했다고 한다. 미니미골에서 오랫동안 살아온 한 할아버지는 "인민군 시체가 계곡을 뒤덮었다"며 끔찍했던 과거를 떠올렸다.

피비린내가 진동했던 미니미골도 지금은 전국적인 관광지다. 쭉쭉 뻗은 침엽수림과 굴곡이 완만한 계곡은 가족나들이 코스로 손색이 없어 여름철이면 넓은 주차장에 차댈 곳이 없을 만큼 인파로 붐빈다고 한다.

[빼재에서 삼도봉까지]

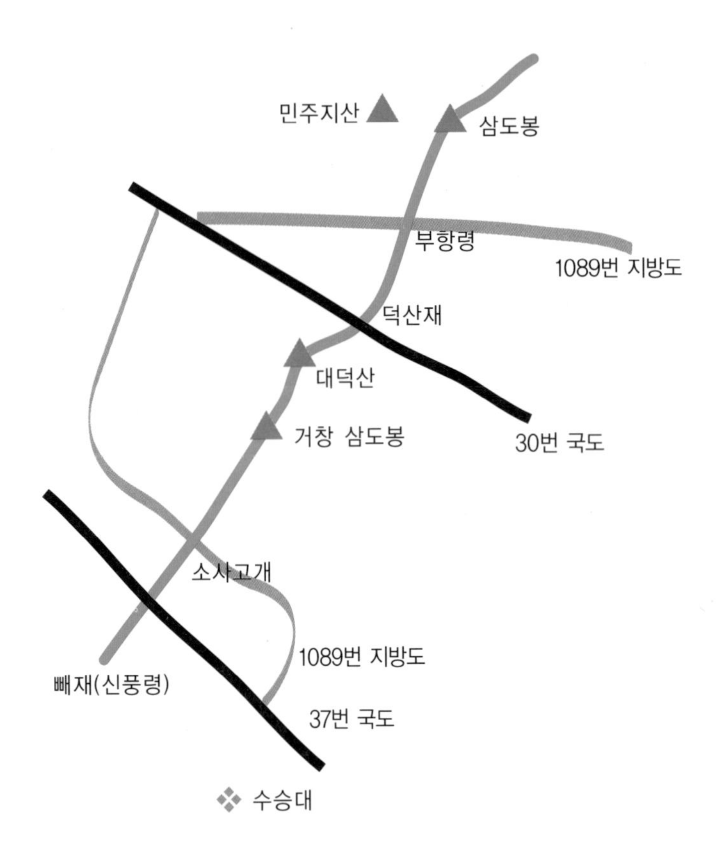

빼재: 무주에서 무풍까지 버스로 이동한 뒤 택시로 진입. 거창에서는 고제면까지 버스로 이동한 뒤 택시로 진입.
자가운전 시 무주에서는 37번 국도, 거창에서는 1089번 지방도를 타다가 도중에서 37번 국도를 이용.

종주로: 빼재 → 소사고개 → 거창 삼도봉 → 대덕산 → 덕산재 → 부항령 → 삼도봉

바람도 구름도 쉬어가는 추풍령 굽이마다 한 많은 사연

삼도봉에서 작점고개까지

한국은 산림녹화의 모범국으로 불린다. 6·25전쟁으로 잿더미가 된 국토 위에 광활한 숲을 조성했기 때문이다. 실제로 한국은 제3세계에 조림기술을 전수하기도 했다. 그러나 한국의 숲은 어딘가 모르게 허전하고 빈약하다는 느낌을 지울 수가 없다. 우거진 숲은 있되, 가꿔진 삼림은 적기 때문일 것이다. 잘 생각해 보라. 해마다 식목일이면 국가적으로 나무를 심지만 삼림이 자원으로 활용된다는 이야기는 들은 적이 없다. 한국의 숲이 이른바 '녹색댐'의 기능을 갖지 못한다는 점이 단적인 예일 것이다.

녹색댐이란 산림이 빗물을 저장했다가 서서히 흘려보내는 데서 나온 이름이다. 숲이 녹색댐 구실을 충실히 한다면 홍수와 가뭄을 예방할 수 있고 나아가 수질까지 개선할 수 있다. 이 대목에서 혹자는 반론을 제기할 것이다. 한국은 여름철 집중호우가 잦기 때문에 녹색댐이 발달할 수 없다고. 하지만 이는 일부는 맞고 일부는 틀린 주장이다. 집중호우가 녹색댐에 걸림돌이 된다는 것은 사실이지만, 녹색댐은 강수량보다 조림의 영향을 더 크게 받는다. 즉 잘 가꾼 숲일수록 토양이 빗물을 많이 흡수하고, 나무가 수분을 적게 소비한다는 얘기다.

백두대간을 걷다 보면 우리의 삼림에 침엽수가 유난히 많다는 것을 알 수 있다. 생태계의 천이(遷移) 과정을 고려할 때, 시간이 갈수록 침엽수가 증가하는 건 자연스런 현상이다. 하지만 침엽수 일색의 숲이라도 가지치기와 간벌을 해주면 활엽수림을 적절하게 유지할 수 있다. 활엽수가 침엽수보다 수분 저장량이 많다는 점에서 조림사업이야말로 녹색댐을 만드는 지름길인 셈이다. 이런 이유로 정부는 IMF 직후인 1998년부터 2000년까지 노숙자와 실업자 등 연인원 1천만여 명을 삼림녹화 공공사업에 투입한 일이 있다. 당시 정부 고위 관계자는 고용문제와 환경문제를 동시에 해결할 수 있는 일석이조의 정책이라며 흥분하기도 했다. 하지만 문제는 지속성이다. 안타깝지만 우리의 산림은 녹색댐과는 너무나 먼 길을 가고 있다.

2월 21일 아침 6시 30분. 촉촉이 내리는 봄비를 맞으며 수원역에서 경부선 무궁화호 열차를 탔다. 새벽부터 서두른 탓에 자리에 앉자마자 곧바로 잠이 들었는데 깨어보니 기차는 충북 옥천역에 정차해 있었다. 전라도의 지붕이 무주 · 진안 · 장수라면, 충청도의 지붕은 보은 · 옥천 · 영동이다. 충청도 사람들은 보은 · 옥천 · 영동을 가리켜 '충북 남도 3군' 이라 부르기도 하는데, 산지가 많고 백두대간이 지난다는 점에서는 전라도의 무진장과 닮았다.

물한리 가는 길목에서

오전 10시. 버스 시간이 맞지 않아 영동역

노근리 사건 현장. 백두대간에는 상처가 씻기지 않은 역사의 현장이 수두룩하다. 노근리 사건 현장은 대표적인 곳이다.

에서 택시를 타고 대간에 붙기로 했다. 영동에서 황간 쪽으로 10여 분쯤 달리다 보면 도로 왼편으로 낯익은 터널이 하나 보이는데, 이곳이 바로 노근리 쌍굴다리다. 노근리는 한국전쟁 당시인 1950년 7월 미군이 민간인 300여 명(추정)을 향해 무차별 사격을 가한 현장으로, 이 사건은 1994년 『말』지와 1999년 AP통신 보도 등을 통해 세상에 알려졌다. AP통신 보도 이후 미국은 2000년 18명의 자문위원단을 파견하기도 했는데, 사건의 전모는 아직까지 밝혀지지 않고 있다.

쌍굴다리에서 대곡면을 지나 상촌면으로 가는 길목 양옆으로 포도밭이 길게 이어졌다. 평야가 많지 않은 영동지방에서 과수농업은 중요한 생계수단이다. 경작지의 80%가 과수원이고, 이 가운데 포도 재배 농원이 절반 이상을 차지한다. 이 때문에 최근 영동 지역의 민심은 흉흉하다. FTA 협정이 타결되면서 포도 농가의 미래가 불투명해진 탓이다. FTA 얘기가 나오자 포도와는 별로 상관이 없어 보이는 택시 기사가 눈살을 찌푸렸다. “이젠 먹고살 게 없어요. 영동 포도가 품질이 좋다지만 기껏해야 두세 달 먹을 수 있잖아요. 그런데 칠레산 포도는 저장성이 뛰어나 1년 내내 출하된다는군요. 도시 사람들은 FTA를 찬성한다고 하는데, 농민도 먹고살 길을 만들어줘야 할 거 아닙니까.”

농민들이 들으면 속상할 일이지만, 영동의 과수원은 빼어난 경치를 자랑한다. 특히 복숭아 농장이 일품인데, 초여름 이곳을 지나노라면 마치 꿈속을 걷는 듯한 착각에 빠지게 된다. 바람에 복숭아 꽃잎이 날리는 풍경을 바라보며 과수원을 거닐다 보면 자연스럽게 구로자와 아키라 감독의 명작 〈몽(夢)〉이 떠오른다. 하지만 안타깝게도 나는 이제 그런 기쁨을 누리지 못할 것 같다. FTA의 상처를 모른다면 모를까, 농민의 멍든 마음을 알고서야 어찌 한가롭게 영동의 복숭아밭을 드나들 수 있을 것인가.

택시가 상촌면 시내로 들어섰다. 5일장이 서는 날이라 그런지 가뜩이나 좁은 길이 북적거렸다. 이곳 상촌면은 이정향 감독의 영화 〈집으로〉가 촬영된 현장으로 유명하다. 2002년 개봉돼 전국적으로 ‘할머니 열풍’을 일으켰던 이 영화에서 상촌면의 5일장 모습은 관객들의 눈시울을 뜨겁게 만들었다. 벙어리 할머니가 철부지 손자에게 운동화와 자장면을 사주면서 자신은 물만 마시는 장면, 할머니가 구멍가게의 병든 친구를 찾아가 초코파이를 산 뒤 산나물을 내놓는 장면, 할머니가 손자만 버스에 태워 보내고 먼지 날리는 시골 길을 혼자서 걸어오는 장면…….

다시 삼도봉에 올라서다

물한리 계곡에서 아침을 먹으려 했으나 문을 연 식당이 없었다. 할 수 없이 구멍가게를 찾아가니 주인장이 콩을 섞은 밥과 김치로 아침을 차려냈다. "산에서 점심을 드셔야 할 것 같구만" 하며 점심 도시락까지 챙겨주었다. 두 끼 비용이 고작 2000원. 더 내고 싶었지만 주인은 받지 않겠다고 버텼다. 내가 고마움을 표하며 "주말인데도 사람이 없네요?"라고 묻자, 주인 아저씨는 "장사가 안 되는 건 걱정이지만, 우리 동네 산(민주지산)은 사람들이 너무 많아서 탈이에요. 산도 좀 쉬어가면서 살아야죠"라고 대꾸했다.

물한리에서 삼도봉을 향해 오르기 시작했다. 등산로는 눈이 모두 녹아 질퍽했으나, 계곡은 얼음으로 덮여 있었다. 이 코스는 길이 넓고 경사가 완만해서 부담 없이 걸을 수 있다. 그러나 방심은 금물이다. 얼마 전부터 이곳에 멧돼지가 자주 출몰하고 있기 때문이다.

삼도봉 안부에서 숨을 고르며 3주 전 빼재–삼도봉 구간을 함께 타다가 이곳에서 헤어진 부산아저씨를 떠올렸다. 그는 본래 산을 좋아하지 않았는데, 우연히 찾아간 지리산 산장에서 산꾼들의 무용담을 듣다가 갑자기 우리나라의 높은 산을 모두 밟아보고 싶은 객기가 발동해 백두대간 종주를 시작했다고 말했었다. 백두대간 종주를 마치면 무슨 일이든 자신 있게 할 수 있을 것 같아 지프 승용차도 새로 장만했다고 했다. 그런 열정이라면, 산속에서 용기 이상의 그 무엇을 얻을 수 있겠다는 생각이 들었다.

삼도봉에서 1123m봉으로 가는 코스는 아담한 오솔길이다. 갈대와 철쭉, 잡목더미와 싸리나무 덩굴을 차례로 지나야 한다. 눈이 쌓였더라면 꽤나 고생스런 구간이었겠지만, 이미 눈은 녹은 상태라 산악마

충청 · 전라 · 경상도가 갈라지는 분기점 삼도봉. 충청도 방향에 석기봉과 민주지산이 있다.

라톤을 하듯이 가볍게 뛰어갈 수 있었다. 1123m봉 앞에서 하늘이 갑자기 시커멓게 변하더니 비가 쏟아지기 시작했다. 이때부터 나는 비구름과 신경전을 벌여야 했다. 방수용 파카와 배낭 커버로 중무장을 하면 비가 그치고, 옷을 벗고 단출하게 차림을 바꾸면 비가 쏟아졌다.

밀목재를 지나면서부터는 눈이 녹지 않은 응달이 나타났다. 같은 산속이라고는 믿기지 않을 만큼 눈이 많았다. 나는 앞서 간 사람들이 만들어 놓은 발자국에 발을 맞추며 조심스럽게 전진했다. 지뢰가 없는 안전지대만 밟으며 적진으로 침투하는 군인이 된 듯한 느낌이었다. 눈길을 통과하자 이번엔 가파른 오르막이다. 거친 숨을 내뱉으며 20여 분을 씨름하고 나서야 1175m봉에 올라섰다. 흐린 날씨 탓에 조망은 신통치 않았으나, 연신 얼굴을 때리는 상큼한 비바람이 나그네의 피로를 깨끗이 풀어주었다.

1175m봉에서 화주봉(1207m)으로 가려면 가파른 내리막을 통과해야 한다. 백두대간 안내책자에는 이곳이 '위험지대'로 표시돼 있는데, 경사가 워낙 급해 밧줄을 타고 내려서야 한다. 밧줄에 몸을 의지한 채 한 발짝씩 아래로 내딛다가 어딘가 모르게 밧줄이 불안하다는 느낌에 사로잡혔다. 그래서 밧줄을 놓고 팔과 다리를 모두 쓰는 삼지법으로 기어서 바위틈을 빠져나왔다. 눈이 거의 녹았기에 망정이지 한겨울이었다면 빙판 때문에 단단히 고생했을 터였다.

화주봉 가까운 구간은 충청북도와 경상북도의 도계로 편안한 능선이다. 화주봉 정상에 이르자 40대 초반의 산꾼이 휴식을 취하고 있었다. 그는 서울에서 산악회 사람들과 함께 새벽부터 대간을 탔는데, 선두에서 달리다 꼴찌로 처졌다고 했다. 길을 잘못 들어 헛걸음을 한 탓이다. 세상 이치가 그렇듯이 헛수고를 하면 기운이 빠지게 마련이다. 정상 컨디션이었다면 산악회의 선두를 이끌었을 그였으나, 지친 산꾼은 천천히 걷는 나를 따라잡기에 바빴다.

우중산행(雨中山行)에 대취(大醉)하다

화주봉에서 1시간 정도 걸어가니 우두령이 모습을 드러냈다. 우두령에 거의 도달했을 무렵 먼저 도착한 산악회 대원 1명이 서울아저씨를 찾기 위해 대간을 거슬러 올라오고 있었다. 오후 3시 30분. 충북 영동군 상촌면과 경북 김천시 구성면의 경계인 우두령 정상에 섰다. 우두령 고개에서 잠시 산행을 계속할 것인가 말 것인가 고민하다가 걸음을 멈추기로 했다. 오후 3시에 시작된 한일전 축구경기를 보고 싶어서였다. 산악회 사람들의 배려로 면소재지까지 관광버스를 타고 나와 허름한 다방의 TV 앞에 앉았다. 소주의 유혹도, 서울행 차편도 모두 마다하고 축구 경기에 집중했다. 0대2. 한국은 후반에만 두 골을 먹고 완패했다.

밤새 비가 내렸다. 나는 상촌면의 하나뿐인 여인숙에 묵었는데 조립식으로 지은 건물이라서 빗소리가 유난히 크게 들렸다. 새벽녘엔 천둥까지 치는 바람에 잠을 청하지 못했다. 잠을 자지 못할 바엔 걷는 게 낫겠다 싶어 해가 뜨기도 전에 택시를 타고 우두령으로 향했다. 랜턴을 비추며 절개지를 오르는데 진흙이 자꾸 흘러 내려왔다. 스틱을 꺼내 짚어 보았지만 빗줄기가 워낙 거세 별 효과가 없었다. 설상가상으로 표지마저 드물어 갈림길이 나올 때마다 애를 먹었다.

능선으로 올라서자 비로소 대간의 윤곽이 뚜렷하게 나타났다. 빗줄기는 더 강해졌지만, 몸속은 한결 시원해졌다. 가쁜 숨을 토해내고 고갯마루에 올라 찬바람을 맞는 기분은 뭐라 형언할 길이 없다. 이 맛에 산꾼들이 산을 오르는지도 모른다. 동쪽 하늘로부터 점차 날이 밝아오면서 대간의 좌우로 구름과 안개가 신비로운 자태를 드러냈다. 디지털카메라에 이 광경을 담아보려 했지만 빛이 부족한 탓인지 시커멓게 찍혀 나왔다. 기계가 아니라면 눈에라도 저장할 수밖에. 나는 한동안 하늘과 산이 맞닿은 곳을 응시하며 밤과 낮이 뒤바뀌는 순간을 감상했다.

1030m봉에 올라서기 무섭게 대간은 오른쪽으로 크게 휘돌았다. 여기서부터는 사방에서 새 소리가 들려왔다. 새벽에 듣는 새 소리만큼 경쾌한 선율이 또 있을까. 그 소리에 맞춰 발걸음을 떼는데 왼편 갈대숲에서 푸드덕 하는 소리와 함께 10여 마리의 꿩이 날아올랐다. 아마도 아침잠을 자다가 나의 발소리에 놀란 모양이었다. 갈대숲 주

변을 맴도는 꿩들을 바라보며 잠시 쉬는데 대간의 좌우에 포진한 구름이 장관을 이루었다. 바람이 부는 대로 이리저리 이동하면서 불과 1~2분 사이에 색다른 풍경화가 펼쳐졌다.

구름이 걷히면서 대간은 황악산(黃岳山 · 1111m) 길로 접어들었다. 보통 산 이름에 악(岳)자가 들어가면 험난한 코스가 많은데, 황악산은 예외다. 산세가 전형적인 육산(肉山)이어서 부담 없이 오를 수 있다. 이 때문에 산꾼들에게는 별로 인기가 없지만, 천년 고찰 직지사가 있어 불자들에게는 널리 알려져 있다. 황악산에서 한껏 솟구쳐 오른 대간은 백운봉과 운수봉을 지나면서 급격히 고도를 낮춘다. 간밤의 비에 흠뻑 젖은 산길은 진흙 범벅이었다. 조심조심 내려가는데도 몇 미터씩 미끄럼을 타곤 했다. 다소 따분할 수 있는 코스였지만, 이곳에도 나를 즐겁게 하는 그 무엇이 있었다. 바로 빗물을 머금은 소나무가 뿜어내는 진한 향내와 산허리를 자유롭게 돌아다니며 한껏 멋을 부리는 안개였다. 채마밭과 철조망 지대를 통과해 977번 도로 위로 내려섰다. 이곳이 충북 영동군 매곡면과 경북 김천시 대항면의 경계선인 궤방령이다. 멀리 황악산 쪽을 바라보니 또다시 먹구름이 몰려들고 있었다.

직지사 천불전 앞에서

2월 28일 새벽. 수원에서 경부선 열차를 타고 달리다 김천에서 내렸다. 이번 산행에는 대학 후배 양정석 씨가 동참했다. 우리는 산을 타기에 앞서 직지사로 향했다. 지난번 산행 때 황악산을 지나면서 직지사를 둘러보지 못한 아쉬움이 컸기 때문이다. 직지사는 전통적으로 불교세가 강한 경북지역에서도 매우 중요한 사찰이다. '직지'라는 이름은 일찍이 고구려 선교사 아도화상이 절을 창건하면서 절 터를 손가락으로 가리킨 데서 유래했다는 설과, 고려 태조 때 능여대사가 절을 확장하면서 손으로 측량한 데서 유래했다는 설이 있다.

직지사에서 가장 유명한 건물은 비로전이다. 직지사의 여러 암자 가운데 임진왜란의 봉변을 피한 유일한 건물로 1000개의 불상이 조성돼 있다고 해서 천불전으로도 불린다. 1000개의 불상은 각기 다른 표정을 하고 있는데, 고려 초기 경잠대사가 경주 남산의 옥돌로 16년간 빚었다고 한다. 불상 중에는 알몸인 불상이 하나 있는데, 불자들 사이에서는 '법당에 들어서자마자 이 불상을 발견하면 아들을 낳는다' 는 속설이 퍼져 있다. 비로전 건물 뒤편의 대나무 숲에서 들려오는 은은한 소리와 비로전 옆쪽에서 지붕을 걸치고 바라보는 황악산 전경은 직지사의 숨은 매력이다.

직지사에 들른다면 사명각도 한번 둘러볼 것을 권한다. 이곳에는 사명당의 영탱(영정으로 된 탱화)이 봉안돼 있는데, 그림 속의 동자승이 칼을 들고 있는 모습에서 사명당의 독특한 행적을 엿볼 수 있다. 사명당은 1544년 경남 밀양에서 태어나 15세 때 황악산 아래에서 수학한 뒤 직지사로 출가했는데, 임진왜란 때 승병을 조직해 싸운 일 외에도 일본으로 건너가 포로 300여 명을 데리고 귀국한 일화가 유명하다. 이 사건을 두고 백성들은 사명당이 일본 땅에서 도술을 선보였다고 믿었는데, 사명각의 외벽 그림 또한 사명당의 일본 행차를 신비롭게 묘사하고 있다. 이밖에 보물로 지정돼 있는 대웅전의 석가모니 후불탱화 등 3폭의 불화와 비로전 앞 3층 석탑도 중요한 문화유산이다.

직지사에서 곧바로 궤방령을 오를 생각이었지만, 차편이 없어서 30여 분을 걸어 내려와서 택시를 탔다. 택시로 이동하는 동안 날씨가

직지사 대웅전 뒤편의 대숲. 가만히 귀를 기울이면 대잎이 부대끼는 소리가 들린다.

직지사 비도전 지붕을 끼고 올려다 본 황악산의 모습.

심상치 않더니 급기야 빗방울이 떨어지기 시작했다. 또 다시 우중산행이다. 비를 의식해 빨리 걷다 보니 어느새 주능선에 올랐다. 이곳에서 오른쪽으로 크게 꺾어들자 넓은 공터가 보였다. 여기가 바로 가성산이다. 좌우로 점처럼 촘촘히 박혀 있는 김천과 영동의 산골 마을을 내려다보며 김밥으로 점심을 해결했다.

가성산에서 장군봉까지는 깊숙이 내려갔다가 급하게 올라서는 코스인데, 내리막 능선으로는 옛날 지게꾼들이 걸었을 법한 오솔길이 이어진다. 장군봉에서 눌의산으로 가는 길도 시원한 솔바람 덕분에 편하게 내칠 수 있었다. 다만 비가 내린 탓에 기온이 크게 떨어져 움직이지 않고 조금만 서 있어도 몸에서 한기가 느껴졌다. 눌의산 정상에 도착하자 북쪽으로 경부선 철도와 경부고속도로가 눈에 들어왔다. 저곳이 바로 추풍령이다. 눌의산에서 추풍령으로 가는 내리막길에서는 수차례나 미끄럼을 탔다. 이 때문에 애꿎은 나뭇가지들이 수난을 겪었다. 최대한 자세를 낮추고 조심스럽게 전진했지만, 눈과 비가 뒤섞인 터라 중심을 잡기가 힘들었다.

잘려나간 금산, 눈 덮인 추풍령

고속도로를 달리는 자동차의 소음이 커지는가 싶더니 어느새 눈앞에 경부고속도로가 나타났다. 1970년 건설된 대한민국 산업화의 상징이자 국토의 대동맥으로 불리는 경부고속도로. 백두대간은 88올림픽고속도로를 우회하고 대전-통영 간 고속도로(터널) 위를 건넌 데 이어 세 번째로 경부고속도로의 땅 밑을 지난다. 고속도로 다음은 경부선 철도. 1905년 일제가 건설한 이 철도는 지난 100년간 한민족의 한 많은 사연을 실어 날랐다. 징

용과 학병 그리고 이촌향도와 귀성인파에 이르기까지……. 한국 사람치고 경부선 열차에 얽힌 추억을 지니지 않은 사람은 없을 것이다.

철도 건널목을 지나 4번 국도에서 오른쪽 김천 방면으로 200여 미터를 걸어가면 추풍령 표석이 나온다. 88서울올림픽 성화봉송을 기념해 만든 돌 위에는 가수 남상규의 그 유명한 노랫가락이 새겨져 있다.

> 구름도 자고 가는 바람도 쉬어 가는
> 추풍령 굽이마다 한 많은 사연
> 흘러간 그 세월을 뒤돌아보는
> 주름진 그 얼굴에 이슬이 맺혀
> 그 모습 흐렸구나 추풍령 고개

구름이 정말 쉬어가는 모양인지 빗줄기는 더욱 굵어졌다.

3월 4일과 5일. 충청권에는 기록적인 폭설이 내렸다. 기상 관측이 시작된 이래 가장 많은 눈이었다. 이 바람에 경부고속도로가 개통된 후 처음으로 고립되는가 하면 경부선에서는 새마을호 탈선사고가 발생했다. 나는 '경칩(5일)에 눈비가 오면 풍년이 든다' 는 농가의 속설을 위안 삼으며, 7일 아침 눈폭풍의 현장으로 갔다. 1주일 전 비가 부슬부슬 내리던 추풍령은 완전히 다른 모습으로 나그네를 맞았다. 봄이 코앞까지 왔다가 동장군에게 한 방 크게 얻어맞기라도 한 것처럼 한겨울을 방불케 할 만큼 매서운 바람이 몰아쳤다.

추풍령에서 금산(384m)으로 가기 위해서는 추풍령 건너편 포도밭 마을을 지나야 한다. 나는 식당 주인의 말을 잘못 알아듣고 시멘트 포장도로를 한참 따라갔다가 되돌아 나왔다. 30분이나 허비하고 올라선 금산의 몰골은 형언할 수 없는 슬픔 그 자체였다. 채석장 때문에 산의 반쪽이 완전히 떨어져 나갔는데 어찌나 흉측한지 소름이 돋을 지경이었다. 토사가 흘러내리는 것을 막기 위해 그물과 밧줄로 얽어 놓은 모양은 팔다리가 잘려나간 부상병보다도 더 참혹해 보였다.

금산의 아픔을 아는지 모르는지 왼편으로 내려다보이는 추풍령은 마을 전체가 눈 속에 잠긴 듯 고요했다. 정면으로 바라보이는 추풍령 저수지도 흰 눈과 대비돼 푸른 빛깔을 더욱 곱게 드러냈다. 채석장만 아니었다면 풍류를 즐기기에 더없이 좋은 명소였겠지만, 발밑의 낭떠러지는 산꾼의 여흥을 여지없이 깨버렸다. 바로 그 순간에도 화물차는 드나들었고, 돌 개는 소리도 멈추지 않았다. 그제야 덕유산에서 만

금산에서 눈 덮힌 추풍령 마을을 내려다 본 모습.

난 대전아저씨가 "추풍령쯤 가면 이 땅이 슬퍼질 것"이라고 말한 의미를 조금은 알 것 같았다.

착잡한 심정을 달래며 금산을 떠나 502m봉으로 가는 길에 백두대간을 역으로 종주하는 10여 명의 일행을 만났다. 설악산에서 출발한 그들은 올 여름쯤 지리산에 도착할 거라고 했다. 눈이 많은 산길에서 마주보며 걷는 사람을 만나는 것은 기분 좋은 일이다. 서로 갈 길을 가면서 상대방에게 '러셀'을 제공하기 때문이다. 나는 그들이 만들어 놓은 눈구덩이에 발을 담그며 편안하게 502m봉을 지나 435m봉으로 내칠 수 있었다.

겨울산에서 자주 느끼는 점이지만 눈과 소나무는 정말 궁합이 잘 맞는다. 서로가 있기에 더욱 빛이 난다고 할까. 소나무가 아니었다면 눈덩이가 어찌 그리 눈부실 것이며, 눈이 아니었다면 소나무가 무슨 수로 겨울산에서 위엄을 뽐낼 수 있을 것인가. 묘함산 중계소를 오른쪽으로 바라보며 시멘트 포장길을 내려서면 작점고개가 나온다. 원래 이곳은 충북 사람들이 경상도 땅에 농사를 지었다고 해서 여덟마지기 고개라고 불렀는데, 최근엔 백두대간 종주자들이 인근 작점마을의 이름을 따서 '작점고개'라 부른다고 한다. 작점고개 위로는 충북 영동군 추풍령면의 4번 국도와 경북 상주의 3번 국도를 연결하는 지방도가 지난다.

변해가는 산촌 마을 사람들

고갯마루에서 지도를 펴놓고 다음 산행코스를 살피는데 추풍령 쪽으로 넘어가던 2톤 트럭이 차를 세우고는 나에게 타라고 손짓했다. 추풍령에서 태어나 추풍령에서 살아왔다는 아저씨의 짧은 설명에서 변해가는 산촌 마을의 세태를 짐작할 수 있었다. "이곳에 골프장이 들어설 예정인데, 몇 년 전 같으면 반대도 많았을 겁니다. 하지만 IMF 사태 터지고 온 동네가 빚더미에 앉고 나니까 보상금을 조금만 얹어줘도 다 팔겠다고 합니다."

한 가지 다행스러운 건 백두대간보호에관한법률이 통과돼, 추풍령 골프장도 백두대간의 200m 바깥에 건설할 수밖에 없다는 점이다. 법률이 조금만 더 일찍 생겼더라면 금산도 반쪽으로 쪼개지지는 않았을 것이다.

[삼도봉에서 작점고개까지]

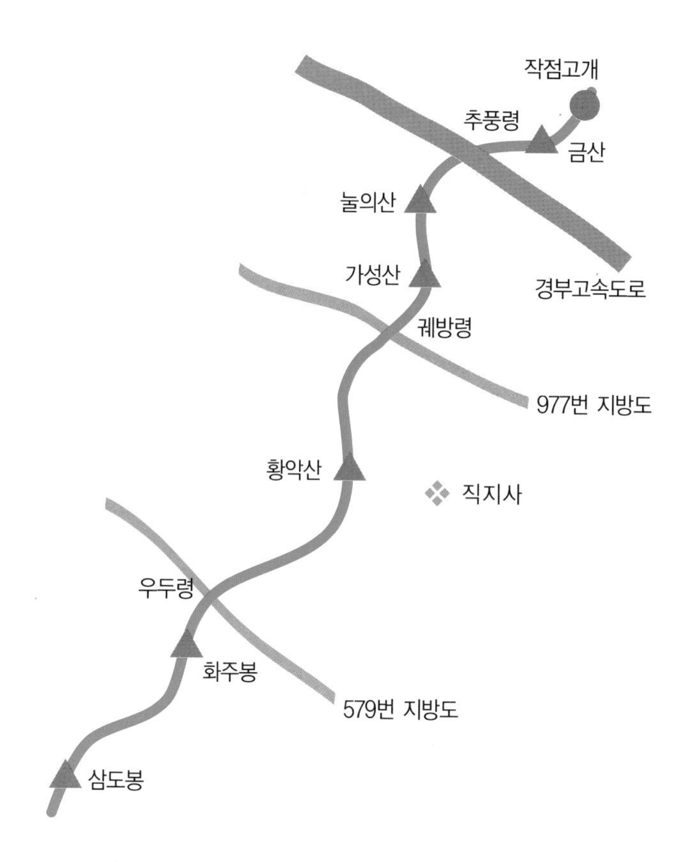

삼도봉: 영동에서 물한리까지 버스로 이동한 뒤 등산로 이용. 김천에서는 해인리까지 버스로 이동한 뒤 등산로 이용.
자가운전 시 영동에서는 황간을 거쳐 진입하고, 김천에서는 3번 국도를 타다가 903번 지방도를 이용해 진입.

종주로: 삼도봉 → 화주봉 → 우두령 → 바람재 → 황악산 → 궤방령 → 가성산 → 장군봉 → 눌의산 → 추풍령

세조 따라 걸으니 견훤이 막아서고 …
긴 세월 켜켜이 쌓인 역사와 전설

작점고개에서 늘재까지

19세기에 미국에서 벌어진 일이다. 서부 개척이 본격적으로 시작되던 무렵, 한 탐험대가 옐로스톤 지역에서 놀라운 자연현상을 목격했다. 그러자 당시 미국에서는 이 지역의 토지소유권을 두고 논쟁이 일었다. 결국 미국 정부는 1872년 옐로스톤을 국가 재산으로 귀속시켰다. 신비로운 자연환경을 국민 모두가 소유함으로써 쾌락을 극대화하자는 취지였다. 이것이 세계 최초의 국립공원이 탄생하게 된 배경이다. 물론 미국에서도 국립공원에 대한 관점은 수차례 수정됐지만, '자연환경의 공동소유' 라는 기본개념은 변함 없다.

우리나라 최초의 국립공원은 지리산으로, 1967년 지정됐다. 하지만 국가가 직접 국립공원을 관리한 것은 1980년대 후반부터다. 1980년 중반까지는 지방자치단체가 운영하다가 1987년 국립공원관리공단이 설립되면서 전국적인 통합시스템이 갖춰졌다. 이런 이유로 한국에서는 국립공원이 공공재적 성격을 띠지 못했고, 상대적으로 무분별한 개발과 자연환경의 파괴가 빠르게 진행됐던 것이다.

2004년 4월 현재 한국에는 모두 20개의 국립공원이 있는데 이 가운데 15개가 산이다. 국립공원이 국가를 대표하는 자연자원이라는 점을 감안할 때 새삼 한국에서 산이 차지하는 절대적 비중을 엿볼 수 있다. 지리산, 덕유산, 속리산, 소백산, 오대산, 설악산 등 한국을 대표하는 산이 모두 백두대간에 자리잡은 국립공원이다. 결국 백두대간은 한국 관광산업에도 중대한 영향을 끼치고 있는 셈이다. 다행스러운 건 백두대간을 둘러본 외국인들이 한 목소리로 "세계 시장에 내놓아도 충분한 경쟁력이 있다"고 평가한다는 점이다.

작점고개에서 만난 중학생들

2004년 3월 20일 오전. 김천역에서 1시간을 기다려 시내버스를 타고 추풍령으로 향했다. 버스에 탄 10여 명의 승객은 남녀로 갈라져 왼편에는 아저씨들이, 오른편에는 아주머니들이 앉았다. 아저씨들은 이날 저녁 서울에서 열리는 탄핵반대 촛불집회에 대해 열변을 토하고 있었고, 아주머니들은 길가에 새롭게 들어서는 아파트를 바라보며 옛 시절을 떠올리고 있었다. 나의 귀는 아저씨 쪽에서 차츰 아주머니 쪽으로 옮아갔다. "우리가 자랄 때는 저기가 다 논바닥이었는데." "우리 엄니가 나를 촌구석으로 보내면서 얼마나 서럽게 울었다고." "농촌 총각 장가보내고 자식들 대학공부까지 시켰으니, 니는 큰일을 한 기다. 부처님도 복을 주실 기다." "내는 부처님도 예수님도 안 믿는다. 내는 남편과 아들만 믿는다."

추풍령에서 택시를 잡아타고 작점고개에 내리니 30명쯤 될까, 학생들이 줄을 서고 있었다. 교사의 지시에 따라 학생들은 차례로 대간에 붙었다. 맨 앞에서 대열을 이끄는 학생에게 물으니 경기도 파주중학교에서 온 백두대간 종주대란다. 이 학교의 백두대간 동아리 '파주마루'는 3주에 한 번씩 대간에 오른다고 했다. 신입생 때부터 그렇게 걷다 보면 졸업할 때까지 백두대간을 모두 밟게 된다는 것이다. 얼굴에 여드름이 가득한 소년에게 "산보다 재미있는 게 많은데 왜 하필 산이냐"라고 묻자, "시작했으니 끝을 봐야지요" 하고 응수한다.

학생들에게 자극받은 탓인지 발걸음이 빨라졌다. 숨도 고르지 않고 내달아 473m 고갯마루에 올라서니 한 중년 남성이 봄소풍을 즐기듯 돗자리를 펴고 누워 있다. 그는 설악산에서부터 남쪽으로 종주를 하는 중이라고 했다. 그가 내미는 술잔을 마다하고 용문산으로 향하는 길목에 들어섰다. 봄기운이 완연해 따스한 햇볕과 탁 트인 시야에 바람마저 시원했다. 용문산을 넘어서자 오른편 능선 아래쪽으로 용문산기도원이 눈에 들어왔다. 용문산기도원은 1950년 나운몽 목사가 건립한 한국 최초의 기도원으로 최근 이곳에는 실버타운이 조성되고 있다.

안부를 지나 국수봉으로 가는 길은 가파른 오르막이다. 힘들게 고개를 넘어서자 시원한 바람이 반겼다. 휴식을 취할 만한 곳을 찾는데 왼편으로 넉넉한 자리가 보였다. 보통 산속에서 보는 시멘트 구조물은 흉물스럽기 십상인데 이 물건은 달랐다. 바위에 조그만 계단을 만들어 놓았는데 앉으면 식사하기에 적당하고, 올라서면 서부 능선이 한눈에 들어왔다. 누군지는 몰라도 나름대로 여러 가지를 배려해 만든 자리처럼 느껴졌다.

국수봉에서 큰재로 가는 길에는 겨울과 봄이 공존한다. 겉으로 보기에는 무난한 오솔길이지만 낙엽 밑에는 아직도 얼음이 붙어 있었다. 몇 번이나 엉덩방아를 찧으면서 비탈길을 내려서니 아낙네들이 포도 과수원에 두엄을 뿌리고 있다. 푹 썩은 두엄 냄새는 언제 맡아도 싫지가 않다. 마치 오랫동안 떠나 있던 고향집을 다시 찾은 느낌이라고나 할까.

과수원을 왼쪽으로 흘려보내고 도로변으로 나왔다. 이곳이 바로 920번 지방도로가 지나는 신곡리로 금강과 낙동강의 분수령이다. 길가의 농가에 들어가 물을 구하니 귀가 어두운 할머니가 손짓으로 답하며 가마솥을 열어젖혔다. 할머니는 들릴락말락한 목소리로 말했다. "마실 물만 조금 가져가." 가마솥을 들여다보니 검은 먼지가 둥둥 떠다니는 물이 반쯤 담겨 있다. 입으로 후후 불어가며 바가지에 물을 담아 바짝 말라붙은 목을 축였다. 이런 물을 두고 꿀맛이라고 하는 모양이다.

쓰레기로 뒤덮인 생태학교

920번 도로를 건너서자 부산녹색연합 생태학교 운동장이 보였다. 원래 이곳은 옥산초등학교 인성분교가 있었는데 1997년 폐교되면서 생태교육장이 들어섰다. 백두대간과 생태교육이면 궁합이 제대로 맞는 셈이다. 알림판의 글씨도 꽤 의미심장했다. '우리의 미래와 통일을 위해 민족정기 및 환경교육을 할 귀중한 교육장을 우리 스스로 지키고 보호하도록 합시다.' 하지만 운동장을 지나 교실 쪽으로 들어서자 눈살을 찌푸리지 않을 수 없었다. 유리창은 여기저기 깨져 있고 화단에는 쓰레기가 가득했다.

마음이 울적해지니 몸도 무거워졌다. 야트막한 산지를 따라 회룡재까지는 가볍게 넘었으나 회룡재에서 개터재로 가는 동안 다리가 풀렸다. 이 구간에서 그나마 위안이 돼준 것은 서편 능선을 붉게 물들인

노을에 물들어가는 백두대간. 이 무렵 산에서 내려올 때가 가장 편안하다.

노을이었다. 개터재에서 윗왕실까지는 고즈넉한 산길. 어둠 속에서 마을이 가까워지자 경운기 소리가 더욱 크게 들려왔다.

마을 어귀에서 택시를 기다리는데 버스정류소 옆에 작은 누각이 하나 보였다. 랜턴을 비춰 읽어보니 '최만개 효자각'이라 쓰여 있다. 조선시대 최만재라는 사람의 효행을 기리는 비각이었다. 중병에 걸린 어머니를 위해 뒷산에 단을 쌓아 천일기도를 올리자 어머니의 병이 깨끗이 낫고, 한겨울에 어머니가 참외를 먹고 싶어해 정성껏 기도하니 꿈에 노인이 나타나 참외 있는 곳을 알려주고, 어머니가 돌아가신 뒤 시묘살이를 하는데 호랑이가 나타나 3년간 곁에서 그를 지켜주었다고 한다.

3월 21일 새벽. 경북 상주시 공성면 윗왕실 마을에서 산행을 시작했다. 백학산까지는 긴 오르막. 잡목과 소나무 숲길을 지나자 길게 뻗은 과수원이 나타나고 일찍부터 거름을 내는 농부들이 자주 눈에 띄었다. 행여 땀 흘리며 일하는 농부들의 심기를 건드릴세라 잰걸음으로 통과했다. 높은 산이 없어 힘은 덜 들었지만 수차례나 독도(讀圖)에 애를 먹었다. 백두대간은 49번 지방도로를 건너 지기재동 마을쪽으로 가다가 오른쪽 산줄기로 이어지는데 하마터면 엉뚱한 곳으로 들어갈 뻔했던 것이다.

인적이 드문 숲길에 퍼질러 앉아 우유와 빵으로 점심을 해결하고, 소나무 향기에 취해 1시간 남짓 걷다 보니 널찍한 아스팔트 길이 나왔다. 여기가 바로 신의터재. 본래 지명이 신은현이었던 이곳은 임진왜

신의터재. 임진왜란 당시 조선 백성의 의기가 서린 곳이다. 낙동강과 금강의 분수령이기도 하다.

란 때 김준신이 의병을 일으켜 공을 세운 뒤부터 신의터재로 불렸다. 하지만 일제가 우리 민족의 정기를 말살하려는 의도로 그 이름을 '어산재'로 바꾸었고, 김영삼 정부 때인 1996년에야 신의터재라는 이름을 되찾았다. 신의터재 인근 화동면 판곡리에는 낙화담이라는 연못이 있는데, 김준신의 가족들이 왜병의 손에 죽을 수 없다며 이곳에 몸을 던졌다고 전해진다.

신의터재에서 무지개산까지 완만하게 이어지던 백두대간은 윤지미산에서 한껏 치켜 오른다. 윤지미산 정상에는 쉬어가기에 무난한 공터가 있지만 조망은 그리 뛰어나지 않다. 오히려 윤지미산 못 미쳐 왼쪽으로 바라다보이는 판곡저수지가 추천할 만하다. 윤지미산에서 화령재까지는 급한 내리막. 화령재는 6·25전쟁 당시 격전지로 유명하며 현재 전적비가 남아 있다. 한국전쟁 초기인 1950년 7월 수도사단 제17연대(연대장 김희준)가 경북 상주시 화남면 동관리에 매복해 있다가 인민군 제15사단을 궤멸시켰다. 이 전투에서 승리해 국군은 낙동강 교두보를 확보했다.

속리산 문턱에서

3월 27일 새벽. 서울 남부터미널에서 상주행 시외버스를 탔다. 청주 보은을 경유해 화령까지는 4시간 남짓 걸렸다. 화령은 경북 상주시 화남면의 면사무소 소재지로, 상주시에는 화령재를 중심으로 화동·화서·화남·화북면이 있다. 화령터미널 근처 김밥집에서 늦은 아침을 먹고 대간으로 붙었다. 비지땀을 쏟으며 긴 오르막을 통과하자 산불감시초소가 보였다. 초소 안에는 머리가 희끗희끗한 할아버지 한 분이 열심히 무전을 받고 있었다. 산속에서 고생하는 할아버지께 목례를 하고 봉황산 쪽으로 발길을 옮기는데 멀리 속리산 자락이 눈에 들어오기 시작했다.

봉황산 정상에는 서울에서 왔다는 두 남자가 점심 식사를 하고 있었다. 산악회 회원들과 함께 이미 백두대간 종주를 끝낸 그들은 개인 일정 때문에 빼먹은 구간을 채우는 중이라고 했다. 화령재-형제봉 구간이 초행인 나는 서울 아저씨들의 뒤를 따르기로 했다. 하지만 그들은 나와는 체급이 달랐다. 처음에는 가볍게 걷더니 속도가 붙자 산악마라톤을 하듯이 날아갔다. 나도 뒤처지지 않으려고 40분 남짓 바짝 붙었지만 그 이상은 무리였다. 결국 49번 지방도로가 지나는 비재에 이르러서 그들은 시야에서 완전히 사라졌다.

비재에서 대간으로 올라서는 철계단 위에서 또 다른 서울아저씨 한 분을 만났다. 그는 나와 비슷한 시기에 백두대간 종주를 시작했는데 얼마 전부터 무릎 통증이 생겨 애를 먹고 있다고 했다. 그의 백두대간 종주 방식은 특이했다. 나처럼 지리산에서부터 차례대로 구간을 돌파하는 것이 아니라, 특별한 순서 없이 마음에 드는 구간을 오르는 방식이다. 그래서 그의 지도에는 짧은 선들이 띄엄띄엄 설악산까지 이어져 있었다. 계절마다 풍광이 다른 백두대간을 입맛에 따라 즐길 수 있다면 남다른 재미가 있겠다는 생각이 들었다.

비재에서 갈령으로 가는 길에는 백두대간의 유일한 습지대인 못제가 있고, 이곳을 지나면 고만고만한 암릉 구간이 펼쳐진다. 그다지 버겁지 않은 바위를 상대로 숨바꼭질을 하다가 고갯마루를 살짝 내려서면 텐트를 몇 동 칠 만한 공터가 나오는데 여기가 갈령삼거리다. 이곳에서 오른쪽 산길로 20여 분을 내려서면 갈령이 나오고 왼쪽 길로 계속 달리면 속리산 능선이 시작되는 형제봉(828m)을 만날 수 있다. 나는 갈령삼거리에서 뒤따라오던 서울아저씨를 기다렸지만 30분이 지나도록 그는 나타나지 않았다. 아마도 암릉 구간에서 무릎 때문에 고생하는 모양이다.

갈령삼거리에서 형제봉으로 가는 길은 숨이 턱까지 차는 가파른 오르막이다. 온몸이 땀으로 흠뻑 젖고 나서야 형제봉에 오를 수 있었다. 정상에서 바라본 속리산 주 능선은 과연 명성대로였다. 북쪽으로는 천황봉(1057.7m)에서 문장대(1029m)를 잇는 능선이 시원스럽고, 좌우로는 충북 보은땅의 오밀조밀한 산세와 경북 상주땅의 선 굵은 산세가 묘한 대조를 이뤘다. 이곳이 바로 충북과 경북의 도 경계선이다.

형제봉부터는 가볍게 뛰어갈 수 있을 정도로 길이 잘 나 있다. 피앗재에서 만수동계곡으로 내려설까 하다가 해가 아직 많이 남아 있어 더 전진했는데 그것이 그만 화를 부르고 말았다. 도중에 표지를 잃는 바람에 하산지점을 놓친 것이다. 또 다시 야간산행. 당초 계획은 보은의 만수동계곡으로 물러설 생각이었지만, 어둠 속에서 물소리를 따라 정신없이 걷다 보니 상주 땅의 장각폭포 쪽으로 떨어졌다. 새옹지마라던가. 속리산 구간을 통과하면서 장각폭포를 지나치는 것이 못내 아쉬웠는데, 우여곡절 끝에 상주 사람들의 자랑거리를 구경할 수 있었다.

최치원과 임경업의 전설

3월 28일 새벽. 화북면사무소가 있는 곳에서 택시를 타고 장각폭포 입구인 상오리 마을까지 갔다. 상오리 산기슭에는 보물로 지정된 7층 석탑이 있는데, 새벽 안개에 파묻혀 운치를 더했다. 장닭의 울음소리를 들으며 대간에 붙자 지난밤 바삐 내려온 길이 선명하게 보였다. 동쪽 하늘에서 일출이 시작되면서 속리산 정상인 천황봉이 손에 잡힐 듯 가깝게 다가왔다. 하지만 천황봉까지는 1시간 이상 씨름해야만 도착할 수 있는 거리.

속리산 정상. 과연 천황봉이었다. 동으로 낙동강, 남으로 금강, 서로 남한강이 시작돼 조선시대로부터 삼파수의 분기점으로 불리던 곳이 바로 이곳이 아닌가. 정상에 서자 보은과 상주 들판이 한눈에 들어오는가 하면 햇볕과 그림자의 농도가 연출하는 주능선의 바위 빛깔이 묘한 감흥을 불러일으켰다. 정상 마루에 서서 천천히 고개를 돌리며 산세를 감상하는데 현수막 하나가 눈길을 끌었다. '1대간 9정맥 종주 산행, 서울에 사는 이철우 정해순 부부.' 그 아래 쓰인 문구대로라면 이들은 2000년 6월부터 2004년 1월까지 총 156회에 걸쳐 남한의 대간과 정맥을 모두 주파한 셈이다. 게다가 백두대간을 불과 3개월여 만에 38회 산행으로 종주했다. 참으로 경이로운 일이 아닐 수 없다.

천황봉에서 비로봉을 거쳐 입석대-신선대-문장대로 이어지는 능선은 속리산에서 경치가 가장 빼어난 구간이다. 지질학자들에 따르면 속리산의 화강암 절리 암석은 중생대 백악기에 형성됐다고 하는데, 산세가 험하지 않아 편안하게 걸으면서 절경을 감상할 수 있다. 이런 까닭에 지리산이나 덕유산과 달리 속리산은 예로부터 사람들이 버글거리는 장소였다.

그런가 하면 속리산은 세속의 명예를 버린 지식인들의 은거지이기도 했다. 조선 명종 때의 학자 대곡 성운이 대표적인 인물인데, 남명 조식과 화담 서경덕 등이 성운을 만나기 위해 속리사를 자주 드나들었다고 한다. 이렇듯 속리산이 도학자들의 정신적 고향이 된 데는 최치원의 영향이 크다. 방랑자 최치원은 지리산 청학동에 들기 이전 이곳 속리사에 이르러 '도는 사람을 멀리하지 않으나 사람이 이를 멀리

천황봉에서 문장대까지 이어지는 암릉. 속리산에서 가장 멋있는 구간이다.

하고(道不遠人 人遠道), 산은 세속을 떠나지 않는데 세속이 산을 떠나네(山不離俗 俗離山)' 라고 읊었다. 결국 속리산이라는 이름은 최치원 때문에 생긴 셈이다.

비로봉에서 문장대 쪽으로 걸어가다 보면 널찍한 판자 같은 바위가 절벽 위에 꼿꼿이 서 있는데 이곳이 바로 입석대다. 입석대라는 이름은 조선 후기의 장군 임경업이 7년간 수도를 끝낸 뒤 자신의 힘을 자랑하기 위해 누워 있던 바윗덩어리를 일으켜 세웠다는 데서 나왔다. 실제로 입석대 바로 밑에는 임경업 장군이 독보대사로부터 무술을 배웠다는 경업대가 있다. 또한 이곳에서 산길을 돌아 나와 암벽을 타고 들어가면 관음암이라는 암자가 나오는데, 임경업 장군은 이곳에서 흘러나오는 샘물인 장군수를 마셨다고 한다.

사람들이 흔히 문장대에 대해 잘못 알고 있는 두 가지 사실이 있다. 첫째는 문장대가 속리산 정상이라고 알고 있는 점이다. 문장대는 천황봉보다 28.7m가 낮다. 둘째는 문장대가 충북 보은 땅에 있는 것으로 알고 있는데, 행정구역상 경북 상주시 화북면 장암리에 있다. 그렇다면 왜 사람들은 문장대를 충청도 땅이라고 생각하게 됐을까. 아무래도 지리적 요건을 빼놓을 수 없다. 속리산은 서쪽의 대전이나 청주에서 접근하기 쉽고 서울에서도 비교적 멀지 않은 명산이다. 그러다 보니 사람들은 오래전부터 충청도 보은을 거쳐 문장대에 올랐고, 그 과정에서 자연스럽게 '문장대=충청북도 보은' 이라는 등식이 성립된 듯하다.

철계단을 타고 올라설 수 있는 문장대의 전망은 언제 봐도 시원스럽다. 나는 초등학교 4학년 때 처음 문장대에 오른 이후 지금까지 10여 차례 풍광을 감상했는데, 압권은 역시 비갠 뒤 산을 겹겹이 둘러치는 운해다. 문장대(文藏臺)라는 이름도 본래는 운장대(雲藏臺)였는데, 조선시대 세조가 이곳에서 시를 읊으면서 문장대로 바뀌었다고 한다. 언제부터인지는 몰라도 세인들 사이에서는 '문장대에 세 번 오르면 극락에 갈 수 있다' 는 말이 전해 내려오고 있다.

속리산에는 조선왕조 세조의 흔적이 곳곳에 남아있다. 보은에서 속리산으로 들어가려면 먼저 말티고개를 넘어야 하는데, 말티고개라는 이름은 세조가 가마에서 내려 말로 갈아탔다는 데서 유래했다. 또한 내속리면 상판리 도로변에 있는 천연기념물 정이품송의 일화는 너무도 유명하다. 세조의 가마가 지나갈 때 가지를 들어올려 길을 내어

속리산의 명물 문장대. 원래 운장대였으나 세조가 글을 지은 뒤 문장대로 바뀌었다고 한다. 경북 상주와 충북 보은 땅을 시원하게 조망할 수 있다.

주었다는 정이품송. 세조가 얼마나 감격했으면 소나무에 정이품의 벼슬까지 내렸을까. 아무튼 정이품송은 우리 역사에서 유일하게 벼슬을 제수받은 나무다.

정이품송과 관련해 최근 안타까운 소식이 하나 있다. 2004년 2월 충청도 지역에는 100년 만의 폭설이 내렸는데, 가지에 쌓인 눈의 무게를 못 이겨 그만 정이품송의 한쪽 날개가 부러졌다. 흥미로운 건 정이품송에서 남서쪽으로 7km 떨어져 있는 정부인송도 비슷한 시각에 참변을 당했다는 사실. 보은 사람들은 예로부터 정이품송과 정부인송을 내외간으로 여겨왔기에 이번 사태를 남다르게 생각하고 있다. 600여

년을 꼿꼿하게 버텨온 정이품송도 생로병사의 법칙을 거스를 수는 없는 노릇. 최근에는 정이품송의 대를 이를 아들나무가 지인들의 보살핌 속에 자라나고 있다.

속리산 자락의 역사와 전설

문장대에서 밤티재로 내려가는 코스는 백두대간 전 구간에서도 험난하기로 유명하다. 특히 겨울철에는 등반 자체가 불가능한 난코스다. 이곳에 긴 암릉 구간이 숨어있기 때문이다. 덩치가 큰 사람들은 바위구멍으로 몸을 밀어넣기가 힘들고, 근력이 약한 사람은 로프를 타고 내려가는데 애를 먹는다. 나는 최대한 몸을 낮추며 조심스럽게 내려갔지만, 얼음이 남아 있는 경사면에서 미끄러지고 말았다. 백두대간을 밟기 시작한 이후 처음으로 피를 보는 순간이었다. 큰 상처가 아니라 다행이었지만, 잠시나마 자만했던 자신을 되돌아볼 수 있었다.

암릉 구간을 통과하고 나면 편안한 산길이다. 밤티재에 도달할 무렵 오른편으로 '견훤산성 가는 길' 이라는 표지가 보였다. 완산주(현재의 전주)에서 후백제를 건국해 후삼국의 통일을 시도한 견훤의 고향은 상주 가은현(현재의 경북 문경)이다. 후삼국시대의 상주는 전략적 요충지였는데, 야사에는 견훤의 아버지인 아자개가 상주를 다스렸던 것으로 기록돼 있다. 후삼국을 기록한 역사책을 어디까지 믿어야 할지는 모르겠지만, 견훤이 후삼국을 통일하지 못한 결정적 이유 가운데 하나는 바로 아버지가 지키던 상주를 수중에 넣지 못했기 때문인 것으로 알려져 있다.

밤티재에서 늘재로 가는 길은 속리산 구간을 마감하는 코스다. 밤티재는 현재 개발 중인 문장대 온천을 연결하는 도로인데, 이곳에서는 최근 백두대간 훼손 구간 복구공사가 한창이다. 이 때문에 밤티재 절개지에서 696.2m봉으로 오르려면 발이 흙속으로 깊숙이 빠지는 수고를 감수해야 한다. 696.2m봉 정상 직전에는 짧은 암릉 구간이 있는데, 신발끈을 동여매고 올라서면 속리산 주능선을 정면에서 감상할 수 있다. 여기서부터 늘재까지는 콧노래를 부르며 달려갈 수 있는 편안한 능선이다. 늘재 위로는 경북 상주와 충북 충주를 연결하는 도로가 지나간다.

4월 4일 가족과 함께 보은을 찾았다. 속리산 구간을 넘어가면서 보은 땅을 밟지 않는다면, 뭔가 허전할 것 같은 생각이 들어서였다.

가장 먼저 찾아간 장소는 외속리면 장내리. 이곳에서는 1893년(고종 30년) 3월 11일부터 4월 2일까지 동학교도 수만 명이 모여 '보국안민'과 '척왜양의'의 기치를 내걸었다. 이 집회를 계기로 동학의 교조신원운동은 사회개혁과 반외세투쟁으로 발전하게 된다. 그렇다면 왜 이들은 보은에 집결했을까. 당시 동학의 교주 최제우는 장내리에 머물고 있었으며, 관군에 쫓긴 교도들이 교주를 찾아 이곳으로 몰려들었던 까닭이다. 비록 보은에 모인 동학교도들은 조선왕조의 회유와 군대의 압력에 못 이겨 해산했지만, 보은 집회가 뒷날 갑오농민전쟁의 밑거름이 됐음은 주지의 사실이다.

장내리와 법주사 기행

110여 년 전 부패한 조선왕조의 개혁을 꿈꾸었던 혁명의 현장은 지금 들판으로 변했다. 길가의 나그네는 제방에 우뚝 선 장승의 글귀를 통해 역사의 숨결을 느낄 뿐이다. '사람이

동학교도 보은집회 현장. 충북 보은군 외속리면 장내리. 삼남의 동학교도들이 모여 교조신원을 요구하던 역사적인 장소다.

하늘이니 동학농민혁명만세'.

나는 정부인송과 정이품송을 둘러본 뒤 법주사로 향했다. 법주사는 신라 진흥왕 14년(553년)에 창건된 천년 고찰이다. 고려시대에는 태조의 할아버지인 작제건이 불경을 탐독한 곳이어서 번성했고, 불교가 억압받던 조선시대에도 태종과 세조의 각별한 보살핌을 받았다. 특히 태종은 제1차 왕자의 난 이후 살생의 죄를 씻기 위해 법주사에서 원혼들을 달래는 천도불사를 지내고 마음의 평안을 얻었는데, 이를 기리기 위해 이전까지 보령으로 불리던 지명을 '은혜 갚는다'는 의미의 '보은(報恩)'으로 바꾸었다.

법주사에는 너무나 많은 문화재가 있어 이를 둘러보는 데만도 반나절이 넘게 걸린다. 나는 이 가운데 해가 떨어질 무렵의 팔상전을 가장 좋아하는데 산 그림자에 범종 소리가 곁들여지면 더욱 운치가 있다. 팔상전이 손맛을 잔뜩 간직한 예술품이라면 경내에 우뚝 솟아 있는 통일호국금동미륵대불은 현대 불교의 명품이다. 본래 금동미륵대불은 신라 혜공왕 12년(776년)에 진표율사가 7년 동안 조성했는데, 조선 고종 9년(1872년) 대원군이 경복궁을 축조하면서 자금 마련을 위해 불상을 몰수했다.

그 후 1938년 일제 치하에서 시멘트 부처님이 조성되던 중 6·25 전쟁이 터져 중단됐다가 1964년 국가재건최고회의 박정희 의장과 이방자 여사(영친왕비)의 시주로 완성됐다. 시멘트 부처는 1986년 붕괴 직전에 해체됐고 4년 뒤 청동미륵부처가 조성됐다가 2000년 개금불사를 단행하게 된 것이다. 높이 33m에 달하는 대형 부처의 개금불사에 들어간 황금이 무려 80kg. 시주한 불자가 3만여 명, 연 공사인원은 4500명이다. 한국 불교가 또 하나의 상징을 갖게 된 것은 분명 좋은 일이다. 다만 한 가지 아쉬운 것은 초대형 미륵불로 인해 법주사의 아기자기한 멋을 더 이상 즐길 수 없게 된 점이다. 황금이 빛을 발하는 법주사에서 대웅보전과 팔상전을 축으로 하는 천년 고찰의 조형미는 온데간데 없다. 슬프고도 안타까운 일이다.

[작점고개에서 늘재까지]

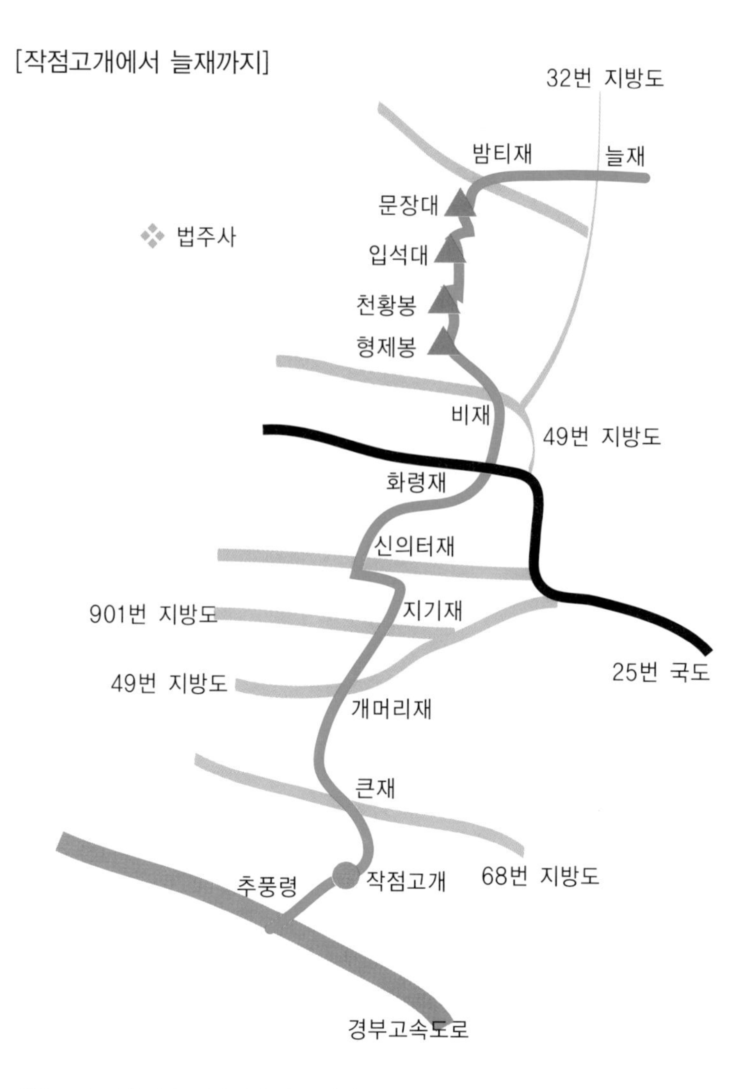

작점고개: 김천이나 영동에서 추풍령행 버스 이용, 추풍령에서 택시로 진입. 자가운전 시 경부고속도로에서 진입.

종주로: 추풍령 → 작점고개 → 큰재 →개머지재 → 지기재 → 신의터재 → 화령재 → 비재 → 형제봉 → 천황봉 → 입석대 → 문장대 → 밤터재 → 늘재

문경새재는 웬 고갠가
구부야 구부 구부가 눈물이 난다

늘재에서 문경새재까지

사랑하면 알게 되고 알면 보이나니 그때 보이는 것은 전과 같지 않으리라.

미술사학자 유홍준 선생의 『나의 문화유산 답사기』를 통해 유명해진 이 문구는 본래 조선 정조 시대의 문인 유한준이 지인 김광국의 수장품에 부친 글이다. 세상만사가 다 그렇듯이 무언가에 열정을 쏟다 보면 자신도 모르는 사이 일정한 반열에 오르고, 그중 일부는 남들이 범접하기 힘든 경지에 도달하게 된다. 쉽게 말해 '도사'가 되는 것이다.

산에도 도사가 있다. 백두대간을 걸으면서 가끔씩 그렇게 느껴지는 사람을 만나곤 한다. 그중에는 보통사람이 사흘 걸려 지나갈 코스를 반나절에 내치는 속보형이 있는가 하면, 수년간에 걸쳐 대간을 유람하며 풍류를 즐기는 스타일도 있다. 육상에 비유하자면 전자가 스프린터고 후자는 마라토너에 가깝다. 이 밖에도 같은 코스를 무수히 오르내리며 '보이지 않는 그 무엇'을 찾아내는 사람들이 있다. 『조망의 즐거움』(청림문화사)이라는 책을 펴낸 김홍주 선생이 이런 경우일 듯하다.

사람들은 대개 산 정상에서 주변의 산을 바라보는 데 그친다. 여기서 한 발짝 더 나아가면 가까운 산들의 이름을 새겨보고 큰 산을 중심으로 지맥을 살펴보는 재미에 빠져들게 된다. 하지만 의욕에 그칠 뿐, 실제로 이 과정을 제대로 밟기는 매우 어렵다. 산에 오를 때마다 날씨가 맑은 것도 아니고, 어렵게 정상에 서더라도 산에서 바라보는 풍경은 지도의 그림과 다를 때가 많기 때문이다. 그래서 산꾼들은 '아마도 저 산이 그 산일 것'이라는 막연한 느낌만 갖고 산을 내려오곤 한다.

일반적으로 산 정상에 올라 맑은 상태에서 주변 풍광을 보고 싶다면 춥거나 비온 뒤 새벽에 산을 타야 한다. 겨울철 산에 올라본 사람은 추위 때문에 사진기를 제대로 작동하지 못한 경험을 갖고 있을 것이다. 김홍주 선생도 이런 어려움을 겪었다고 한다. 산에서는 정말 묘한 일도 자주 벌어진다. 어떤 날에는 선명하게 보였던 산이 어떤 날에는 전혀 보이지 않기도 한다. 그래서 어떤 산의 전망을 정확하게 그리려면 적어도 예닐곱 번은 올라서야 한다.

김홍주 선생은 수년간에 걸쳐 이런 작업을 했다. 때로는 이틀 동안 한 끼도 먹지 못했다고 한다. 그런 고행 끝에 31개의 명산 위에서 산세를 살피며 찍은 사진이 무려 1만여 장. 산꾼들은 김홍주 선생의 노력 덕분에 소백산에서 무려 120km나 떨어진 지리산까지 조망할 수 있는 기쁨을 누리게 됐다.

자전거 도시 상주의 풍경

2004년 4월 16일 오후, 안양에서 상주행 직행버스를 탔다. 버스는 충주를 지나 문경 점촌에 정차한 뒤 상주를 향해 달렸다. 차창 밖으로 흐드러지게 핀 복숭아꽃과 배꽃이 끝없이 펼쳐졌다. 해가 떨어지기 시작한 과수원 길로 이따금씩 농부가 경운기를 몰고 집으로 돌아가는 모습이 보였다. 이제 저 모습을 지켜볼 수 있는 날도 얼마 남지 않은 듯하다. 농촌의 노인은 하나둘씩 세상을 떠날 것이고, 경쟁력을 잃은 나무는 차례대로 베어질 것이다. FTA(자유무역협정)는 한편으로 새로운 수출 길을 열었지만, 다른 한편으로 농민들의 주름살을 더욱 깊게 만들었다. 과연 우리에게는 농촌의 시름을 덜고 도농(都農)간 거리를 좁히고 나눔의 미덕을 발휘할 수 있는 묘안이 없는 것일까.

'자전거 도시' 라는 명성에 걸맞게 상주시 초입부터 거대한 '자전거 부대' 가 눈에 들어왔다. 학교를 마치고 집으로 돌아가는 학생들, 시장바구니를 싣고 가는 아주머니들, 터미널에서 자전거로 환승하는 사람들…….

상주시가 자전거 도시로 등장한 데는 지형적 요인이 결정적으로 작용했다. 상주는 도로교통이 발달하기 이전, 낙동강 물줄기의 길목으로 교역의 중심지였다. 그래서 상주 사람들은 일제시대부터 낙동강을 타고 들어온 일제 자전거를 접할 수 있었다. 여기에 상주의 지형이 경사도 5도 미만의 완만한 분지형이다 보니, 자전거는 일찌감치 중요한 교통수단이 되었다. 1920년대에 '상주역 전국자전거경주대회' 에 당대의 국민영웅 엄복동 선생이 참가한 사실에서 상주와 자전거의 오랜 인연을 엿볼 수 있다.

예로부터 상주는 곶감과 누에고치 그리고 삼베로 유명해 '삼백(三白)의 도시'로 불렸다. 하지만 요즘 상주 사람들은 여기에 '은륜(銀輪)'을 더해 '사백의 도시'라고 말한다. 실제로 상주는 가구당 평균 2대의 자전거를 보유하고 있어 우리나라에서는 유일하게 선진국 수준에 육박한다. 상주시에서는 자동차가 자전거를 피해 운행하다 보니 교통사고 발생비율이 낮다. 자전거 세워둘 공간이 부족해 자전거 통학을 제한하는 학교도 있다.

'자전거 여행'으로 유명한 소설가 김훈 선생은 자전거를 '아날로그의 순수성을 간직한 채 걷기의 원시성을 극복한 도구'라고 평한 바 있다. 실제로 수만 명이 자전거를 타고 저마다 생활터전으로 나서는 상주의 아침 풍경을 보면 그 말이 실감난다.

17일 새벽 상주시 화북에서 택시를 타고 늘재로 붙었다. 택시기사는 화북면에서 식당을 운영하는데, 백두대간 종주자를 만나면 집에서 재워주기도 한단다. 그 이유를 물으니 "백두대간 타는 사람이라면 믿을 만하기 때문"이라는 것. 산꾼의 마음을 믿고 방을 내준다는 얘기다. 새벽같이 일어나 아침밥까지 챙겨준 택시기사에게 고마움을 표하고 본격적인 산행을 시작했다.

소나무 사이 붉게 물들인 진달래

처음부터 가파른 오르막이다. 20여 분 걷다 보니 쉬어갈 만한 곳이 나왔다. 그곳엔 제법 품위를 갖춘 표석 하나가 서 있었다. '정국기원단(靖國祈願壇)', 말 그대로 나라를 잘 다스릴 수 있도록 기원한다는 뜻이다. 땀을 닦고 천천히 숨을 고른 뒤 표석 앞에 서자 이곳이 새롭게 보였다. 무엇보다 표석 앞쪽으

청화산 중턱의 정국기원단. 주변 경관을 해치지 않으면서 만든 듯하다. 멀리 속리산 주능선이 보인다.

로 펼쳐진 속리산 주능선이 아름답고, 표석을 양쪽에서 살포시 껴안 듯이 감싸고 있는 소나무가 편안해 보였다. 자세히 보니 표석에는 '백두대간 중흥지, 백의민족 성지' 라는 문구도 새겨져 있다. 누구인지는 모르지만 산세와 지형을 헤아려 표석을 세웠다.

청화산(984m) 정상에 이를 즈음 동쪽 하늘에서 해가 쑥쑥 치솟았다. 언제나 느끼는 일이지만 해가 떠오르는 건 순식간이다. 잠시 다른 생각을 하다 보면 어둠이 빛으로 변하는 순간을 놓치기 쉽다. 천지만물은 바로 이 순간 온 몸으로 빛을 빨아들이고 생기를 돋운다. 청화산 정상에서 바라본 들녘의 봄은 이미 무르익었지만, 산중의 봄은 이제 한창이다. 소나무 사이의 공간을 붉게 물들인 진달래꽃이 더없이 반갑다. 청록과 진분홍이 이처럼 어우러지는 장면이 또 어디에 있을까?

청화산은 대야산(930.7m) 희양산(998m)과 함께 속리산-문경새재 구간을 빛내는 3대 명산이다. 청화산은 대야산이나 희양산에 비해 산세가 부드럽고 난코스도 없어 편안하게 걸을 수 있다. 청화산 정상은 경상북도와 충청북도의 경계선이자, 상주와 문경의 갈림길이다. 여기서 오른쪽을 내려다보면 원적사라는 절이 나온다. 신라 무열왕 7년에 원효대사가 창건한 유서 깊은 절로 불교계에서는 깨달음을 얻을 수 있는 수도처로 알려져 있다. 하지만 현재 남아 있는 건물은 1987년에 새롭게 지어진 것이다.

청화산에서 갓바위재로 넘어가는 능선은 가벼운 산길이다. 시원한 바람까지 불어 편안하게 달려갈 수 있다. 간간이 암릉 구간이 나타나지만 그다지 길지 않아 부담 없이 내칠 수 있다. 갓바위재 못 미쳐 우뚝 솟은 봉우리에서 아래쪽을 내려보니 산자락을 뱀꼬리처럼 휘감은 길이 보인다. 어찌 보면 한반도 지도의 남쪽 모양과도 닮았다. 백두대간 주변에는 이처럼 기이한 형태의 길이 두루 펼쳐져 있다. 시간만 넉넉하다면 저 길까지 모두 밟아보고 싶다는 욕심이 들었다.

땀 속에서 꿈과 희망을

갓바위재를 지나치면 왼쪽으로 멀리 의상저수지가 보인다. 충북과 경북의 도계가 그 위를 지난다. 이곳에서 암릉을 기어오르면 바로 조항령(961.2m)이다. 이곳은 조망이 뛰어나 남으로 청화산, 북으로 대야산을 훤하게 감상할 수 있다. 산꾼들이 이런 자리를 그냥 두고 갈 리 없다. 정상의 표지석에 씌어진 한 줄 문구가 나그네의 피로를 거뜬히 풀어준다. '백두대간을 힘차게 걸어 땀 속에서 꿈과 희망을……. 아아! 우리의 산하!'

백두대간은 조항령 북쪽으로 바위능선을 타고 뻗기 직전 뾰족한 바위들을 뿌려놓았는데, 이곳은 마귀할미통시바위로 알려져 있다. '통시'는 화장실을 뜻하는 영남지방의 사투리. 따라서 마귀할멈이 드나드는 변소처럼 으스스할 것 같지만 경치는 구김살 없이 시원스럽다. 여유가 있다면 마귀할미통시바위 옆에 있는 손녀통시바위까지 둘러볼 만하다.

이밖에도 조항령에서 고모령을 넘는 길에는 다양한 모양의 바위가 줄지어 비경을 이루고 있는데, 옛날 호랑이가 살았다는 집채바위와 제법 품위 있게 통과할 수 있는 대문바위 등이 눈길을 끈다. 옥에 티라고나 할까. 이 좋은 터에 눈살을 찌푸리게 하는 장면이 있으니, 마구 파헤쳐진 채석장이다.

고모령에서 밀재까지는 완만하게 올라섰다가 급하게 떨어진다. 시원한 바람을 맞으며 천천히 걸으면 머지않아 밀재에 닿는다. 이곳에

훼손된 백두대간. 문경새재 구간은 곳곳이 파헤쳐져 있다. 개발은 불가피하다 하더라도 사후 복구 소홀 문제는 이대로 둘 일이 아니다.

서부터 대야산 산행이 시작된다. 대야산은 바위산이라 할 만큼 암릉 구간이 많다. 특히 대야산을 넘어 버리기미재로 가는 길에서는 상당한 체력 소모를 감수해야 한다. 그래서 대야산 정상에서 충분히 휴식하는 게 좋다.

대야산 정상에서 지도를 꺼내놓고 동서남북을 번갈아 바라보며 산세를 살피는데, 중년 남성 네 명이 가파른 북벽을 넘어 산 위로 올라섰다. 얼른 보아도 어지간히 산을 좋아하는 사람들 같았다. 그중에는 대간을 네 번째 종주하고 있다는 분도 있고, 오랫동안 골프에 빠져 있다가 어느 날 갑자기 종주대에 합류한 사람도 있었다. 무엇보다 나의 관심을 끈 것은 관심사가 다른 그들이 대간을 걸으면서 두터운 친분을 쌓고 있다는 점이었다.

산에서 만나는 인연은 넘칠 때보다 모자랄 때가 많다. 얘기를 좀 더 듣고 싶어도 시간이 기다려주지 않고, 깊은 마음을 드러내자니 상대방이 여러모로 신경 쓰인다. 그래서 꼭 붙들고 싶은 사람이라면 하산 길에 술 한잔을 청하곤 하는데, 이번처럼 마주하고 달리는 경우엔 그마저도 어렵다. 서로의 안부를 기원하며 돌아설 수밖에. 4인의 종주대는 떠나기에 앞서 나에게 대야산-촛대봉 구간의 난코스를 자세히 설명해주었다. 하지만 대야산의 바위에 취한 나는 그 말을 귀담아듣지 않았다.

그들이 대야산을 내려오는 길목에선 조심하라고 왜 그토록 일렀는지 얼마 지나지 않아 실감할 수 있었다. 급한 내리막길에 나뭇가지마저 여의치 않아 미끄럼을 타야 했고, 밧줄로 오르내리는 길에서도 머리칼이 쭈뼛 서는 순간을 수차례 맞았다. 특이한 것은 맨 몸으로 올라서기도 힘겨운 자리에 줄줄이 늘어서 있는 무덤이다. 누가 무엇 때문에 이곳에 묻었고, 또 무슨 이유로 무덤이 닳고 닳아 등산로와 높이가 같아지도록 방치한 것인지 의문이 들었다.

일단 촛대봉을 넘어서면 한숨을 돌릴 수 있다. 가벼운 마음으로 불란치재를 지나 옛날 곰들이 넘어 다녔다는 곰넘이봉을 통과하면 버리미기재가 나온다. 이곳은 충북 괴산과 경북 가은을 연결하는 913번 도로가 지난다. 아스팔트 길을 따라 가은 쪽으로 3km쯤 걸어가니 대형 주차장이 나오고, 그 밑으로는 경북지방에서 자주 볼 수 있는 산비탈밭농사지대가 펼쳐진다. 내가 이곳을 지날 즈음 본격적인 농번기를 앞두고 각양각색의 허수아비가 늘어서기 시작했는데, 특히 녹색 치마에 검은 머리까지 늘어뜨린 여인허수아비가 압권이었다.

완장리 마을까지 내려와 오른편 벌바위 쪽으로 10분쯤 올라가면 유명한 식당이 하나 나온다. 백두대간 종주자들에게 잘 알려진 돌마당식당이다. 식당 주인 심만섭 씨는 20년 전 우연히 대야산을 등반했다가 산세에 반해 전 재산을 털어 대야산 밑에 정착했다. 그는 수석과 조경에도 조예가 깊어 식당 구석구석을 다채롭게 꾸며놓았다. 나는 식당 입구에서 반가운 얼굴들을 다시 만날 수 있었다. 바로 대야산 정상에서 아쉽게 헤어졌던 아저씨들이었다. 그들은 연배가 한참 낮은 나를 기꺼이 술자리에 끼어주었다. 산벚꽃 향내 짙은 야외에서 동동주에 취하다 보니 어느덧 해가 저물기 시작했다.

‘백두대간의 사리’

4월 18일 새벽. 서둘러 대간에 붙으려 하는데 식당 주인은 “여기까지 와서 선유동을 보지 않으면 후회할 것”이라며 자신의 차로 나를 안내했다. 선유동은 흔히 대야산 서쪽, 그러니까 충북 괴산을 떠올리는 사람이 많다. 하지만 문경 사람들은 대야산 동쪽을 선유동이라고 부른다. 과연 선유동은 고금의 풍류객들이 감탄할 만한 곳이었다. 시간이 없어 입구만 둘러봤는데도 범상치 않은 분위기가 느껴졌다. 특히 계곡의 바위와 연분홍빛 산벚꽃의 궁합이 제대로 맞아떨어지는 듯했다. 문경 선유동에는 곳곳에 음각한 글씨들이 보이는데, 지역주민들은 이것이 고운 최치원의 작품이라고 믿고 있다.

버리미기재에서 식당 주인에게 작별인사를 건네고 장성봉(915.3m) 쪽으로 올라섰다. 긴 오르막이지만 경사는 그리 급하지 않다. 장성봉부터는 고만고만한 능선이 이어졌다. 왼편으로 막장봉(887m)을 보내고 조금 더 가니 쉬어갈 만한 바위마당이 나왔다. 그냥 달릴 수도 있는 이곳에서 시간을 지체한 이유는 절벽의 묘한 풍경 때문이었다. 말라죽은 나무는 대부분 흉물이 되기 십상인데, 이 물건은 고고한 자태를 잃지 않았다.

바위산장에서부터는 빠르게 내칠 수 있는 구간이다. 비슷한 높이의 봉우리를 서너 개 넘어서면 오른쪽으로 악휘봉(845m)이 보이고 왼편 아래쪽으로는 은티마을이 자리 잡고 있다. 여기서부터 희양산 자락이다. 희양산은 유명세에 비해 직접 오른 사람은 그리 많지 않다. 사방이 바위로 둘러싸인 탓도 있지만, 그보다는 불교계에서 접근을 적극적으로 차단하고 있기 때문이다. 희양산에는 한국 불교 조계종 총무원의 특별수도원인 봉암사가 있는데, 이곳은 석가탄신일과 정월 초사흘부터 일주일간만 일반인의 출입이 허용되는 도량이다.

신라 헌강왕 5년(879) 지증도헌국사가 창건한 9산 선문 중의 하나인 봉암사는 한국 불교사에서 매우 중요한 의미를 갖고 있다. 한국 불교는 조선시대와 일제시대를 거치면서 안팎으로 큰 상처를 입는데,

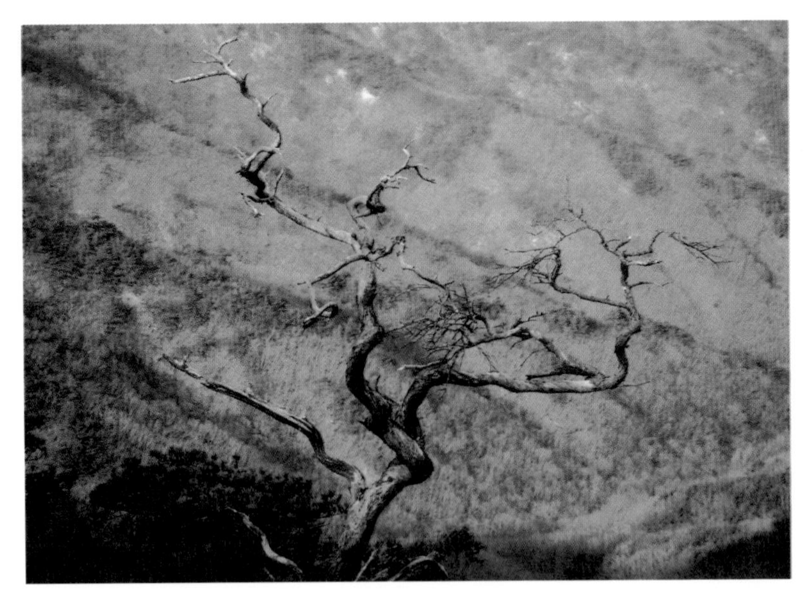

절벽에 나붙은 고목. 지친 몸에 힘을 불어넣는 단아한 자태. 대간이 아니면 어디서 이런 모습을 볼 것인가?

희양산의 외모. 겉보기에도 반질반질한 산. 오르려면 힘 좀 빼야 한다. 오른편 아래쪽에 문경 봉암사가 있다.

1947년 성철 스님 주도로 청담 · 자운 · 월산 · 혜암 · 법전 스님 등이 봉암사에 모여 "부처님 법답게 살자"며 쇄신의 깃발을 치켜들었다. 한국 불교의 역사를 바꾼 봉암사 결의가 바로 이곳에서 이루어진 셈이다.

이런 까닭에 백두대간을 순례하며 한국 불교의 발자취를 더듬은 윤제학 선생은 봉암사를 가리켜 '백두대간의 사리'라고까지 칭했다.

희양산과 은티마을이 갈라지는 곳에는 재미있는 낙서가 하나 있다. '소인은 못 갑니다. 산꾼만 가십시오.' 이 말을 이해하려면 희양산 품으로 좀 더 가까이 다가가야 한다. 스님들은 봉암사로 이어지는 길목마다 고대 전투에서나 볼 수 있던 목책을 둘러쳤다. 또한 희양산 정상으로 가는 중턱에는 온종일 스님들이 당번을 서고 있다. 따라서 원칙적으로 희양산에 오르는 것은 불가능하다. 하지만 스님들도 백두대간 종주자에게는 예외적으로 통행을 허용해 왔고, 산꾼들도 스님들께 누를 끼치지 않고 지나가는 방법을 잘 알고 있다. 혹시라도 희양산 도량에서 스님들을 만난다면 이렇게 예를 갖추길 바란다. "스님, 성불하십시오."

은터재를 넘어 구왕봉으로 가는 길에서는 이곳이 봉암사 도량임을 자연스럽게 확인할 수 있다. 등산로를 막아놓은 목책과 노끈이 거친 방식으로 경계심을 심어준다면, 봉암사 주지 스님의 이름으로 써놓은 문구는 중생의 욕심을 완곡하게 달래준다.

일체중생이 번뇌 틀에서 벗어날 기약이 없으니 출가인은 이에 분발하여 사람마다 본래 구족한 불성을 바로 보아 사람과 천상이 스승됨이라. 이곳은 그와 같은 스님들이 수행하는 청정도량이므로 현명하신 여러분께서는 양지하시고 출입을 삼가주시기 바랍니다.

구왕봉에 올라서자 연한 오렌지 빛 희양산이 성큼 다가왔다. 산 전체가 큰 바위 형상인데 바위틈에 뿌리박고 자라난 소나무들이 그 운치를 더해준다. 구왕봉에서 20여 미터쯤 내려서면 오른쪽으로 희양산 골짜기를 감상할 수 있다. 희양산에서 뻗어나간 산줄기가 힘을 다하고 숨을 고르는 지점에 바로 봉암사 도량이 있다. 멀리 청정도량을 바라보며 '나는 무엇 때문에 백두대간을 타는가' 라는 화두를 부여잡고 자문자답하는 사이 산중의 저녁이 빠르게 찾아오고 있었다.

4월 24일, 충주에서 연풍을 거쳐 은티마을로 향했다. 충주와 문경을 잇는 3번 국도를 지나는 동안, 택시기사는 지역경제의 퇴보를 아쉬워했다. 문경 탄광과 충주 비료공장이 활발하게 가동하던 시절 3번 국도는 전국에서 가장 번잡한 도로 가운데 하나였지만, 지금은 1시간을 기다려야 직행버스 한 대가 다닐 만큼 한산한 길이 돼버렸다는 것이다. 나는 택시기사의 푸념을 한 귀로 흘려보내면서도 그의 어감에 묻어나는 충청도 특유의 소박함과 어눌함을 정겹게 느꼈다. 아마도 충주가 배경인 임순례 감독의 영화 〈와이키키 브라더스〉의 진한 감동 때문이었을 것이다.

중생이 함부로 넘어설 수 없는 희양산 도량을 통과하면서 나는 두 가지 원칙을 세웠다. 첫째는 남들의 눈에 띄지 않는 새벽에 지나가자는 것이고, 둘째는 청정도량에 민폐를 끼치지 않기 위해 희양산 구간에서 단 한마디도 하지 않겠다는 것이었다. 하지만 빗물을 잔뜩 머금은 희양산의 바위를 기어오르면서 저절로 새나오는 신음소리를 자제하지는 못했다. 백두대간 주 능선에서 살짝 비켜서 있는 희양산 정상의 풍광에 반해 터져나온 감탄사도 끝내 지키지 못한 자신과의 약속이었다.

희양산 정상에서 지름티재로 돌아나와 북쪽으로 걷다 보면 오래된 성터가 보이는데, 이곳은 신라시대의 희양산성이다. 삼국시대의 역사에서 한강 유역은 각국의 흥망에 중요한 변수가 되었다. 따라서 경주가 근거지인 신라의 처지에서 보자면, 문경-상주 라인이 한강으로 가는 교두보였고 희양산성도 전략적 요충지에 속했을 것이다.

성터를 지나면 시루봉(914.5m)이 보이고 이곳에서부터 백두대간은 동으로 길게 흘러갔다가 그 길을 되돌아 북서쪽의 이화령 쪽으로 빠져나간다. 종주자로선 빤히 바라다보이는 이화령을 두고 길게 휘돌아 걷는 셈이다. 도중에 이만봉(989m) · 백화산(1063.5m) · 황학산(910m) 등 꽤 높은 산들을 통과하게 되지만, 백화산 구간을 빼면 경사가 그리 심하지 않아 부담 없이 지날 수 있다.

황학산을 지나면 간벌지대가 나타나고 여기서 왼쪽으로 휘었다가 오른쪽으로 꺾어지면 경운기가 다닐 정도의 넓은 길이 열린다. 이곳은 좌우로 침엽수가 길게 뻗어 있고 바닥에는 풀들이 알맞게 자라고 있어 삼림욕을 하기에 안성맞춤이다. 조금 더 걸어가니 넓은 길은 오른편 각서리 쪽으로 빠지고 대간은 오솔길로 변한다. 길은 조금 좁아졌지만 혼자 산책하기에는 부족함이 없다. 군데군데 군사훈련을 위해 만들어놓은 진지와 이동통로를 지나 산허리를 오른편으로 휘감아 돌아서면 이화령 고개가 나온다. 이화령은 1925년 신작로가 개통되면서 경북과 충북을 연결하는 중요한 길목이 됐는데, 최근 이화령터널이 뚫리면서 산꾼이나 들러가는 옛 고개로 바뀌었다.

황학산 너머 이화령 가는 오솔길. 경운기가 다닐 정도의 넓이에 산들바람마저 불어준다. 이보다 더 좋은 산책로가 있을까?

조령샘물에 목 축이는 길손이시여

문경은 과거와 현재가 공존하는 도시다. 시내 곳곳에 옛 모습이 간직돼 있는가 하면 외곽에 우후죽순처럼 러브호텔이 들어서 있다. 문경이 이처럼 달라진 결정적 이유는 두 가지. 하나는 KBS 대하드라마 〈태조 왕건〉 세트가 문경새재도립공원에 들어선 것이고, 다른 하나는 최근 이 지역에 온천이 개발된 탓이다. 결국 문경의 변화는 내부의 필요성보다는 타 지역에서 몰려든 사람들로 인한 것으로 이해할 수 있다.

나는 신용카드가 통용되지 않는 시내의 장급 여관과 너무 비싼 외곽의 러브호텔 중 그 어느 쪽에서도 숙소를 구하지 못하고, 결국 오랜 '역사'를 자랑하는 허름한 여인숙에 짐을 풀었다. 문경탄광이 번성하기 전부터 문을 열었다는 이 여인숙은 아직도 연탄을 때고 있었다. 그 이유를 묻자 여인숙 주인은 가슴 뭉클한 세월의 변화를 털어놓았다.

"광부들한테 하룻밤에 600원씩 받은 돈으로 4남매를 대학까지 보냈습니다. 탄광은 사라졌지만 그 사람들까지 잊어버릴 수는 없잖아요."

4월 25일 새벽, 택시를 타고 이화령으로 향했다. 날이 밝으려면 1시간 정도 더 기다려야 했지만, 등산로에는 일찌감치 야간산행을 시작하는 사람들이 보였다. 이화령–문경새재 코스의 첫 번째 고개인 조령산(1026m)까지는 8부 능선을 길게 돌아서 올라간다. 도중에 목을 축일 수 있는 조령샘이 나오는데, 물맛보다도 이곳에 붙어 있는 문구가 인상적이다.

> 조령샘물에서 목을 축이는 길손이시여! 사랑 하나 풀어 던진 샘물에는 바람으로 일렁이는 그대 넋두리가 한 가닥 그리움으로 솟아나고…….

새도 날아 넘기 힘든 고개

조령산에서 신선봉(937m)과 923m봉을 지나 문경새재(조령)로 가는 길은 호쾌한 바위능선이다. 속리산의 천황봉–문장대 암릉이 부드럽게 안기는 맛이라면 문경새재는 질기게 씹히는 느낌이다. 그래서 쉴 새 없이 오르내리다 보면 진이 다 빠진다. 하지만 산등성이에서 내려다보는 문경 땅의 풍광은 수고로움을 달래주고도 남는다.

이 구간에서 놓치지 말아야 할 포인트는 뭐니뭐니해도 문경새재의 지형적 특성이다. 울창하게 둘러친 바위와 숲속에서 통로라고는 조령밖에 보이지 않는다. 이것이 바로 문경새재를 천혜의 요새라고 부르는 이유다.

너무도 유명한 일화지만 문경새재는 조선왕조의 운명을 바꿔놓은 곳이다. 1592년 임진왜란 때 왜장 고시니 유키나가는 부산에 상륙한 뒤 한양을 빠르게 공략하기 위해 문경새재로 진격해 경주에서 북상하던 가토 기요마사의 군사와 합류했다. 하지만 일본군은 문경새재의 험준한 지형을 확인하고 고민에 빠졌다고 한다. 이때 조선의 신립 장군은 문경새재에서 싸우기에는 시간이 늦었다고 판단하고, 충주의 탄금대에서 배수의 진을 쳤다가 전멸했다.

물론 왜군이 파상공세를 퍼붓던 당시 상황에서 신립 장군의 전략이 일방적으로 판단 착오였다고만 평가할 수는 없겠지만, 왜군조차 겁을 먹었던 문경새재를 조선군이 전혀 활용하지 못한 것은 아쉬운 대목이 아닐 수 없다.

문경새재의 성곽은 한마디로 소 잃고 외양간 고치는 격으로 만들어졌다. 임진왜란이 일어난 뒤 충주의 의병장 신충원은 오늘날의 문경새재 제2관문에 성을 쌓고 왜군을 기습하는 등 전과를 올렸다. 그러자 조정에서도 뒤늦게 이곳의 군사적 중요성을 감안해 제1관문(주흘관)·제2관문(조곡관)·제3관문(조령관)으로 이어지는 3중 관문을 설치한 것이다.

문경새재라는 이름의 유래에 대해서는 다양한 설이 있으나 가장 유력한 것이 '새도 날아서 넘기 힘든 고개'라는 뜻이다. 이밖에도 풀이 우거진 고개(草岾), 새로 생긴 고개(新재), 이화령 사이의 고개(사이재) 등으로 해석한 문헌도 존재하지만, 조령(鳥嶺)에서 새재라는 말이

문경새재 제3관문 전경. 대간은 성벽의 좌우로 이어진다. 임진왜란 당시 조선의 운명을 바꿀 수도 있었던 전략적 요충지였다.

나왔다고 보는 의견이 우세하다. 새재는 군사적 요충지 말고도 영남의 한양 진출 통로라는 의미에서 매우 중요하다. 조선 중기부터 영남의 사림파들이 하나둘씩 조정에 출사해 정권의 핵심세력으로 등장하는데, 이들이 한양을 오갈 때 넘었던 고개가 바로 새재다.

〈진도아리랑〉에 웬 문경새재?

문경새재 제3관문에서 제2관문을 거쳐 제1관문으로 내려서는 길은 문화탐방 코스로서 손색이 없다. 제3관문 바로 밑의 금의환향길, 장원급제길, 책바위 등에선 조선시대 영남지방 선비의 꿈을 엿볼 수 있고, 제2관문 주변 소나무 숲의 송진 채취용 V자 홈에서는 일제의 수탈 흔적을 확인할 수 있으며, 제1관문

안쪽에 자리잡은 〈태조 왕건〉 세트에서는 고려시대 민초의 생활양식을 관찰할 수 있다. 조선시대 영남감사가 관인을 주고받았던 교구정 터, 과객이 쉬어갔던 주막, 문경의 역사를 한눈에 이해할 수 있는 박물관 등이 모두 이곳에 있다. 등산로 바로 옆에서 시원하게 물줄기를 떨어뜨리는 25m 높이의 3단 조곡폭포, 차를 끓이면 더욱 맛이 깊어진다는 조곡약수터도 쉬엄쉬엄 들러갈 만한 곳이다.

문경새재가 조선시대에 얼마나 유명한 장소였는지를 짐작케 하는 사례는 아이러니컬하게도 호남지방의 민요 〈진도아리랑〉에서 찾아볼 수 있다. 임권택 감독의 영화 〈서편제〉를 통해 너무나도 유명해진 〈진도아리랑〉의 첫 구절은 '문경새재는 웬 고갠가. 구부야 구부 구부가 눈물이 난다' 로 시작된다. 호남의 끝 진도지방의 노랫말에 왜 문경새재가 끼어든 것일까.

이에 대해서는 두 가지 속설이 전해지고 있다. 하나는 이루어지지 못한 사랑별곡이다. 진도 총각이 경상도의 대갓집에서 머슴을 살다가 주인집 딸과 정분이 났고, 그 사실이 발각되자 고향인 진도로 도망쳐 살았는데 안타깝게도 총각은 병들어 죽고, 홀로 된 경상도 여인이 부모의 뜻을 거역하고 진도 총각을 따라 문경새재를 넘던 설움을 노래했다는 것이다.

다른 하나는 호남의 선비들이 과거에 급제하기 위해 청운의 꿈을 품고 문경새재를 넘었으나, 시험에 낙방하자 신세를 한탄하면서 부른 노래라는 설이다.

지역 차별이 극심했던 조선시대에 호남 출신이 과거에 급제한다는 것은 기적과도 같은 일이었다. 실제로 과거 합격자의 절반은 영남 출신이었고, 나머지는 경기도 · 충청도 · 강원도가 차지했다. 이런 상황에서 호남 사람들은 지푸라기라도 잡는 심정으로 장원급제자들이 자주 넘었던 새재로 향한 것이 아니었을까. 새재보다 가까운 추풍령을 넘자니 추풍낙엽의 악몽이 떠올랐을지도 모를 일이다.

[늘재에서 문경새재까지]

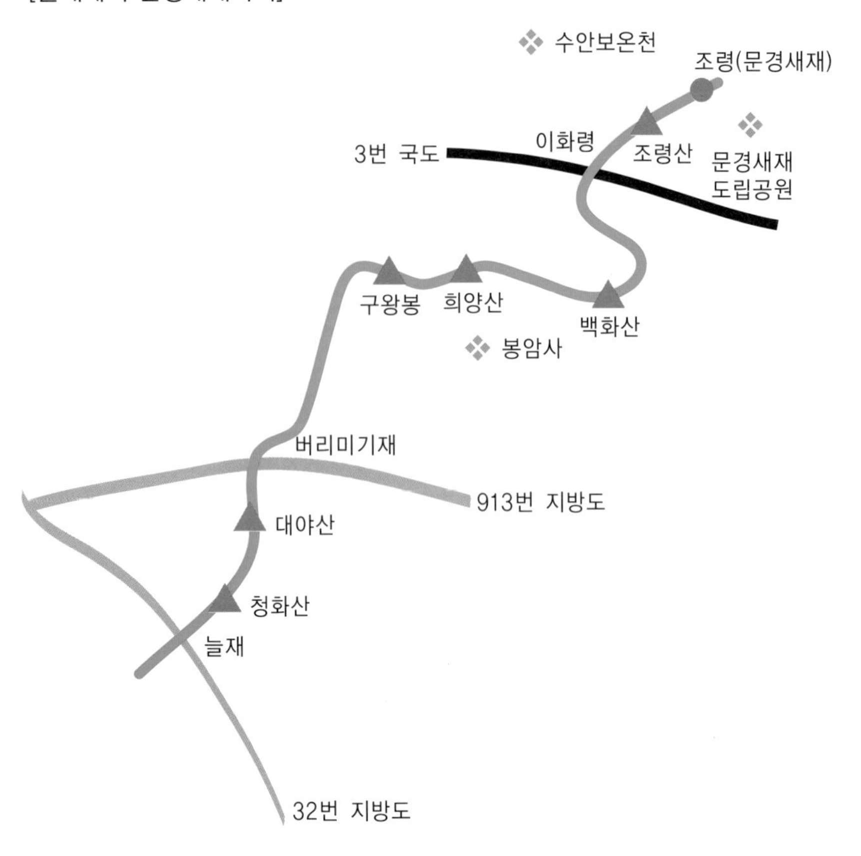

늘재: 상주나 청주에서 화북까지 버스로 이동한 뒤, 화북에서 택시 이용. 자가운전 시 32번 지방도로 진입.

종주로: 늘재 → 청화산 → 조항산 → 고모치 → 대야산 → 버리미기재 → 은치재 → 구왕봉 → 이만봉 → 황학산 → 갈미봉 → 이화령 → 조령산 → 조령

라일락 향기, 철쭉꽃 잔향 "산마다 냄새가 다르다오"

문경새재에서 싸리재까지

애팔래치아 트레일은 미국판 백두대간으로 총 길이가 3500여 킬로미터에 달한다. 미국 동부의 애팔래치아 산맥을 따라 메인주에서 사우스캐롤라이나주까지, 관통하는 주(州)만도 14개나 된다. 우리나라의 백두대간과 비교하면 5배가량 길 뿐 아니라 코스도 훨씬 험난하다. 실제로 이 길을 걷다 숨진 등산객이 있는가 하면, 일부 구간에서는 늑대, 곰, 방울뱀 등이 발견되기도 했다. 한마디로 애팔래치아 트레일은 최첨단 국가 미국의 뒤편에 가려진 원시적 공간이라 할 수 있다.

해마다 봄이 되면 수만 명의 미국인들이 이 트레일에 도전하기 위해 배낭을 꾸린다고 한다. 완주하려면 눈이 녹기 전 남부에서 시작해 겨울이 되기 전 북부에 도착해야 하기 때문이다. 건강한 사람이 부지런히 걷는다면 6개월 남짓 걸리는 이 코스를 실제로 완주한 사람은 그리 많지 않다. 6개월 연속해 달리는 것 자체가 만만치 않은 일일 뿐 아니라, 수십 킬로그램의 장비를 지고 산길을 걷다 보면 생각보다 빨리 피로가 찾아오는 탓이다.

미국의 여행작가이자 언론인인 빌 브라이슨은 자신이 직접 애팔래치아 트레일에 도전한 뒤 산에서 보고 느낀 것을 생생한 기록으로 남겼다. 이것이 바로 1999년 출간돼 『뉴욕타임스』에 3년 연속 베스트셀러로 선정된 『A Walk in the Woods』이다. 이 책은 2002년 한국에서도 『나를 부르는 숲』(동아일보사)이라는 제목으로 번역돼 나왔는데 미국에서처럼 선풍적인 인기를 끌지는 못했다. 하지만 단 한 번이라도 산에 빠져본 사람이라면 누구나 이 책이 던지는 새로운 도전 앞에서 가슴 벅차오르는 기쁨을 맛보게 될 것이다.

길동무와 함께 걷는 길

2004년 5월 23일 오전. 충주에서 택시를 잡아타고 조령으로 향했다. 이번 산행엔 베테랑 산꾼 김경수 씨가 길동무로 따라나섰다. 강원도 인제의 산골 마을에서 태어나 대학 시절 산악반 멤버로 활동했던 그는 민박 대신 야영을 제안했다. 덕분에 나는 아주 오랜만에 산속에서 밤을 지낼 수 있게 됐다. 백두대간 종주를 시작한 이후 지금까지는 대체로 빨리 걷고 일찍 쉬기 위해 가볍게 짊어지고 당일 산행을 하거나, 연속산행을 하더라도 주로 민박에서 묵었었다.

조령 입구에서 제3관문으로 오르는 길엔 자연휴양림이 잘 가꾸어져 있다. 문경 쪽이 KBS 〈무인시대〉 세트장 등으로 번잡하다면 충주 쪽은 가족끼리 편안하게 걸을 수 있는 한적한 숲길이다. 조선시대 때 같으면 한양에서 일을 마치고 돌아갈 때 밟는 길이었을 것이다. 과거에 붙었거나 장사를 잘했으면 콧노래를 부르며 넘었겠지만, 시험에 떨어졌거나 실속 없이 다리품만 팔았다면 눈물과 한숨으로 오를 수밖에 없었을 고개다.

제3관문 약수터에서 목을 축인 뒤 성벽을 따라 대간으로 붙었다. 오른쪽으로 군사들이 머물렀던 군막터를 지나쳐 40분쯤 오르면 마폐봉(927m)이 나온다. 마패봉이라고도 하는데, 조선시대를 빛낸 암행어사 박문수가 마패를 걸어놓았다 해서 붙여진 이름이다. 제3관문에서부터 시작된 산성은 마폐봉을 지나 북문 · 동문으로 이어진다. 이 성벽을 기점으로 왼쪽 지역이 충북 북부의 명물 월악산국립공원이다.

오락가락하는 날씨를 걱정하며 서둘러 동문까지 내려서자 중년의 부부가 제3관문으로 빨리 빠질 수 있는 길을 물었다. 우리는 지도를 살펴본 뒤 지름길을 가르쳐주고 산행을 재촉했다. 이곳에서 부봉(916m)으로 오르기 위해서는 다리에 잔뜩 힘을 모아야 한다. 밧줄을 잡고 암벽에 붙는 것이 만만치 않기 때문이다. 젖 먹던 힘까지 다 쏟아내고 바위 위로 올라서면 문경새재 능선이 시원하게 들어온다. 며칠째 감기 때문에 온몸이 고달팠지만, 이 순간만은 생생한 기운을 되찾을 수 있었다.

길을 잃고 밤에 취하다

부봉과 959m봉을 지나 평천재로 가는 길에서는 표지를 잘 확인해야 한다. 대간이 남쪽으로 내려왔다가 동쪽으로 꺾어진 뒤 다시 북으로 올라가기 때문이다. 보통 백두대간 주능선은 북북동을 기본으로 하면서 뻗다가 이따금씩 서쪽으로 휘어진다. 때문에 이례적으로 남쪽으로 흐르는 이 코스에서는 독도(讀圖)에 특히 신경을 써야 한다. 결국 우리도 부봉 너머 바위지붕에서 기분 좋게 산세를 감상한 뒤 내려서는 길에서 그만 길을 잘못 들고 말았다. 나침반을 꺼내들고 위치를 확인했으나, 세상일이 다 그렇듯이 한 번 잃어버린 길은 좀처럼 되돌리기가 어렵다. 이렇게 되면 일단 내려섰다가 다시 힘을 모으는 것이 최선이다. 1시간 남짓 걸어 내려가자 3시간쯤 전 중년 부부에게 일러주었던 동화원 지름길이 나왔다.

동화원에서 대간에 다시 붙을 수 있는 길을 묻자 두 명의 여성이 자세히 일러주었다. 우리가 "하늘재까지 얼마나 걸리겠느냐"고 묻자 그들은 "1시간도 안 걸린다"고 답했다. 지도상으로만 봐도 3시간 가까이 걸리는 길을 1시간 만에 갈 수 있다는 얘기였다. 대간을 타다 보면 가끔 이런 분들을 만나게 되는데, 대개는 산과 더불어 사는 사람들이다. 그들에게는 산이 일상이다 보니 산길도 평지처럼 느껴지는 모양이다. 하지만 그들은 그들이고 우리는 우리다. 다들 자신의 그릇에 맞게 살아가야 한다는 것도 산에서 배울 수 있는 소중한 가르침이 아니던가. 우리는 하늘재까지 가려던 계획을 취소하고 부봉 밑 8부 능선쯤에 텐트를 쳤다.

저녁 식사는 김치찌개에 카레덮밥. 소주에 과일주를 털어넣자 금세 취기가 돌았다. 중3 때 처음 설악산에 오른 뒤 암벽 타기를 즐기게 됐고, 대학 시절 산악반에서는 거의 군대식으로 훈련했다는 김경수 씨의 무용담은 들을수록 흥미로웠다. 그렇게 청춘을 산에서 보냈기에 무려 5년 만에 배낭을 꾸리면서도 조금의 빈틈도 없이 완벽하게 장비를 챙긴 것이리라. 실제로 그의 배낭에는 전투식량과 비상식량, 갖가지 반찬과 밑반찬이 차곡차곡 들어 있었다.

"선배들에게 줄빠따 맞으면서 배우다 보니 그냥 습관이 돼버렸어요."

이 길동무의 얘기를 들으면서 무엇이든 처음 배울 때가 중요하다는 생각이 들었다. 나만 해도 초등학교 때 속리산 근처의 친척 집에 놀러간 것이 계기가 돼 산을 오르기 시작했는데, 처음부터 물병 하나만 들고 다니다 보니 지금까지도 가벼운 차림새로 훌쩍 다녀오는 것이 습관처럼 돼버렸다. 아무튼 나는 이날 저녁 고수로부터 배낭 꾸리는 법부터 워킹, 산행시 주의할 사항까지 두루 배울 수 있었다.

한밤중 목이 말라서 눈을 떴더니 어디선가 정신을 맑게 하는 소리가 들려왔다. 계곡의 물줄기였다. 낮에는 걷느라 느끼지 못했고 저녁에는 술기운 때문에 집중할 수 없었던 물소리가 귓가에 제대로 잡힌 것이다. 텐트를 열고 나가 계곡 물에 얼굴을 적신 뒤 고개를 들자 나무숲 사이로 촘촘히 박힌 별들이 보였다. 텐트 앞에 앉아서 하늘을 바라보는데 나무에서 떨어지는 이슬이 텐트 위를 때리는 소리가 더없이 경쾌했다. 텐트 안에서는 빗방울인가 하겠지만, 밖에서 보면 분명 대자연의 숨결이다. 우리는 과연 자연의 섭리를 얼마나 느끼면서 살아가는 것일까? 혹시 일평생 텐트 안에서 단 한 번도 나가보지 못한 채 스러져가는 것은 아닐까?

현세에서 미래로 넘어가는 하늘재

24일 아침 일찍 라면을 끓여먹고 산행을 시작했다. 어제의 헛걸음을 만회하기 위해 초반부터 속도를 냈다. 하지만 동화원 아주머니들이 1시간도 안 걸린다고 일러준 하늘재는 2시간 이상 걸어서야 도착할 수 있었다. 하늘재로 가는 도중 평천재에 이르자 하루 전 길을 잃고 헤맸던 부봉의 주능선이 훤히 들어왔다. 평천재에서 하늘재로 급하게 떨어지는 길에서 마주 오는 노인에게 가볍게 인사하고 오솔길을 따라 내려가자 멀리 포암산(布巖山 · 961.8m)이 보였다. 저 밑이 바로 백두대간의 유서 깊은 고개 하늘재다.

하늘재는 충북 충주와 경북 문경을 잇는 고개다. 『삼국사기』에 보면 신라의 제8대 왕 아달라이사금이 156년에 계립령을 열었다고 돼 있는데, 이 계립령이 바로 하늘재다. 북진을 내건 신라와 이에 남진으로 맞선 고구려는 6세기 무렵까지도 한강 유역 도처에서 혈투를 벌였다. 특히 하늘재를 사이에 두고 치열한 공방전이 전개된 것으로 알려져 있다. 충주와 상주에 양측의 야전사령부가 있었다는 기록이 이를 간접적으로 말해준다.

하늘재는 종교적으로도 남다른 의미가 있다. 하늘재 남쪽은 문경시 문경읍 관음리고 북쪽은 충주시 상모면 미륵리다. 그래서 예로부터 하늘재는 관음에서 미륵으로, 즉 현세에서 미래로 넘어가는 고개라는 의미를 갖고 있다. 여담 하나 더. 하늘재에서 충주 쪽으로 가다보면 미륵사지가 나오고 이곳에 세계사라는 절이 있다. 이곳 미륵불은 국난이 있을 때마다 식은땀을 흘린다고 해서 전국의 불자들 사이에서는 꽤 유명하다. 2004년 초 대통령 탄핵사태 직후에도 식은땀을 흘려 언론에서 화제의 뉴스로 보도한 적이 있다.

인간세계의 경계지점인 하늘재에서 잠시 숨을 고른 백두대간이 하늘을 향해 힘차게 솟구친 봉우리가 바로 포암산이다. 포암산은 베바우산으로도 불렸는데, 겨울철 바위에 눈이 달라붙은 모양이 마치 베를 펼쳐놓은 것 같다 해서 붙여진 이름이다. 회색으로 우뚝 솟은 모습이 마치 삼대 껍질을 벗겨놓은 것과 닮았다고 해서 마골산이라는 이름도 갖고 있다. 아무튼 포암산은 줄곧 오르막이어서 몸속의 진을 다

하늘재. 백두대간의 수많은 고개 중에서 가장 유서 깊은 곳이다.

맹랑한 표지판. 포암산에서 대미산 가는 길에 서 있는 것으로, 충북 제천 사람들의 후기가 묻어 있다.

빼고 나야만 정상에 설 수 있다.

일단 정상에 오르면 왼편으로 장쾌한 월악산 주능선이 시원하게 다가온다. 포암산에서 긴 휴식을 취하며 초콜릿으로 허기를 달래는데 검은색 나비 두 마리가 주변을 맴돌았다. 이때 갑자기 하늘 위로 전투기 한 대가 굉음을 내며 내달리자 그 소리에 놀란 나비는 금세 어디론가 사라졌다.

백두대간은 포암산에서 잠시 북동쪽으로 뻗다가 동쪽으로 대미산(大美山 · 1115m)까지 길게 흘러간다. 관음재를 지나 938.3m봉으로 가는 길에 맹랑한 입간판이 하나 서 있다. 왼편 화살표에 지리산, 오른편 화살표에 백두산을 표시해 놓은 것이다. 여기서부터는 왼편의 경계가 충북 충주에서 제천으로 바뀐다. 여전히 문경 땅인 오른편에서는 석가탄신일을 앞둔 사찰에서 '석가모니불' 독경 소리가 들려와 발걸음을 편안하게 해준다. 1032m봉으로 가기 전 긴 너덜지대를 지나야 하고 여기에서 1000m 이상 되는 봉우리를 세 개 넘어서면 대미산이다.

대미산 정상은 여러 사람이 쉬어가기에 넉넉하다. 대미산에서 남쪽으로 곧장 내려서면 여우목이라는 마을이 있는데, 이곳 안내판에는 이런 글이 써 있다. '천주교 103위의 한 사람인 이윤일(요한) 성인이 머물다가 신자 30여 명과 함께 체포돼 상주를 거쳐 대구로 끌려가 참형당했다.'

마르지 않는 대미산 눈물샘

대간은 대미산에서 왼쪽으로 뻗는데 정상에서 15분쯤 내려가면 눈물샘 안내판이 나온다. 우리는 이곳에서

대미산 조망. 대미산에서 대간은 왼편으로 크게 꺾이고, 10분쯤 가면 왼편 아래쪽에 쉬어갈 만한 샘터가 있다. 이곳이 바로 눈물샘이다.

하룻밤을 지내기로 했다. 대미산의 본래 한자명은 '黛眉山'이었다고 한다. 글자 그대로 검푸른 눈썹처럼 생긴 산이라는 뜻이다. 눈물샘은 눈썹 밑에 있다고 해서 붙여진 이름인 셈이다. 눈물샘의 물은 어지간한 가뭄에도 마르지 않으며 물맛이 좋기로도 유명한데, 금천을 거쳐 낙동강으로 흘러간다.

일찍 자면 일찍 일어나는 법이다. 아직은 이른 새벽이었지만 동쪽 하늘은 벌써부터 붉게 물들고 있었다. 산 뒤편에서는 들짐승이 돌아다니는지 이따금 괴상한 소리와 함께 돌멩이가 구른다. 새삼 그들이 이 산의 주인이고 우리가 불청객임을 느낀다. 눈물샘의 물을 두 컵이나 마시고 텐트로 들어가 잠을 청하는데 텐트 밖으로 붉어지는 모습이 갈수록 장관이다. 본격적인 일출이 시작된 것이다.

눈물샘에서 북으로 향하던 대간은 1051m봉에서 다시 동으로 휘어진다. 여기서부터는 경북 문경 땅으로 삼림욕장을 방불케 하는 시원스런 낙엽송지대가 이어졌다. 981m봉을 기분 좋게 내려서면 왼편으로 표지판이 하나 보이는데 백두대간 종주자들 사이에 널리 알려진 포항셀파산악회가 실측한 거리 안내판이다. 이들의 계산에 따르면 남한 백두대간의 총 길이(천왕봉-진부령)는 734.65km이고, 이 지점이 정확히 그 중간지점인 367.325km가 되는 곳이다.

백두대간 중간점에서 계속 내리막길을 따라가면 차갓재가 나오고 이곳에서 15분쯤 더 가면 작은 차갓재가 나온다. 황장산(黃腸山 · 1077.3m) 등산의 기점이 되는 곳이라 등산객이 많이 오간다. 황장산은 천천히 몸을 풀다가 막판에 불끈 큰 바위로 솟은 모양새가 희양산이나 포암산과 닮았다. 황장산의 명물 뭣등바위로 오르려면 로프에 의지해야 하고, 정상 문턱에서는 아슬아슬한 바위벼랑을 조심스럽게 통과해야 한다. 하지만 정상에 올라 발밑을 바라보면 수십 미터에 달하는 짜릿한 절벽이고, 멀리 굽어보면 문경과 제천의 산골 마을이 아기자기한 느낌으로 다가온다.

황장산이란 이름은 이곳에서 많이 생산되는 황장목에서 나왔다. 황장목은 춘양목과 더불어 좋은 목재의 상징처럼 되어 있는데, 나무 색깔이 노란색이어서 예로부터 대궐의 건축자재나 임금의 관을 만드는 데 쓰였다. 조선 숙종 때는 이 산이 벌목과 개간을 금지하는 봉산(封山)으로 정해지기도 했다. 이를 입증하는 표지석이 지금도 남아있다. 황장산은 문헌에 따라 황정산 또는 작성산 등으로 기록되기도 했다.

황장산 정상에서 감투봉으로 가는 길은 칼날 같은 바위능선이고, 감투봉에서부터는 밧줄을 잡고 내려서는 가파른 코스가 이어진다. 또한 황장산 아래 황장재부터 1004m봉까지는 1시간 남짓의 시원한 암릉 구간이 펼쳐져 있다. 바로 이런 이유로 황장산은 당일 등산코스로 남다른 사랑을 받고 있다. 1004m봉을 끝으로 대간은 다시 하강을 시작한다. 1시간 남짓 편안하게 즐기면서 내려서면 벌재다. 이곳엔 문경과 단양을 연결하는 33번 도로가 지난다.

고요한 숲속의 아침

벌재에서 황정약수터로 가는 길 양쪽 산허리는 절개지 보수공사 후유증을 심하게 앓고 있었다. 조림은커녕 맨살이 드러난 산 흙조차 막지 않아 큰비라도 오면 토사가 그대로 도로와 배수로에 흘러들 판이었다. 황정약수터 앞에는 트럭을 개조한 포장마차가 서 있고, 그 옆으로 아주머니 다섯 명이 소주잔을 기울이고 있었다. 테이블에 놓인 소주병만도 5병. 벌써 각 1병씩은 마신 듯했다.

저녁 준비를 하다가 술안주 생각이 나서 포장마차 아주머니에게 약간의 부식을 부탁했더니 아주머니는 찌개 양념에 김치까지 듬뿍 담아주셨다. 거기에 어묵과 고추장을 풀어넣으니 근사한 소주 안주가 만들어졌다. 낙엽송 숲에서 우리는 또 다시 소주잔을 기울이면서 이번 산행의 마지막 밤을 즐겼다. 산에서 밤을 보내본 사람은 알겠지만, 밤 9시만 돼도 앞을 분간하기 힘들 정도로 어둡다. 일찍 잠들고 새벽에 깨어 밤하늘을 바라보는 여유가 벌써 사흘째 이어지고 있다.

아침이다. 숲속의 아침은 더욱 고요하다. 날씨가 갑자기 흐려지는 듯해서 서둘러 아침을 먹고 대간으로 붙었다. 당장이라도 비가 쏟아

부을 것만 같다. 낮은 풀들이 바람에 흔들리고 땀은 알맞게 배어났다가 흐르기 전에 식었다. 이런 날씨에 걷는 오솔길은 꽤 매력적이다. 산 냄새가 은은하게 풍겨나기 때문이다. 때늦은 라일락 향기와 이미 떨어진 철쭉 꽃잎의 잔향도 음미할 만하다. 이 대목에서 함께 걷던 김경수 씨는 "산마다 냄새가 다르다"며 고수다운 내공을 보여주었다.

문봉재(1040m)와 옥녀봉(1077m)을 지나 평탄한 능선을 달려가자 오른쪽으로 삼율광산의 돌 캐는 소리가 들려오고 조금 더 나아가자 왼편으로 소백산관광목장이 보였다. 여기서부터 왼편은 충북 단양이고 오른편은 경북 예천이다. 소백산관광목장을 지나 고개를 두 개 넘어서면 927번 지방도가 지나는 저수령(低首嶺)이 나온다. 저수령의 유래는 두 가지다. 너무 험난해서 이 길을 지나는 길손들의 머리가 절로 숙여졌다는 설과 이 고개를 넘는 외적들의 머리가 모두 날아갔다는 설이 있다.

저수령에는 경북 예천과 충북 단양의 관광지를 알리는 대형 안내판이 서 있다. 단양은 일찍부터 유명세를 얻은 단양8경을 내세웠고, 예천은 경북 북부에 널리 퍼져 있는 양반 문화 유적지와 자연경관을 두루 섞어놓았다. 그 가운데 눈길을 끄는 것이 바로 예천의 특산품 활이다. 예천은 무형문화재 궁시장(弓矢匠)으로 유명한 곳이다. 어디 그뿐인가. 1970년대 후반 한국 여자 양궁이 세계를 제패하기 시작할 무렵의 스타 플레이어 김진호가 이곳 예천 출신이다. 예천시는 이를 기념해 진호국제양궁장을 만들기도 했다. 한편 예천의 '예(醴)'는 '단술'이라는 뜻으로 예천의 술은 안동소주와 함께 경북지방의 명주로 알려져 있다.

산나물 캐는 사람들

저수령 팔각정에서 라면을 끓여먹고 촛대봉(1081m)으로 향했다. 점심을 너무 많이 먹었는지 오르막에서 트림 소리와 신음 소리가 절묘하게 섞여 나왔다. 촛대봉 정상엔 쉬어가기 좋은 공터가 있는데, 이곳에서 남쪽을 바라보면 소백산관광목장이 한눈에 들어온다. 촛대봉에서 시루봉(1110m)으로 가는 길은 산나물 채취 지역으로 유명하다. 아니나 다를까. 곳곳에서 나물 캐는 아주머니와 아저씨들이 눈에 들어온다. 여기서 나온 나물들은 도매상을 거쳐 도시로도 가지만, 일부 식당과는 직거래도 한다. 충북 충주시 수안보의 산채식당이 그런 경우다. 이 식당에 나물을 대는 사람만도 수십 명에 달한다고 한다.

시루봉에서 배재로 가는 길은 좌우로 대칭을 이룬다. 왼편은 참나무 숲이고 오른편은 잣나무 조림 지역이다. 백두대간에서는 이런 지역을 심심치않게 볼 수 있는데, 기후 탓도 있지만 대개는 산불로 인해 인위적으로 조림된 것이다. 대간의 일부 지역에서는 산불 확산을 막기 위한 수단으로 땅을 파헤치고 블록을 쌓기도 했지만 역시 최선의 대책은 홍보와 교육일 것이다. 최근 한반도 곳곳에서 일어난 산불의 상당수가 사람들의 부주의로 일어났다는 사실이 이를 잘 말해준다.

배재를 지나 1053m봉을 넘어서면 싸리재다. 우리는 이곳에서 단양군 대강면 남조리 쪽으로 하산을 시작했다. 1시간 남짓 꾸불꾸불한 능선을 따라 내려서자 시원한 계곡물이 나타난다. 여기서 자갈길을 따라 10여 분 걸어가면 단양 유황온천이 있다. 남조리는 바로 이 유황온천 때문에 마을의 형태가 완전히 달라진 것처럼 보였다. 집집마다 민박 또는 식당 간판을 달았는데, 사방이 산으로 둘러싸인 마을과는 좀처럼 어울리지 않는 모습이었다. 메뉴판만 달랑 걸려 있는 텅 빈 식당과 먼지를 날리며 온천으로 드나드는 자가용. 나의 눈에 아름다운 마을 남조리는 분명 개발의 몸살을 앓고 있었다.

이 세상에 내 것 어디 있나

6월 5일 가족들과 함께 단양으로 갔다. 가장 먼저 찾아간 곳은 구인사. 영춘면 백자리에 자리잡은 구인사는 한국 불교 천태종의 총본산으로 사찰 규모에 있어서 전국 최대를 자랑한다. 일종의 기업화된 사찰이다 보니 다른 곳에선 볼 수 없는 풍경이 많다. 5층으로 지어진 법당 건물에 층마다 가득 들어찬 기도자라든가 마이크로 연신 불자들을 호명하는 사내방송, 신도들로 북적거리는 우체국 등이 그렇다. 가람 배치도 여느 사찰과 달라서 주요 건물이 계단과 다리로 이어져 있는가 하면 곳곳에 진열된 인공 화분이 이채롭다.

흔히 사람들은 기도를 하려면 조용한 곳으로 가야 한다는 고정관념을 갖고 있다. 불자들의 경우 그런 의식은 더욱 강하다. 그런 면에서 구인사는 적절한 기도처라고 할 수 없다. 하지만 구인사로 몰려드는 기도자의 수는 더욱 늘어나는 추세라고 한다. 그렇다면 거기엔 보통사람들이 알지 못하는 나름의 이유가 있을 법하다. 나에게는 구인사 경내 곳곳에 붙어 있는 대조사님의 설법 문구가 인상 깊게 다가왔다. '이 세상에 내 것이 어디 있나. 사용하다 버리고 갈 뿐이다.'

구인사에서 2km 정도만 밖으로 나오면 고구려의 전쟁 영웅 온달장군 유적지가 있다. 온달이 무술을 익혔다는 온달동굴은 고수동물 천동동물 등과 함께 석회암 동굴로 유명한데, 한국전쟁 때는 피난민

온달산성 모습. 온달 장군과 평강 공주의 조국애와 사랑이 담긴 곳이다.

도담삼봉. 단양8경의 상징이다. 물 위에 떠 있는 바윗돌에 갖가지 사연이 서려 있다.

들의 은신처로 쓰였다고 한다. 온달관에서는 평강 공주와의 신분을 뛰어넘은 러브스토리와 고구려 사람들의 소박한 생활상을 살펴볼 수 있다.

도담삼봉은 단양팔경 중에서도 첫 손가락에 꼽히는 명소다. 유유히 흐르는 남한강 물 속에 절반쯤 몸을 담그고 있는 도담삼봉은 가운데가 남봉, 왼쪽이 처봉, 오른쪽이 첩봉이라 불린다. 여기에는 첩봉이 남봉의 아이를 갖자 불룩해진 배를 남봉 쪽으로 내밀었고, 처봉은 질투에 불타 남봉에게서 등을 돌려 앉았는데, 하느님이 이들의 싸움을 보고 영영 움직이지 못하도록 벌을 내렸다는 이야기가 전해지고 있다. 실제로 그런 생각을 하면서 세 봉우리를 바라보면 바위의 생김새가 더욱 절묘하게 느껴진다.

역사적으로는 조선왕조의 이데올로그(이론가)였던 정도전이 도담삼봉과 남다른 인연을 갖고 있다. 단양에서 태어난 정도전은 도담삼봉에서 젊은 시절을 보냈으며, 급기야 자신의 호를 삼봉으로 지었다는 것이다. 한편 도담삼봉 인근 장군봉에는 '삼도정' 이라는 정자가 있는데, 퇴계 이황이 이곳에 올라 읊었다는 한시가 전해오고 있다.

> 산은 단풍잎 붉고 물은 옥같이 맑은데
>
> 석양의 도담삼봉엔 저녁놀 드리웠네
>
> 신선의 뗏목을 취벽에 기대고 잘 적에
>
> 별빛 달빛 아래 금빛 파도 너울지더라.

[문경새재에서 싸리재까지]

조령: 충주에서는 소조령까지 버스로 이동한 뒤 도보로 진입. 문경에서는 제1관문까지 버스로 이동한 뒤 도보로 진입.
자가운전 시 충주, 문경 모두 3번 국도에서 진입.

종주로: 조령 → 마폐봉 → 하늘재 → 포암산 → 대미산 → 황정산 → 벌재 → 저수재 → 배재 → 싸리재

백리에 구불구불 구름 사이 솟고 하늘과 땅이 만든 형국 억척일세

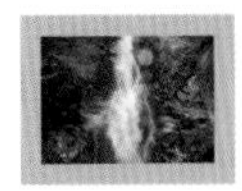

싸리재에서 고치령까지

백두대간 종주를 시작하면서 새롭게 주목하게 된 자료가 있다. 바로 청암 이중환이 지은 『택리지』와 고산자 김정호가 만든 '대동여지도'로 둘 다 조선후기에 완성됐다. 성리학이 점차 쇠퇴하고 실사구시의 학풍이 유행하던 시절, 두 사람이 내놓은 책과 지도는 한국 지리학의 수준을 한 단계 끌어올리는 데 중요한 역할을 했다. 물론 오늘의 관점에서 보면 아쉬운 점이 있지만 지리학이 학문으로 대접받지 못하던 시대에 순전히 다리품과 땀방울로 이루어낸 두 작품은 첨단기술로 무장한 디지털시대의 후학들을 놀라게 하기에 부족함이 없다.

『택리지』를 집필하기 위해 전국을 떠돌던 시절 이중환은 몰락한 사대부였다. 이중환의 신세가 얼마나 처량했던지 후세의 사가(史家)는 그의 귀양지마저 정확하게 기록하지 않았다. 단지 『택리지』의 발문에 나오는 '떠돌아다니면서 살 집도 없어서'라는 문구를 통해 그의 말년이 '동가숙서가식'의 연속이었음을 짐작할 뿐이다. 놀랍게도 그토록

비참한 환경 속에서 탄생한 『택리지』는 완결성이 높다고 평가받는다. 사대부에 대한 유별난 자부심과 특정 지역에 대한 지독스런 편견을 걸러낼 수만 있다면, 『택리지』는 오늘날에도 다양하게 조명될 만한 인문학 텍스트로서 손색이 없다.

짐승도 인간의 길로 다닌다

김정호의 생애는 더욱 초라했다. 평생 가난하고 신분마저 미천했던 그에 관해 알려진 것은 당대의 실학자 최한기와 가까웠다는 사실 정도다. 다만 대동여지도의 치밀함으로 미루어 그가 한반도 구석구석을 수차례 답사했음을 추측할 수 있을 뿐이다. 야사에는 대동여지도를 만들어 천기를 누설했다는 이유로 김정호가 감옥에서 죽었다는 얘기도 전해지지만, 어디까지가 사실인지 확인할 길이 없다.

먹고살기도 힘든 세상에 태어나 무려 30년 동안이나 지도 제작에 나섰던 고산자의 힘은 무엇일까? 백두대간 마루금에서 한반도 남쪽의 고을을 바라볼 때마다 김정호의 열정에 고개를 숙이곤 한다.

2004년 6월 19일 새벽. 충북 단양엔 장대비가 퍼붓고 있었다. 일기예보는 보기 좋게 빗나갔다. 단양역 대합실에 앉아서 잠시 '유로 2004' 축구 경기 중계방송을 보다가 택시를 잡아탔다. 기다린다고 그칠 비가 아니었던 탓이다. 세찬 빗줄기를 뚫고 구불구불한 산길을 오르자니 택시기사는 꽤나 신경이 쓰이는 모양이다. 몇 번이나 차를 세우고 방향을 살폈다. 그러고는 나에게 넌지시 물었다. "날도 좋지 않은데 단양 유황온천에서 몸이나 푸는 게 어떠십니까?"

택시에서 내려 산길로 들어섰다. 거센 빗줄기에 밀려 나무와 풀이 등산로 쪽으로 비스듬히 누웠고, 덕분(?)에 나의 몸은 얼마 지나지 않아 흥건히 젖었다. 언제나 그렇듯이 아무도 걸어가지 않은 새벽길은 뭔가 신비로우면서도 두려운 느낌을 준다. 특히 비 내리는 새벽길은 묘한 긴장감까지 더해진다. 옥수수 잎을 타고 흐르는 굵은 물방울이 랜턴 불빛에 반짝이고, 돌덩이를 타고 넘치는 계곡물이 발걸음을 재촉한다. 빗물이 적신 자리에 차츰 땀이 흘러들어 빗물인지 땀방울인지 분간하기 어려워질 무렵 백두대간 주능선에 솟은 싸리재가 눈앞으로 다가왔다.

싸리재부터는 걷기에 편안한 오솔길이다. 어느새 어둠은 걷히고 아침이 찾아왔다. 산등성이 위로 구름덩어리가 이러저리 몰려다녔다. 한참 구름의 흐름을 눈으로 쫓으며 내달리는데 코앞에서 산토끼가 나와 같은 방향으로 뛰었다. 잠시 후 산토끼가 등산로에서 벗어나 수풀 속으로 숨어들자마자 10여 마리의 꿩이 푸드덕거리며 하늘을 향해 날아올랐다. 아침의 고요가 깨지는 순간이었다. 궂은 날씨에 산을 타다 보면 이렇듯 짐승들을 괴롭힐 때가 종종 있다. 짐승들도 되도록 편한 이동로를 찾다 보니 자연스럽게 인간의 등산로를 자주 이용한다. 산속에서는 조금만 관심을 기울이면 짐승의 배설물이 등산로 주변에 집중적으로 분포해 있는 것을 확인할 수 있다.

묘적봉(1148m)으로 가는 길에서 김밥으로 아침을 때우고 도솔봉(1314m)으로 향했다. 마음 같아서는 적당한 곳에 앉아 구름이 이동하면서 시시각각 만들어내는 절경을 감상하고 싶었지만 빗줄기가 워낙 세서 한곳에 오래 머물기가 힘들었다. 몇 년 전만 해도 도솔봉 정상은 난코스로 알려져 있었다. 하지만 최근엔 나무계단이 설치돼 부담 없이 오를 수 있다. 도솔봉은 충북 단양군 대강면과 경북 영주시 풍기읍

도솔봉으로 몰려드는 구름. 소백산 구간의 날씨는 예측불허다. 해가 비치다가도 어느 순간 구름이 몰려온다.

의 경계인데, 백두대간은 이곳에서 왼쪽으로 휘어져 나간다.

나는 이곳에서 또다시 길을 잃었다. 지도가 빗물에 젖을까봐 갈림길을 제대로 확인하지 않은 것이 화근이었다. 평소 같았으면 어느 정도 가다가 되돌아올 수도 있었겠지만, 이번엔 사정이 달랐다. 도솔봉 못 미친 지점에서 나를 지나쳐간 등산객이 저만치 앞에서 길을 열었고, 이따금 백두대간 표지까지 나타났던 것. 나는 그가 선택한 길이 맞겠거니 생각하고 천천히 그 뒤를 밟았으나 시간이 흐를수록 머릿속에 새겨두었던 지도와는 다른 그림이 펼쳐졌다. 없던 계곡이 등장하고 한참 전에 지나친 도솔봉을 안내하는 표지판까지 서있다. '이 길이 아니구나' 하고 발길을 되돌릴 무렵 먼저 내려간 등산객이 지도를 살피고 있었다. 우리는 도솔봉에서 백두대간 주능선이 아닌 비상탈출로를 타고 하산했던 것이다.

백두대간에서 잠든 사람

경기도 분당의 '느림보산악회' 회원으로 백두대간을 종주하고 있다는 한 중년 남성은 잠시 고민하다가 산행을 중단하기로 결정했다. 나도 그의 뒤를 따랐다. 빗속을 뚫고 2시간 이상 올라선 뒤 다시 주능선으로 달리는 것이 여간 부담스럽지 않았던 것이다. 우리는 빠른 속도로 물이 불어나고 있는 사동리 계곡을 따라 걷다가 길가의 민박집에서 맥주로 갈증을 달랜 뒤 대강면 쪽으로 빠져나왔다. 대강면에서 버스를 타고 단양으로 향하는 동안 차창 왼편으로 보이는 백두대간 주 능선엔 먹구름이 켜켜이 쌓이고 있었다. 범인의 눈에도 구름의 양태는 예사롭지 않았다. 다음날 오후 제6호 태풍 '디앤무' 는 단양지역에 평균 350mm가 넘는 장대비를 쏟아 부었다.

6월 26일 오후. 단양읍에서 대강면을 거쳐 사동리로 향했다. 태풍이 할퀴고 간 자리엔 상처가 가득했다. 나무가 뿌리째 뽑혀 있는가 하면 여기저기 돌덩이들이 길을 막아섰다. 택시기사는 비 피해보다도 이기적 세태를 꼬집었다. 그에 따르면 폭우로 인해 단양지역의 어느 양어장이 넘치면서 물고기들이 관공서 앞마당으로 쏟아졌다는 것이다. 그런데 피해복구에 앞장서야 할 공무원들이 물고기를 잡아먹고 자랑까지 했다며 육두문자를 토해냈다. 발동이 걸린 택시기사는 화살을 중앙부처 공무원에게 돌렸다. 이번엔 김선일 씨 사망사건과 관련한 외교통상부 공무원들의 안일한 대응이 타깃이었다. 서울이나 지방이나 민심의 흐름은 크게 다르지 않은 듯했다.

사동리에서 도솔봉으로 올라가는 길은 매우 미끄러웠다. 도솔봉에 오르니 또다시 비구름이 몰려왔다. 이번엔 태풍이 아니라 장마전선이었다. 금방이라도 한바탕 퍼부을 것 같아 서둘러 죽령으로 향했다. 구름은 봉우리를 넘어설 때마다 드리웠다 걷히기를 되풀이했다. 장마전선이 변덕을 부리는 모양이었다.

백두대간은 1286m봉에서 서진(西進)을 멈추고 북으로 방향을 튼다. 편안한 내리막길에서 콧노래를 부르며 흥겹게 걸어가는데 중턱의 갈림길에 걸린 표지판이 발길을 붙잡았다. 뭔가 사연이 있을 법한 글귀가 적혀 있었다. '여기 산을 좋아하던 우리 친구 종철이가 백두대간 품으로 돌아갔습니다. 종철아 편히 쉬어라.' 잠시 걸음을 멈추고 백두대간에 묻힌 고인에게 예를 표했다.

멀리 죽령이 눈에 들어왔다. 죽령은 신라 아달라왕 5년(158년) 신라 사람 죽죽(竹竹)이 길을 열었다고 해서 붙은 이름이다. 옛사람의 정취를 느끼면서 걷고 싶다면, 5번 국도가 지나는 죽령고개에 이르기 직전 오른편으로 발길을 돌리는 게 좋다.

지도상으로는 죽령을 통과하면서 중앙고속도로와 중앙선을 건너게 되는데, 모두 산을 뚫고 지나는 터널이어서 눈으로 확인할 수는 없다. 중앙선은 일제의 식민수탈정책에 따라 중일전쟁 직전인 1936년 착공돼 오랫동안 산업철도로서 기능을 수행했다. 또한 2001년 완공된 중앙고속도로는 한반도 남쪽 동부지역의 도시화를 재촉하는 데 결정적인 역할을 했다.

사라진 소백산의 반딧불이

죽령에서 소백산 천문대로 올라가는 길

은 지루한 시멘트 포장도로다. 엄밀하게 말하자면 백두대간 마루금은 시멘트 길과 산길을 넘나들며 이어진다. 7km가 넘는 오르막길을 혼자서 걷다보니 평소보다 빨리 지치는 느낌이었다. 그래서 잠시 산길에 주저앉아 간식을 먹으며 숨을 고르는데 발밑으로 새끼 독사 두 마리가 연달아 지나갔다. 순간 머리카락이 쭈뼛 서는 듯했다. 독사는 언제 봐도 소름이 돋는다. 놀란 가슴을 가라앉히고 천천히 되새겨보니 산에서 뱀을 만난 지도 참 오래됐다는 생각이 들었다.

소백산 천문대가 가까워질 무렵 먹구름이 몰려들기 시작했지만 다행히도 비는 내리지 않았다. 말 그대로 구름 속의 산책이다. 10m를 걷고 나서 돌아봐도 지나온 길이 보이지 않는다. 얼마 후 구름 속에서 손을 꼭 잡고 걸어 내려오는 젊은 연인들이 보였다. 이보다 더 환상적인 데이트가 있을까 싶었다. 구름으로 덮힌 천문대를 지나 연화봉(1383m)에 이르자 구름 위로 듬성듬성 솟은 산봉우리가 보였다. 연화봉은 해마다 5월이면 철쭉을 보기 위해 전국에서 관광객들이 몰려드는 곳이다.

날이 어두워지기 시작했다. 나는 연화봉에서 희방사 쪽으로 서둘러 하산했다. 일반적으로 백두대간 종주자들은 죽령에서 끊고 다음날 고치령까지 내달린다. 소백산 주능선에서 도중에 내려서면 상대적으로 체력이 많이 소모되기 때문이다. 반면 주능선을 단번에 주파할 경우 희방사-연화봉 코스를 지나칠 수밖에 없다. 나는 그것이 아쉬워 남들이 마다하는 코스를 선택했다. 희방사는 신라 선덕여왕 때 두운조사가 창건한 절로 훈민정음 원판과 월인석보를 보관하던 유서 깊은 고찰이었지만, 한국전쟁 당시 화재로 문화재가 모두 소실되는 시련을 겪었다.

소리를 빨아들인 한 폭의 산수화

희방사 코스의 명물은 바로 희방폭포. 높이가 무려 28m에 달한다. 물소리를 따라 천천히 걸어 폭포수 앞에 이르자 누군가 먼저 와서 물줄기를 감상하고 있었다. 그는 10년 만에 소백산을 다시 찾았다며 아련한 추억에 빠져들고 있었다. 빛이 완전히 사라진 산길에서 랜턴을 켤까 말까 망설이다가 배낭에 집어넣었다. 나와 나란히 걷던 그가 풀숲의 반딧불을 보고 탄성을 질렀기 때문이다. 10년 전만 해도 소백산을 영롱하게 물들였다는 반딧불. 그러나 지금 우리는 겨우 반딧불 하나를 보고서 놀라움을 금치 못

희방사 바로 아래편에 있는 희방폭포. 아침의 모습과 저녁의 모습이 전혀 다른 느낌으로 다가온다.

한다. 세월이 흐르면서 사라지는 것이 어디 반딧불뿐일까마는, 우리는 너무 빨리 많은 것들을 잃어버리는 게 아닐까 싶은 생각이 들었다.

27일 새벽, 일찌감치 눈을 떴다. 배낭을 꾸려 밖으로 나오자 빗방울이 흩날렸다. 오늘의 목적지인 고치령까지는 빨리 걸어도 10시간 이상 걸린다. 비가 내린다면 2시간 남짓 지체될 수도 있다. 나는 다소 걱정스러운 마음으로 희방폭포를 향해 걸음을 옮겼다. 아침에 바라보는 폭포는 또 다른 기품이 있었다. 저녁의 폭포가 소리에 녹아든 실루엣이라면 아침의 폭포는 소리를 깊숙이 빨아들인 한 폭의 산수화다. 소백산 깊은 골짜기의 물이 이곳으로 몰려들어 마지막으로 긴 숨을 토해내는 것이니, 희방폭포는 소백산의 에너지가 결정적으로 폭발하는 현장이라 할 수 있다.

희방사 대웅전 앞에서 잠시 예를 갖추고 본격적인 산행에 들어갔다. 희방사에서 깔딱고개로 가는 길은 가파른 오르막이라 몇 번이고 거친 숨을 토해내야 한다. 오죽했으면 깔딱고개라 했을까. 나보다 100m 앞에서 걸어가는 중년 부부의 발걸음이 꽤나 힘겨워 보인다. 자세히 보니 서로 앞서거니 뒤서거니 하면서 손을 잡아주고 있었다. 깔딱고개에 이르러 그 부부를 다시 만날 수 있었다. 소백산이 처음이라는 그들은 구름 낀 소백산의 풍광을 보고 싶다고 했다. 그래서 나는 그들에게 연화봉에서 비로봉을 거쳐 국망봉으로 이어지는 주 능선 코스를 추천했다.

일단 깔딱고개에 올라서면 연화봉까지는 무난하게 내칠 수 있다. 연화봉 정상에 도착했을 무렵 비는 거의 그쳤다. 방금 전까지만 해도 비를 뿌리던 구름은 산허리 쪽으로 밀려나면서 또 하나의 비경을 연출했다. 아침 일찍 연화봉에 오른 등산객들은 구름과 산의 어우러짐을 카메라에 담느라 분주했다. 구름의 이동이 어찌나 심하던지 소백산 천문대가 수초 간격으로 시야에서 사라졌다 나타나곤 했다. 연화봉에서 제1연화봉(1394m)을 거쳐 비로봉(1439m)으로 가는 동안에도 구름은 쉴 새 없이 움직였다. 어느 순간 구름 위에 섰다가도 어느 순간 구름 아래로 가라앉는 신비로운 체험……. 만일 중국의 시성 이태백이 이 자리에 있다면, '산중문답(山中問答)'의 그 유명한 마지막 시구 '별유천지비인간(別有天地非人間)'을 읊지 않았을까 싶었다.

소백산 정상 비로봉 주변은 유럽의 초원지대를 보는 느낌이다. 특히 등산로 안쪽으로 넓게 펼쳐져 있는 아고산 식생대가 이국적인 정취를 더해준다. 산수를 보는 눈에서 세계의 어느 민족에도 뒤지지 않았던 조상들이 이런 기이한 전경을 보고 침묵했을 리 없다. 비로봉 정

소백산 주 능선. 이국적인 분위기를 느끼며 걸을 수 있는 구간이다.

상에는 조선시대의 문호 서거정이 남긴 시구가 새겨져 있다.

태백산에 이어진 소백산
백리에 구불구불 구름 사이 솟았네
뚜렷이 동남의 경계를 그어
하늘(과) 땅이 만든 형국 억척일세

경기도 이천에서 왔다는 5명의 등산객은 비로봉 정상에서 막걸리를 잔에 따르고 있었다. 그중 한 사람은 소백산에 20번째 오른 날이라고 했다. 그들에게서 막걸리를 한 잔 얻어 마시고 있는데, 이번엔 20대 중반의 여성이 비로봉으로 올라섰다. 그녀는 소백산만 100번쯤 올랐다고 했다. 이번엔 그녀가 막걸리를 받아 마셨다. 나는 소백산 마니아들이 소백산을 주제로 나누는 대화를 잠시 엿들었다. 마니아는 역시 뭐가 달라도 달랐다. 내가 구름에 반해 다른 것을 보지 못하는 사이, 그들은 구름에 가려진 풍광을 더듬고 있었다.

방랑 시인 김삿갓이 묻힌 땅

비로봉에서 국망봉(1420m)으로 가는 동안 또 한 차례 비구름이 몰려왔으나 이번에도 엄포만 놓고 사라졌다. 구름 낀 하늘 사이로 햇볕이 비치고 이따금씩 비가 뿌리는 기이한 날씨였다.

국망봉은 소백산 봉우리 가운데 가장 사연 많은 곳으로 알려져 있다. 신라의 마지막 왕인 경순왕이 나라를 고려에 바치자, 그의 아들 마의태자는 이곳 국망봉에 올라 옛 도읍지인 경주를 바라보며 눈물을 흘렸다고 한다. 또한 조선시대에는 배순이라는 대장장이가 이곳에서 이 퇴계와 선조대왕을 위해 제사를 지냈다고 한다.

국망봉에서 상월봉(1394m)을 지나는 길에 하늘이 갑작스레 어두워졌다. 이번에도 헛기운만 쓰겠거니 싶었으나 잇따른 천둥소리가 예사롭지 않았다. 아니나 다를까 곧바로 비가 퍼붓기 시작했다. 장마전선이 전열을 가다듬고 북상을 시작한 모양이었다.

한 번 퍼붓기 시작한 비는 좀처럼 그칠 줄 몰랐다. 다른 방법이 없었다. 조금이라도 빨리 목적지에 도착하는 것이 최선이었다. 다행히도 상월봉에서 마당치로 이어지는 코스는 표고 차가 크지 않아 빗속에서도 별다른 어려움 없이 속도를 낼 수 있었다.

마당치에서 고치령으로 가려면 1032m봉을 지나야 한다. 다행히도 이 구간에 이르자 빗줄기가 잦아들었다. 고치령으로 떨어지는 내리막길에서 약초꾼과 등산객을 차례로 만났는데 그들은 전혀 비를 맞지 않은 듯 말끔한 모습이었다. 오히려 그들은 비에 흠뻑 젖은 나를 이상하다는 듯이 바라보며 중얼거렸다. "그거 참. 방금 전에 내려간 사람은 비가 오지 않았다고 하던데……." 이쯤 되면 소백산의 날씨가 얼마나 기이한지 짐작할 수 있으리라.

고치령은 힘 좋은 지프라야 겨우 올라설 수 있는 험준한 고개다. 이곳에서 왼편으로 조금만 내려가면 샘물이 있고, 소로를 따라 영월 쪽으로 두어 시간 들어가면 방랑 시인 김삿갓(본명 김병연)의 묘가 있다. 그의 집안은 할아버지가 홍경래의 난 때 반군에 투항한 죄로 멸문지화(滅門之禍)를 당했는데 뒷날 그는 집안의 내력을 모른 채 할아버지의 죽음을 조롱한 시구로 장원급제했다. 이후 평생 자책감에 시달리고, 결국 모든 걸 버리고 전국을 떠돌다가 객사한 시대의 풍운아가 바로 김삿갓이다.

공중에 뜬 돌 '부석'

7월 4일 아침. 아내의 반대를 물리치고 경북 풍기역에 내렸다. 아내는 제7호 태풍 '민들레'가 빠르게 올라온다며 한사코 산행을 말렸다. 하지만 나는 현지에 가서 날씨를 보고 판단하겠다며 고집을 부렸던 것이다. 풍기역엔 예상대로 장대비가 내리고 있었다. 1주일 전 고치령에서 인사를 나눴던 택시기사는 "새벽에 올라간 사람들도 비바람 때문에 그냥 내려왔다"며 산행 포기를 권했다. 3주 연속 주말마다 태풍과 장마전선을 만나는 인연이라니…….

곧바로 서울행 기차에 오르자니 어딘가 모르게 허전했다. 그래서 택시를 잡아타고 부석사(浮石寺)로 향했다. 부석사는 백두대간을 따라 풍기 땅을 지나는 동안 꼭 한번 들르고 싶었던 곳이다. 택시기사는 부석사 얘기가 나오자 천년 세월의 전설과 역사를 두서없이 풀어놓았다. 그만큼 부석사는 풍기 사람들에게 각별한 의미가 있다.

부석사에서 유명한 것은 역시 고려시대의 목조 건축물 무량수전이다. 하지만 무량수전에 먼저 다가서면 다른 보물들이 안 보일 수도 있다. 그래서 부석사를 제대로 살피려면 외곽부터 천천히 챙겨본 뒤 무량수전에서 마무리하는 것이 좋다.

부석사의 부석(浮石)은 말 그대로 뜬돌이라는 뜻이다. 신라의 의상대사가 이곳에 절을 지으려 할 때 이교도들의 반대가 심했는데, 어디선가 용이 나타나 바위를 공중으로 들어올렸다는 데서 유래했다. 특기할 것은 최근까지도 무량수전 뒤편의 바위가 공중에 뜬 모양으로 남아 있는데, 실제로 여러 사람이 명주실을 바위 사이로 통과시켜 뜬

무량수전과 안양루. 풍기에 가면 가장 먼저 둘러봐야 할 곳이다. 나무 사이로 보면 무량수전과 안양루의 조화가 잘 느껴진다.

돌의 실체를 확인한 바 있다.

부석사 입구의 오른쪽에는 유물전시관이 있다. 이곳에는 6개로 갈라진 벽화(국보 제46호)가 보존돼 있는데 본래 부석사 조사당(국보 제19호)에 있던 것을 누군가 일본으로 가져가기 위해 해체한 것이라고 한다. 벽화는 불가의 천신과 사천왕상을 그린 것으로 조사당에 머물렀던 의상대사를 호위하는 의미로 해석된다.

유물전시관에는 이 퇴계가 지은 의상 스님의 지팡이에 대한 시도 남아 있다. 여기에 얽힌 일화가 흥미롭다. 의상 스님이 평생 가지고 다니던 지팡이를 부석사 조사당 앞에 꽂아놓자 거기서 꽃이 피고 잎사귀가 달렸다는 것이다. 어디까지가 사실인지는 확인할 수 없으나 지금도 조사당 앞에는 선비화(禪扉花 · 학명은 골담초)라는 나무가 자라고 있다.

산 뒤에 산, 그 뒤에 또 산마루

무량수전은 두 말이 필요 없는 우리 문화의 보물이다. 많은 사람이 무량수전 하면 평생 문화재 보호에 힘쓰다 돌아가신 최순우 선생의 명저 『무량수전 배흘림 기둥에 기대서서』를 떠올린다. 우리 문화의 아름다움에 취해본 사람이라면 최순우 선생이 남긴 다음과 같은 문구를 잊지 못할 것이다.

'무량수전 앞 안양문에 올라앉아 먼 산을 바라보면 산 뒤에 또 산, 그 뒤에 또 산마루, 눈길이 가는 데까지 그림보다 더 곱게 겹쳐진 능

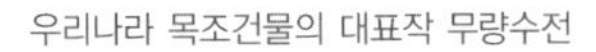
우리나라 목조건물의 대표작 무량수전

선들이 모두 이 무량수전을 향해 마련된 듯싶어진다'(안양문은 무량수전 앞의 건물로 조선시대에 사명당이 중창했다).

부석사에서 풍기 방면으로 10여 분을 달리면 순흥면이 나온다. 이곳에선 현재 '영주선비촌' 마무리 공사가 한창이다. 순흥지방은 단종 복위를 시도했던 선비들이 세조에 의해 무참하게 참살당한 정축지변의 현장이다. 당시 상황이 얼마나 끔찍했던지 희생자들의 피가 무려 20리를 흘러갔다고 한다. 그 피가 멈췄다는 지점의 마을 이름이 '피끝'이다. 정축지변 이후 쇠락한 순흥지방은 228년이 지난 숙종 9년에 이르러 '의거의 요람지'로서 명예를 회복했다.

선비촌 바로 옆에는 조선시대 영남 사림파의 원조라 할 수 있는 소수서원이 있다. 풍기군수 주세붕이 고려 말의 유학자 안향을 제향하고 유생을 가르치기 위해 세운 백운동서원이 바로 소수서원의 시작이었다. 소수서원은 명종이 직접 현판을 내리고 노비와 전답을 지원한 최초의 서원이었으며, 1871년 대원군이 전국의 서원을 철폐하는 와중에도 살아남은 27개 사액서원 가운데 하나였다.

눈길을 끄는 대목은 대원군의 핍박을 견뎌낸 27개 사액서원의 지역별 분포다. 자료를 보면 전국적으로 경상 10, 경기 8, 강원 2, 충청 2, 전라 2, 함경 1개의 사액서원이 남았고 평안도와 황해도는 하나도 없다. 대원군이 서원을 정리하는 과정에 영향력 있는 유학자들을 모신 서원을 우선적으로 고려했다는 점에서 최후까지 버틴 27개 사액서원은 조선시대의 지역적 편중현상을 간접적으로 말해주는 지표라 할 수 있다.

[싸리재에서 고치령까지]

싸리재: 단양에서 대강면까지 버스로 이동한 뒤 택시로 접근.
자가운전 시 중앙고속도로 단양IC에서 나와 927번 지방도로 진입

종주로: 싸리재 → 묘적봉 → 도솔봉 → 죽령 → 제2연화봉 → 제1연화봉 → 비로봉 → 국망봉 → 마당치 → 고치령

기원전 천제(天祭)의 역사 간직한 하늘과 구름 그리고 숲

고치령에서 댓재까지

개발이냐, 보존이냐. '백두대간 보호에 관한 법률(이하 백두법)'을 둘러싼 논쟁이 한창이다. 2004년 7월 15일엔 한국산지보전협회가 세종문화회관에서 개최한 '백두대간 관리실태와 향후 보존전략' 심포지엄이 강원도와 전라북도에서 상경한 주민들의 항의로 중단되는 소동이 벌어지기도 했다. 강원 평창과 전북 무주는 2003년에 2010년 동계올림픽 개최 국내 후보지를 놓고 난타전을 벌인 숙명의 라이벌이다. 그들이 2005년 1월의 백두법 시행을 앞두고 연합전선을 편 것이다.

나는 2004년 7월 마침내 남쪽 백두대간의 귀착지인 강원도로 들어섰다. 백두대간 마루금에서 볼 때 강원의 관문은 영월과 태백이다. 두 지역은 최근 수년간 개발론자와 환경론자가 치열하게 맞섰던 곳이다. 동강댐 건설이 중단된 영월에서는 언뜻 환경론자가 승리한 것처럼 보이지만, 한바탕 회오리바람이 휩쓸고 지나간 동강 주변은 개발의 몸살을 혹독하게 앓고 있다. 반면 태백은 석탄산업이 퇴조하면서 급격하게 몰락한 이후 고랭지 관광상품을 개발하는 등 새로운 도약을 힘겹게 모색하는 중이다.

이제 강원도는 어디로 가야 하는가? 일단 세계적인 흐름이 개발에서 환경보전으로 이동하고 있다는 사실에 주목해야 한다. 환경과 관련한 각종 국제협약이 발효되고 대규모 국책사업이 곳곳에서 재검토되고 있는 것이 그 증거다. 그렇다고 지역 개발을 포기할 수도 없는 노릇이다. 이런 상황에서 주목받는 개념이 바로 '지속 가능한 개발'이다. 기존의 개발이 일회적이고 환경 파괴적이라면, 지속 가능한 개발은 환경과 상생하는 영구적인 개발로 볼 수 있다.

지속 가능한 개발의 관점에서 강원도가 처한 현실을 보자면 나름의 해법은 있다. 백두대간 보호라는 법의 목적을 살리되, 지역 주민의 생존권이 위협받지 않도록 시행령을 제정하는 것이다. 지난 수십 년간 우리는 별다른 제한 없이 백두대간을 파괴해왔다. 백두법은 그에 대한 반작용으로 등장한 것이다. 따라서 이 법을 시행하기도 전에 무조건 반대하는 것은 과거로 돌아가자는 논리와 다를 바가 없다. 환경이 국가 경쟁력을 결정하는 중요한 변수로 등장한 요즘, 우리나라의 '환경 대표'라 할 수 있는 강원도가 더 이상 상처받지 않았으면 하는 마음 간절하다.

소나무와 한국인의 질긴 인연

7월 15일 새벽. 경북 영주시 풍기읍엔 비가 내렸다. 풍기역에서 택시를 타고 고치령으로 가는 길가에 인삼밭이 많이 보였다. 풍기 인삼의 유래는 조선시대의 유학자 주세붕으로까지 거슬러 올라간다. 조선후기로 갈수록 지역 특산품을 세금으로 바치는 공납제도의 폐해가 심각해졌는데, 풍기군수였던 주세붕이 산삼의 인공재배를 장려하면서 인삼이 이 지역을 대표하는 특산물로 자리잡았다고 한다.

울퉁불퉁한 비포장도로를 타고 고치령에 이르자 산신각이 서 있다. 비운의 삶을 마감한 단종과 금성대군을 기리는 곳이다. 한 등산객이 산신각 앞에 비닐을 치고 비박을 하고 있었다. 백두대간 연속종주자였다. 그와 함께 걷고 싶었으나 그는 이틀 동안 너무 많은 비를 맞은 탓에 푹 쉬고 나서 걷겠다고 했다. 혼자서 비를 맞으며 950m봉과 1096m봉을 넘어서자 춘양목 지대가 드넓게 펼쳐졌다. 춘양목은 소나무 품종의 하나인 금강송의 다른 이름으로 그 옛날 대궐을 지을 때 쓰였던 고급 목재다. 우리나라에서 춘양목이 자라는 지역은 태백산 줄기를 따라 삼척 봉화 울진 영덕 등으로 이어진다. 이곳에서 생산된 목재가 봉화군 춘양면을 통해 서울로 옮겨진 데서 춘양목이라는 이름이 붙여졌다.

각종 설문조사를 보면 우리나라 사람이 가장 좋아하는 나무는 단연 소나무다. 한국인과 소나무의 관계는 질기고도 운명적이다. 예로부터 아이가 태어나면 대문 앞에 솔잎을 달았고, 보릿고개를 만나면 소나무 껍질로 허기를 달랬으며, 세상을 떠나면 묘지 주변에 소나무를 심었다.

2004년 3월, 한반도 전역의 수많은 소나무 중에서도 으뜸으로 꼽히는 춘양의 금강송이 참변을 당했다. 불의의 화재로 무려 1만여 그루가 타버린 것이다. 설상가상으로 금강송 군락지를 중심으로 넓게 분포하는 송이버섯 생산량도 크게 줄어들 전망이다.

마구령과 1057m봉을 넘자 짧은 암릉지대가 나오고 934m봉을 거쳐 영주와 봉화의 경계지점인 갈곶산(966m)에 이르자 대간은 왼쪽으로 90도 휘어져 뻗어나간다. 갈곶산에서 10여 분 정도 급하게 내려서면 텐트를 치고 쉬어갈 만한 공터가 나오는데 이곳이 바로 소백산국립공원이 끝나는 늦은목이다. 백두대간 연속종주자들은 이곳에서 숨을 고르고 도중에 지친 사람들은 좌우로 나 있는 비상탈출로를 타고 민가로 내려간다. 늦은목이에서 강원 영월과 경북 봉화의 도계가 시작되는 선달산(1236m)까지는 가파른 오르막이어서 두세 차례 숨을 고르고 내쳐야 한다.

선달산 중턱에서 하늘은 아주 잠깐 푸른 모습을 드러냈다. 내가 사

주세붕이 세운 소수서원 입구의 소나무. 우리나라 사람이 가장 좋아하는 나무는 소나무다. 가만히 바라보고 있으면 선비의 풍모가 느껴진다.

진기를 꺼내기도 전에 다시 비구름이 몰려들었지만 하늘(靑)과 구름(白)과 숲(綠)이 빚어낸 환상적인 순간의 조화에 가슴이 설레었다.

내가 놀랐나, 멧돼지가 달아났나

선달산 정상에서 점심을 먹고 느긋하게 내리막길을 걷다가 어느 한순간 가슴이 철렁 내려 앉았다. 길가로 우거진 숲을 몸으로 밀고 나가는데 오른쪽 수풀에서 시커먼 물체 두 개가 아른거리더니 순식간에 아래쪽으로 내달렸기 때문이다. 엄청난 몸집의 멧돼지였다.

나는 발을 떼지 못한 채 스틱으로 옆의 나무를 툭툭 쳤다. 근처에 또 다른 짐승이 있는지 확인하기 위해서였다. 그러자 반경 10m 부근의 풀이 일제히 일렁이더니 멧돼지 새끼 20여 마리가 머리와 등을 드러냈다. 내가 스틱으로 소리를 낼 때마다 새끼 멧돼지가 두세 마리씩 달아났다. 하지만 두 마리는 스틱 소리에도 아랑곳하지 않고 그대로 앉아 있었다. 인간이 짐승의 속내를 알 수야 없는 노릇이지만 아마도 빗속에서 먹이를 찾고 있었던 모양이다.

멧돼지의 충격 탓일까. 나는 우거진 숲만 나오면 겁이 나 걸음을 멈췄다. 스틱으로 풀을 헤치고 안전하다는 것을 확인한 뒤 누가 쫓아오기라도 하는 것처럼 재빠르게 벗어났다. 멧돼지는 사람을 공격하지 않는다. 하지만 먼저 상처를 입거나 새끼가 위험에 처한 경우라면 사정이 다르다. 나는 백두대간을 걷다가 멧돼지에게 공격당했다는 사람들의 이야기도 들은 적이 있어 더욱 조심스럽게 움직였다.

빗줄기는 더욱 굵어졌다. 거의 집중호우 수준이다. 빗방울이 머리를 때릴 때마다 두피의 울림이 느껴졌다. 이럴 때는 앞만 보며 빠르게 걷는 게 제일이다. 다행히 길이 좋았다.

이따금씩 나의 앞으로 토끼, 꿩, 날다람쥐 등이 지나갔다. 아마도 멧돼지처럼 먹이를 구하고 있는 듯했다. 빗줄기와 싸우며 1시간쯤 걸었을까. 눈앞에 넓은 공터가 보였다. 박달령이었다. 이곳에서 백두대간은 잠시 경북 봉화 땅으로 들어선다. 이곳에는 잠시나마 비를 피할 수 있는 산신각이 있다. 나는 산신각 처마 밑에서 비상식량으로 허기를 달랬다.

박달령에서 1시간쯤 오르면 옥돌봉(1242m)이다. 날씨가 좋을 땐 봉화지역을 시원하게 조망할 수 있는 곳이지만 빗줄기 때문에 가만히 서 있기도 힘이 들었다. 옥돌봉부터는 줄곧 내리막. 1시간가량 다리품을 팔면 봉화와 영월을 연결하는 88번 도로가 나온다. 이곳이 바로 도래기재로 한국전쟁 당시 부근 신기마을 등에서 치열한 전투가 벌어졌다. 이제 백두대간은 경북의 끄트머리를 지나 강원도를 향해 숨 가쁘게 달려간다.

난데없는 비행기 굉음과 포연

7월 20일 새벽, 춘양에서 택시를 타고 도래기재로 향했다. 장마가 물러간 숲에 여명이 비쳤다. 도래기재부터 구룡산(1345m)까지는 긴 오르막이지만 알맞게 불어오는 바람 덕분에 그다지 힘들이지 않고 오를 수 있었다. 구룡산 정상에 서니 흐린 날씨 때문에 제대로 굽어볼 수 없었던 백두대간 마루금이 한눈에 들어왔다. 좋은 경치를 벗삼아 콧노래를 흥얼거리는데 난데없이 불청객이 찾아들었다. 비행기 한 대가 태백산 자락을 가로지르며 굉음을 내더니 어느 순간 산골짜기에서 포연이 자욱하게 솟아올랐던 것. 이곳이 바로 말도 많고 탈도 많은 영월군 상동읍의 필승사격장이었다.

필승사격장은 1981년 한국이 부지를 주고 미국이 장비와 기술을 제공해 건설했다. 행정구역상으로 영월군 상동읍 천평리와 태백시 혈동, 경북 봉화군 춘양면 우구치리 등 3개 지역 1800만 평에 걸쳐 있다. 이 필승사격장이 세인의 관심사로 등장하게 된 건 얼마 전 전국적인 반미 시위의 불씨가 됐던 매향리 폭격장이 이곳으로 옮겨온다는 소문이 나돌면서부터다. 매향리 폭격장 이전설은 태백과 영월지역 주민들에게 날벼락이나 다름없었고 반대투쟁이 오래 이어졌다. 다행스럽게도 최근 폭격장 이전계획이 백지화되는 분위기지만 미군과 국방부에 대한 지역 주민들의 불신은 좀처럼 사그라지지 않고 있다.

백두대간 마루금은 구룡산에서 사격장 주위를 크게 돌아서 흘러간다. 이곳에서 나는 또 한 번 인상을 찌푸리지 않을 수 없었다. 쉴 새

필승사격장. 누구를 위한 전투훈련인지 생각해 볼 때가 됐다.

없이 날아다니는 비행기 소음은 그런대로 참을 만했지만 마구 파헤쳐진 등산로를 바라보자니 부아가 치밀었다. 주목을 비롯한 태백산 자락의 희귀식물들이 누군가에 의해 불법으로 캐내진 뒤 뒷정리가 되지 않은 채 방치돼 있었던 것이다. 태백산의 헝클어진 구간은 무려 2km가 넘게 이어졌다.

구룡산에서 1시간쯤 걸으면 평평한 고갯마루가 하나 나오는데 이곳이 옛 지도에 곰넘이재로 표기돼 있는 참새골 어귀다. 여기서부터 백두대간은 넓은 길을 편하게 오르다가 신선봉에 이르러 오른쪽으로 90도 방향을 튼다. 신선봉에서는 표지판이 나무에 가려져 있어 길을 잃기 쉽다. '처사경주손씨영호지묘' 라고 쓰인 묘 앞에서 우회전해야 헛걸음을 피할 수 있다.

신선봉에서 차돌배기(1141m)까지는 산죽을 헤치며 1시간 가까이 내리막을 통과해야 한다. 차돌배기에서부터 본격적인 태백산 줄기다.

차돌배기를 지나자 또다시 구름이 밀려왔다. 바람 따라 구름이 산을 덮었다가도 어느새 산이 구름을 벗어던지는 묘한 날씨다. 구름 속 산길은 한 폭의 은은한 수채화 같다. 그래서 분위기에 쉽게 취하고, 그 취기를 빌려 가파른 오르막도 가볍게 오를 수 있다. 강원 영월과 태백의 분기점인 깃대배기봉을 지나 백두대간에서 경북의 끝점이라 할 수 있는 부소봉(1546m)에 이르기까지 나는 계속 취해 있었다.

신라 때부터 시작된 천제의 흔적

대간은 부소봉에서 왼편으로 꺾인다. 하지만 시간이 넉넉하다면 오른편으로 20분 거리에 있는 문수봉(1517m)에 들러볼 것을 권한다. 이 코스는 특히 흐린 날 걷는 게 좋다. 살아서 천년 죽어서 천년을 산다는 주목들이 구름 속에 버티고 있어 태백산의 신비로움을 더해준다. 문수봉 정상은 날씨가 기이하기로도 유명한데, 나는 5월 초에 이곳에서 눈발이 휘날리는 장면을 감상한 적도 있다.

태백산 정상(1566m)과 천제단(1560m) 주변은 짙은 구름으로 덮여 있었다. 천제단은 조상들이 하늘에 제사를 지내던 곳으로 천왕단 · 장군단 · 하단의 3개 제단으로 구성돼 있는데, 이중 천왕단이 가장 유명하다. 『삼국사기』에 따르면 신라 때부터 태백산에서 제사를 지냈다고 한다. 그런 이유로 해마다 1월 1일이면 저마다 새해 소망을 가슴에 품은 수많은 사람이 태백산을 찾는다. 천제단에서는 하늘의 문이 열린다는 자시(밤 11시 30분~01시 30분)에 기도하는 사람을 1년 내내 볼

천제단에서 기도하는 사람들. 밤마다 자시가 되면 이곳에 사람들이 북적거린다.

수 있다.

천제단 아래에서 숨을 고르며 일망무제의 장관을 즐기는데 구름 속에서 기체조를 하는 사람들이 보였다. 마치 영화의 한 장면처럼 호흡을 조절하는 그들의 얼굴에 땀방울이 맺혔다. 한 젊은이의 곁에 다가가 백두대간 종주자라고 밝히자, 옛 도인들의 산행법에 대해 자세히 알려주었다. 이름하여 '경공법(輕空法)'. 그는 수련을 통해 경공법을 몸에 익히면 산길이라도 하루에 60~70km를 달릴 수 있다고 했다. 어디까지가 사실인지는 확인할 길이 없으나 그는 짧은 강의를 마치고 "인연이 있으면 또 만납시다"라는 말을 남긴 뒤 100m 달리기 선수처럼 산비탈을 뛰어 내려갔다.

천제단 바로 밑에는 단종비각이 있다. 여기에도 애틋한 사연이 깃들어 있다. 단종은 세조반정으로 영월 땅에 유배됐는데 당시 한성부윤을 지낸 추익한이 태백산의 머루와 다래를 따서 단종에게 진상했다고 한다. 어느 날 추익한의 꿈속에 곤룡포를 입은 단종이 백마를 타고 태백산에 나타났는데, 바로 그날 단종이 세상을 떠났다는 것이다. 그 후 이 지역에서는 단종이 죽어서 태백산 산신령이 됐다는 이야기가 전해 내려오고 있고 주민들은 해마다 음력 9월 3일에 제사를 지낸다고 한다. 현재 남아 있는 비각은 한국전쟁 직후인 1955년 지어진 것으로 한국 현대 불교의 선승 중 한 명인 탄허 스님이 직접 비문과 현판 글씨를 썼다.

단종비각 앞쪽의 망경사는 천제단에서 장기간 기도하는 사람들이 머무는 도량으로 유명하다. 하지만 산꾼들에게는 망경사 내에 위치한 용정(龍井, 1470m)이 더 많이 알려져 있다. 우리나라에서 가장 높은 곳에 있는 샘인 용정의 물은 신라시대부터 천제단에서 제사를 지낼 때 썼다고 하며, 샘의 물줄기가 용궁과 통해 부정한 이가 마시면 물이 혼탁해진다는 전설도 전해진다.

화전에서 광산으로 그리고…

7월 21일 새벽이다. 자시와 인시(03시 30분~05시 30분)에 맞춰 수십 명의 기도자가 천제단을 오르내리느라 망경사의 밤은 부산했다. 5시가 가까워지자 법당에서 예불 드리는 소리가 들렸다. 산사의 아침은 그렇게 밝아왔다. 절간의 새벽풍경에 대해서는 아마도 가수 정태춘이 부른 〈탁발승의 새벽노래〉가 단연 압권이 아닐까 싶다.

> 주지 스님의 마른기침 소리에 새벽 옅은 잠 깨어라 하니, 만리 길 너머 파도소리처럼 꿈은 밀려나고, 속세로 달아났던 쇠북소리도 여기 산사에 울려 퍼지니, 생로병사의 깊은 번뇌가 다시 찾아온다. 잠을 씻으려 약수를 뜨니 그릇 속에는 아이 얼굴, 아저씨 하고 부를 듯하여 얼른 마시고 돌아서면, 뒷전에 있던 동자승이 눈 비비며 인사하고, 합장해 주는 내 손끝 멀리 햇살 떠올라 오는데…….

새벽 5시 30분, 아침을 먹고 배낭을 꾸린 뒤 망경사를 떠났다. 천제단에서 유일사로 이어지는 길은 긴 내리막이라 다소 지루할 것도 같지만 산 중턱에서 주목을 바라보는 재미가 남다르다. 유일사에서 화방재로 가려면 1174m봉을 넘어야 한다. 화방재는 31번 국도가 지나는 길목으로 봄철이면 꽃들이 만발하는 명소다.

화방재에서 수리봉(1214m)과 창옥봉(1238m)을 지나면 만항재가 나오는데, 이 길에서 나는 수백 마리의 잠자리 떼가 몰려다니는 장관을 목격했다. 만항재에 이르기 직전 철조망으로 둘러싸인 국가 시설물을 끼고 오른쪽으로 돌아야 시멘트 포장도로를 만날 수 있는데, 내가 가까이 다가서자 미군 한 명이 경계의 눈빛으로 다가왔다. 천천히 주변을 둘러보던 나의 눈에 반갑지 않은 문구가 눈에 들어왔다. '방사능 유출 위험.'

만항재부터는 함백산(1572m) 줄기다. 함백산은 인근 태백산의 유명세에 밀려 제대로 빛을 보지 못했지만 정상에서 내려다보는 조망은 태백산에 뒤지지 않는다. 오히려 혼자서 한적하게 걷고 싶다면 태백산보다 함백산을 택하는 것이 좋다. 함백산을 오르다 보면 좌우로 초목지대가 자주 보이는데 오래 전 이곳에 화전민들이 머물렀다고 한다. 또 이 지역은 연탄이 주연료로 쓰이던 시절, 전국에서 가장 번성했던 탄광지대 중 하나였다.

함백산 정상에서 은대봉(1442m)으로 가는 도중에 태백선 철도가 지나는 정암터널이 있다. 정암터널은 길이가 무려 4.5km로 기차가 통과하는 데도 한참 걸린다. 정암터널에서 왼쪽으로 가면 정선군 고한역이고 오른쪽으로 가면 태백시 추전역인데, 특히 해발 855m에 있는 추전역은 우리나라 역사(驛舍) 중 가장 높은 곳에 위치한 역이다. 1970년대까지만 해도 태백선은 석탄과 석회석을 주로 실어 나르는 산업철도였지만 최근엔 눈꽃열차 등 관광상품으로 보다 많이 알려져 있다.

은대봉에서 30분 정도 내려서면 38번 국도가 지나는 두문동재(싸리재)다. 나는 개인적으로 38번 국도와 인연이 깊다. 나의 고향이 경기도 안성이고 처가가 강원도 태백인데, 38번 국도는 두 지역을 연결하고 있다. 싸리재는 본래 구불구불 돌아 넘는 산길이었지만 요즘은 터널이 뚫려서 산꾼들이나 가끔씩 들러가는 쉼터로 변했다.

매봉산 고랭지 배추의 두 얼굴

싸리재에서 금대봉(1418m)으로 가려면 넓은 길을 따르다 산길로 접어들어야 한다. 금대봉에서 비단봉(1279m)으로 향하다 보면 좌우로 표지판이 보이는데, 왼쪽은 한강 발원지인 검룡소로 가는 길이고 오른쪽은 석회암 동굴 지대인 용연골로 가는 길이다. 우리나라의 수많은 하천 발원지 가운데 검룡소는 가장 신비로운 자태를 간직하고 있다.

검룡소의 물은 한여름 폭염에도 찬 온도를 유지해 최근 피서지로 각광받고 있다. 또한 검룡소에서는 해마다 8월 초가 되면 이색적인 이벤트가 벌어지는데, 바로 전국에서 물을 가장 많이 마시는 사람과 가장 빨리 마시는 사람을 선발하는 대회다. 나는 수년 전 이 대회에 참가했다가 당시 두 종목을 2년째 석권한 '전국 물먹기 챔피언'의 차에 동승한 일이 있다. 1리터의 물을 10초 만에 마셔버리는 그에게 비결을 물었더니 참으로 싱거운 대답이 돌아왔다. "평소에 물을 많이 먹었어요."

비단봉에서 내리막길을 따라 20여 분 가면 어느 순간 산길이 그치고 광활한 배추밭 지대가 나온다. 이곳이 그 유명한 매봉산(1303m) 고랭지 채소밭이다. 서울 가락동시장에서 매봉산 배추의 인기는 대단하다. 트럭의 거적을 들어올렸을 때 찬바람이 나오면 매봉산 배추라는 말이 있을 정도다. 여기서부터 백두대간은 밭고랑을 따라 달린다. 길이 밭이요, 밭이 길이다. 배추밭을 자세히 살피니 온통 돌이다. 이런 곳에서 어떻게 싱싱한 배추가 자랄 수 있을까. 또 이 많은 배추가

매봉산 배추밭. 산 전체가 배추밭이다. 하여 밭이 길이고 길이 밭이다.

배추밭의 아주머니들. 머리에 두른 수건을 보고 한참을 생각했다.

벌레 한 마리 없이 자라는 비결은 무엇일까. 밭고랑에 차고 넘치는 비료와 고개 너머 한 농부가 농약을 쏟아 붓는 모습에서 그 궁금증을 풀 수 있었다.

농약에 물을 타는 농부에게 다가가 약 냄새가 독하다고 하니 농부가 땀을 닦으며 특유의 강원도 사투리로 말한다. "서울 사람들이요, 깨끗한 것만 좋아한대요. 우리는 서울 사람들 좋아하는 대로 하는 거래요." 하긴 배추를 수확하기도 전에 도매상들이 밭떼기로 거래하고, 값이 안 맞으면 그대로 썩혀버리는 세상이니 누구를 탓할 것도 없다. 다만 언제부터인가 우리네 밥상의 먹을거리가 각종 농약과 살충제로 인해 크게 위협받고 있다는 사실만큼은 반드시 짚고 넘어가야 하지 않을까 싶다.

매봉산 배추밭에서는 배추가 뿌리내릴 수 있도록 북을 돋우는 아낙네들이 드문드문 보였다. 그들은 하나같이 머리에 수건을 두르고 있었다. 여름철 들일을 하는 사람에게 머릿수건은 그야말로 다목적 필수품이다. 자리가 마땅치 않으면 깔개로, 음식이나 열매를 싸는 보자기로, 평상시에는 햇볕을 막아주는 가리개로……. 배추밭 지대를 지나 피재에 다다를 무렵 품일을 마친 아낙네들을 실은 봉고차와 트럭이 연이어 내려왔다. 한낮의 더위에 지친 그들은 머릿수건을 풀어 땀을 닦거나 물에 적신 수건을 목에 두르고 있었다.

아찔했던 폭염 속의 산행

7월 22일, 태백 시내의 처가에서 아침을 먹고 다시 백두대간으로 붙었다. 삼복더위에 길을 나서는 나에게 장모님은 "이게 무슨 미련한 짓이냐"며 당장 그만둘 것을 권했지만 젊은 시절 산이라면 누구 못지않게 잘 탔던 장인께선 "몸조심하라"며 노잣돈까지 쥐어주셨다. 오전 9시. 출발지인 피재에 이르자 벌써부터 후끈거렸다. 해발 920m가 이 정도라면 서울의 날씨는 어떨까 싶어 아내에게 전화를 걸었더니 한마디로 살인적인 폭염이란다. 그러고 보니 오늘이 대서였다.

피재는 삼수령으로 불리기도 한다. 삼수령의 삼수는 한강과 낙동강, 오십천을 말하는 것으로 이곳에서 세 줄기의 물길이 갈라진다는 뜻이다.

삼수령에서 노루메기와 새목이를 거쳐 건의령에 이르는 길은 큰 봉우리가 없는 완만한 산길이다. 그러나 굴곡이 심하고 잡목이 많아 의외로 힘이 들었다. 온몸이 땀으로 범벅이 되다 보니 갈증이 심해졌고, 물을 자주 마시다 보니 땀이 더 많이 흐르는 탈수 증세가 나타나기 시작했다.

건의령을 넘어서면서 백두대간은 태백을 벗어나 삼척으로 진입한다. 여기서부터는 다시 고도가 높아져 푯대봉(1009m)을 시작으로 1000m가 넘는 봉우리를 수없이 지나야 한다. 자연 체력은 거의 바닥났고 무릎과 발목에 통증이 느껴졌다. 구부시령(1007m)에서 비상탈출로를 타고 하장 방면으로 내려설까 잠시 고민했지만 그냥 내치기로 했다. 여기서 하산하면 다음 코스가 힘들어지기 때문이다.

덕항산(1070m)을 넘어 자암재에 이르렀을 무렵 해가 산줄기에 걸렸다. 여기서는 탈출로를 이용할 수밖에 없었다. 자암재에서 산 아래쪽으로 100m쯤 내려서자 약수터가 보였다. 이곳에서 시원한 물로 세수를 하자 다시 원기가 솟았다. 다리에 힘이 들어가자 덕항산의 산세도 새롭게 보였다. 특히 설패바위와 촛대바위를 굽어볼 수 있는 두 개의 전망대가 압권이었다. 경사도 60도가 넘는 철계단을 타고 다시 바위 동굴을 통과해 물소리를 들으며 내려서는 코스에서 나는 석양과 기암절벽의 아름다운 조화를 만끽했다.

땅거미가 질 무렵이 돼서야 민박촌에 도착했는데 이곳은 강원도의 전통적인 굴핏집 단지로 유명하다. 소나무와 전나무 널빤지로 지붕을 얹은 굴핏집은 통풍이 잘 되고 난방효과도 뛰어나 강원도 산간지역에서 널리 유행했었다. 식당을 겸하는 민박집에서 도토리묵을 안주 삼아 동동주를 마시며 굴핏집의 유래를 물으니, 집주인은 11대 선조가 병자호란 때 피난 와서 정착했다고 일러주었다. 그에 따르면 옛날에는 널빤지만으로 지붕을 꾸몄지만 지금은 슬레이트를 깔고 그 위에 널빤지를 올린다고 한다.

전설 속의 동굴, 환선굴

7월 23일. 산골마을에 아침이 찾아오고 있었다. 집주인은 새벽부터 청소를 하느라 바쁘다. 나는 일찌감치 아침을 챙겨먹고 길을 나섰다. 한여름 산행인 만큼 탈수 증세에 대비하기 위해 이온음료 4병을 따로 챙겼다. 민박촌에서 시멘트 포장도로를 따라 10여 분 올라서면 삼척의 명물이자 세계적인 문화유산인 환선굴이 나온다. 환선굴은 길이 6.9km, 높이 30m에 이르는 동양 최대 규모로 동굴 안쪽에는 최대 3000명까지 모일 수 있다.

환선굴의 유래에 얽힌 전설도 흥미롭다. 옛날 아름다운 여인이 미역을 감았는데 어느 날 마을 사람들이 쫓아가자 천둥 번개와 함께 커다란 바위덩어리가 쏟아지고 여인은 자취를 감추었다. 그 후 마을 사람들은 그 여인을 환생한 선녀라 믿고 바위가 쏟아진 곳을 환선굴이라 이름 지었으며, 굴에서 나오는 물줄기를 선녀폭포라 부르기 시작했다는 것이다.

한 번 내려선 길을 다시 오르자니 여간 고단한 게 아니었다. 비지땀을 흘리며 밧줄에 의지해 바위동굴로 들어서자 찬바람이 불어왔다. 덕항산은 바위 하나를 사이에 두고 이쪽과 저쪽의 날씨가 전혀 다르다. 어제 올라섰던 철계단을 이번에는 내려서야 했다. 발밑을 바라보니 아찔한 벼랑이다. 전망대의 풍경은 어제와는 또 다른 묘미를 보여주었다. 이래서 같은 산도 언제 어느 쪽에서 바라보느냐에 따라 그 맛이 다르다고 하는 모양이다.

자암재에서 1036m봉을 넘어서니 매봉산 배추밭에 버금가는 거대한 고랭지 채소 단지가 나타났다. 대간 마루금 표지는 어느 틈엔가 사라지고 지도와 나침반에 의존해 배추밭 사이를 가로질렀다. 배추밭이 끝나는 지점에 임도가 하나 있는데 이곳이 큰재다. 여기서부터는 기나긴 잡목지대를 통과해야 했다. 길이라기보다는 숲이라 해야 할 것 같다. 풀이 온몸을 훑고 지나가는 통에 목덜미에 벌레가 앉고 팔과 얼굴에 상처가 났다. 틈틈이 이온음료를 마신 덕분에 다행히 탈수 증세는 나타나지 않았다.

큰재에서 2시간쯤 걸어가니 황장산(1059m)이다. 황장산에서 멀리 424번 도로를 바라보니 아슬아슬한 절벽이다. 그 위를 지나는 자동차들이 마치 낭떠러지 위에서 기어가는 듯 위태로워 보인다. 고갯마루에서 긴 숨을 고르고 20여 분쯤 내려서자 이번 산행의 도착지인 댓재가 나타났다. 앞을 바라보니 또 하나의 명산 두타산이 웅장한 자태를 드러내고 있었다.

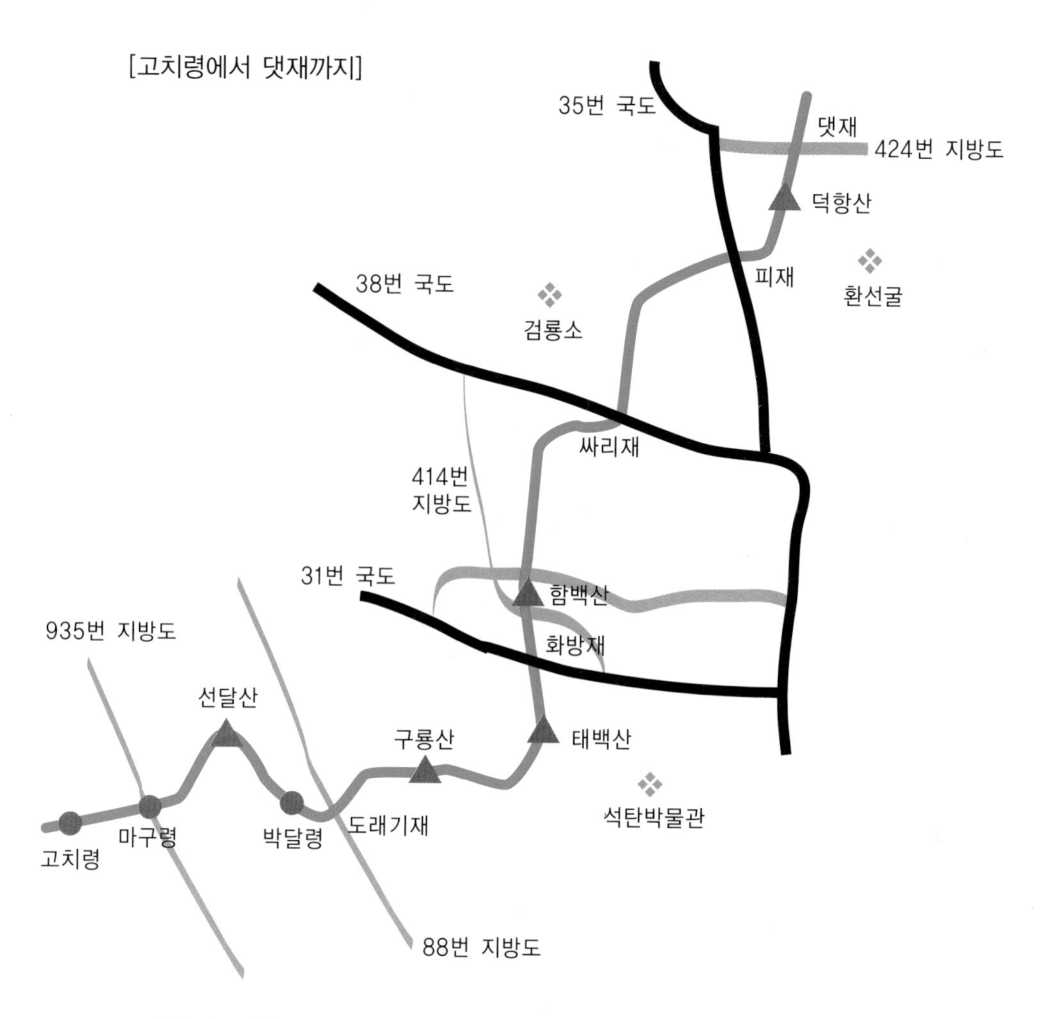

고치령: 영주에서 고치령 아래쪽 세거리까지 버스로 이동한 뒤 도보로 접근. 풍기에서 택시로 고치령까지 오를 수 있으나 비용 부담이 크다. 고치령은 비포장인데다 경사도 심해 접근하기가 쉽지 않다.

종주로: 고치령 → 마구령 → 갈곶산 → 선달산 → 박달령 → 도래기재 → 구룡산 → 태백산 → 화방재 → 만항재 → 함백산 → 싸리재 → 피재 → 건의령 → 구부시령 → 덕항산 → 댓재

벌거벗고 신음하는 대간마루, 동해 푸른 파도가 달래주나

댓재에서 삽당령까지

2004년 여름 모 일간지에 백두대간과 관련해 눈길을 끄는 기사가 실렸다. 2004년 초 노무현 대통령이 경기도 포천의 국립 광릉수목원을 방문한 자리에서 "백두대간의 훼손을 막기 위해 백두대간에서 석회석을 채광하는 대신 외국에서 수입하는 방안을 검토하라"고 제안한 바 있는데, 관계 부처인 산업자원부와 산림청이 심층 검토한 결과 타당성이 없는 것으로 결론지었다는 내용이다.

이 짤막한 기사는 여러 가지를 생각하게 만든다. 백두대간에 무관심한 사람의 눈에는 단순히 대통령의 생각이 관계 부처에 의해 뒤집힌 점이 흥미로울 것이다. 하긴 과거 권위주의 시대였다면 좀처럼 상상할 수 없는 일이었을 테니 호사가들이 관심을 가질 만도 한 노릇이다.

하지만 이 문제는 눈을 크게 뜨고 들여다볼 일이다. 냉정하게 말해서 백두대간은 이미 우리가 보살피고 싶다고 해서 마냥 가슴에 품어

둘 수 없는 물건이 된 지 오래다. 집안이 어려워지면 가족 모두가 고생길로 접어드는 것처럼, 외환 위기 이후 이 땅에 들이닥친 거대자본의 인수합병(M&A) 바람은 백두대간의 소유 지분마저 바꿔놓았다.

백두대간이 지나는 강원도 강릉과 동해지역에서 오랫동안 석회석 채광산업으로 재미를 본 기업은 한라시멘트와 쌍용양회. 외환 위기 직후 유동성 위기를 겪는 와중에 두 회사의 경영권이 프랑스와 일본으로 넘어갔다. 물론 당시 정부는 외환 위기를 조기에 극복하기 위해 국내 기업을 적극적으로 외국에 매각했고, 외국 기업들도 선뜻 한국의 우량 기업에 손을 뻗쳤다.

따라서 현 시점에서 석회석 채광을 중단시킨다면, 외국 기업과의 마찰은 피할 수 없다. 게다가 시멘트산업의 경우 막대한 초기 투자비용이 들고 강원도 지역경제에 절대적인 영향을 미친다는 점 등이 중요한 변수라 할 수 있다.

그러나 최선이 아니라면 차악(次惡)이라도 택하는 것이 낫다는 점에서 백두대간 일대의 석회석 채광산업은 달라져야 한다. 지금까지 해왔던 것처럼 지도를 바꾸는 방식으로는 국민적 동의를 구하기 어렵다. 지난 수년간 거듭된 강원도 산간지역 자연재해에서 알 수 있듯이 무분별한 개발은 생태계 파괴를 넘어 대규모 인명 피해를 부른다. 이제부터라도 상대적으로 피해가 적은 곳을 중심으로 채광하고, 개발지역에서는 반드시 복원 프로그램을 가동해야 한다. 그렇지 않으면 강원도의 백두대간은 치유할 길 없는 깊은 상처로 남을 것이다.

정동진행 관광열차 안에서

2004년 8월 13일 밤. 청량리역 대합실

은 막바지 피서 인파로 배낭을 풀어놓을 틈이 없을 만큼 북적거렸다. 청량리역은 서울역에 비해 규모가 작지만, '탈(脫)서울'의 쾌감을 맛보기에는 더없이 좋은 장소다. 서울역에서 출발하는 경부선과 호남선이 좀처럼 시멘트 숲에서 벗어나지 못하는 것과는 달리, 청량리에서 떠나는 경춘선과 태백선은 곧바로 자연의 풍광과 만난다. 경춘선은 북한강을 따라 달리며 낭만의 장소를 펼쳐놓고, 태백선은 강원도의 심산유곡과 동해의 장엄한 일출을 선물한다. 그래서 추억에 굶주린 사람들은 청량리역에서 흘러간 세월을 더듬고 잊혀진 사람을 그리워하는지도 모른다.

1990년대 이후 청량리역에서 가장 빨리 매진되는 티켓은 강릉행 밤 기차다. 이것은 전적으로 드라마 〈모래시계〉의 영향인데, 밤 11시에 출발하는 열차를 타면 〈모래시계〉의 촬영 현장인 정동진역에 이르러 멋진 일출을 감상할 수도 있다. 특히 플랫폼 바로 옆에 모래사장이 펼쳐져 있어 기차와 해변이 어우러지는 절묘한 분위기로 빠져들 수 있다. 〈모래시계〉가 방영된 지 10년이 지났음에도, 사람들은 이곳에서 드라마 속 여주인공처럼 포즈를 취한다. 드라마에서 부잣집 딸이 위장취업을 했다가 경찰에 쫓겨 도망친 곳이 정동진역 부근의 어촌이었고, 서둘러 마을을 빠져나오려다 정신이상자의 신고로 경찰에 붙잡히는 비운의 현장이 바로 정동진역이었다.

그러나 지금 정동진에는 〈모래시계〉의 주인공이 머물던 조용한 어촌마을은 없다. 드라마가 공전의 히트를 기록한 이후 정동진에는 거대한 투기바람이 불어 이 일대 땅이 대규모로 외지인 손에 넘어갔다. 고기를 잡아서 팔아 먹고사는 것밖에 모르던 사람들은 그곳에 머물 수 없게 됐다. 대신 그 자리엔 대도시 못지않은 유흥단지가 들어섰다.

슬픈 일이다. 개발 자체를 아쉬워하는 게 아니라, 개발의 양상이 천편일률적이라는 점이 안타까울 뿐이다.

강릉행 열차는 평소보다 훨씬 시끄러웠다. 피서객들로 가득 찬 열차에서 소음은 어쩔 수 없다지만 이번엔 정도가 심했다. 좌석번호 때문에 실랑이가 벌어지고 이에 놀란 아이가 울음을 터뜨리면서 객차 안은 시장바닥처럼 변했다. 한바탕 실랑이가 끝나자 이번엔 단체 관광객들이 술잔을 돌리며 이야기꽃을 피웠다. 예전에는 의자를 돌려놓고 고스톱을 치는 사람들까지 있었는데, 요즘엔 철도청 공무원들의 강력한 단속으로 그런 모습은 보이지 않는다. 아무튼 나처럼 주변 상황에 구애받지 않고 잠을 잘 잔다면 몰라도, 잠자리에 민감한 사람은 강릉행 밤 기차가 고달플 수도 있겠다.

구름으로 뒤덮인 두타산

2004년 8월 14일 새벽 3시. 기차는 강원도 정선 땅을 지나고 있다. 강원도 사람들의 순박한 마음씨가 절절하게 배어난다는 정선아리랑의 고향은 증산역에서 왼편으로 꺾어지고, 기차는 이곳에서 곧장 달려 사북과 고한을 지나 태백으로 향한다. 사북과 고한의 중간쯤에서 오른쪽으로 접어들면 매스컴에 무수히 오르내린 강원랜드의 정선 카지노가 있다. 석탄산업의 사양화에 대비하고 지역경제의 활성화를 꾀한다며 강원도 땅에 들어선 정선 카지노. 과연 정선 카지노는 설립 목적에 충실하고 있을까. 백두대간에서 만난 강원도 사람들의 반응은 대체로 시큰둥했다.

새벽 4시, 태백이다. 1981년 삼척시 장성읍과 황지읍을 통합해서 만들어진 태백시는 한때 전국 석탄 생산량의 30%를 차지할 만큼 중요한 기능을 수행했다. 하지만 1989년 석탄산업 합리화 조치 이후 급격하게 인구가 줄어들고 있다. 50여 곳에 달하던 탄광도 하나둘씩 문을 닫아 겨우 명맥을 잇고 있을 뿐이다. 그래서 탄광 도시 태백의 옛 모습을 살펴보려면 태백산 입구 당골광장의 석탄박물관을 찾아야 한다.

택시를 타고 댓재로 향했다. 삼척시 하장면의 댓재에 이르자 실비가 뿌리고 있었다. 랜턴을 비추며 천천히 대간으로 붙자 산길이 무척 미끄러웠다. 아마도 밤새 비가 내렸나 보다. 아침 일찍 비를 맞으며 산길을 걷다 보면 갈증은 덜하지만 빨리 지치고 체온 관리에 애를 먹는다. 그래서 일단은 땀이 날 때까지 빨리 걷는 게 좋다. 다행히도 두타산(1353m)까지는 넓은 길이 나 있어 내칠 수 있었다.

두타산(頭陀山)의 '頭陀'는 불가에서 '모든 걸림으로부터 벗어나 산천을 떠도는 스님'이라는 의미이다. 실제로 두타산을 걸으며 오른편의 무릉계곡을 굽어보면 무한한 자유로움을 느낄 수 있다. 그래서일까. 고려 충렬왕 때의 이승휴는 임금의 뜻을 거슬러 파직당하자 이곳에 은거하며 스스로 '두타산 거사'라 이름을 지었고, 조선시대의 서예가 양사언을 비롯, 수많은 문인이 무릉계곡에 들어와 자연과 벗하며 호방한 문장을 남겼다.

두타산 정상은 온통 구름 천지다. 정상 표지석 밑에서 다람쥐 두 마리가 뛰놀고 있었다. 나는 한입 베어 문 사과를 다람쥐에게 던져주고 주변을 둘러보다 수풀 사이로 눈길을 끄는 표지판을 보았다. '뉴밀레니엄을 맞아 1000명이 모여 1000년을 산다는 주목 1000그루를 강원도 지역의 1000m가 넘는 봉우리에 심었다'는 기록이다. 밀레니엄 이벤트치고는 꽤 의미 있는 작업이라 여기며 나무가 잘 자라기를 바랐다.

두타산 정상. 어린 주목들이 자라고 그 사이로 야생화들이 보인다.

두타산은 삼척과 동해의 경계지점이다. 여암 신경준의 『산경표』에는 청옥산과 두타산의 지명이 바뀌었는데, 자세한 이유는 알 수 없다. 두타산에서 청옥산(1403m)으로 가는 도중 비구름이 몰려왔다. 쏟아 붓다가 잠시 쉬고 다시 쏟아 붓는 게릴라성 호우였다. 오른쪽 무릉계곡 쪽으로 탈출할까 생각했지만, 빗길에 계곡으로 내려서는 것보다는 부지런히 대간을 걷는 게 낫겠다 싶어 속도를 높였다.

우중산행 뒤의 환희와 슬픔

빗줄기가 굵어졌다. 청옥산에서 망군

대를 지나 고적대(1353m)로 올라서는 동안 부서진 바위부스러기가 빗물에 흘러내려 아찔한 순간을 맞았다. 발밑으로 떨어지는 바위 부스러기를 내려다보니 깎아지른 절벽이다. 나무줄기와 밧줄에 의지해 가까스로 고적대 정상에 올라서자 거짓말처럼 구름이 걷혔다. 불과 10분 새에 흰 구름은 푸른 신록의 아래편으로 가라앉았다. 나는 고적대 바위에 기대어 구름을 뚫고 솟구친 백두대간의 자태를 감상했다. 짧은 순간이었지만 멀리 동해의 풍광도 바라다보였다.

고적대를 떠나기 무섭게 또다시 빗줄기가 들이닥쳤다. 갈미봉(1260m)을 지나 이기령으로 가는 동안에는 지도의 코스와 실제 길이 달라 애를 먹었다. 이기령부터 상월산(980m)까지는 완만한 오르막. 나는 이 구간에서 체력이 떨어져 곤욕을 치렀다. 장시간의 우중산행으로 힘이 빠진 탓이다. 설상가상으로 무릎 통증까지 재발했다. 한 걸음씩 발을 옮길 때마다 신음 소리가 절로 나왔다. 이대로는 안 되겠다 싶어 잠시 걸음을 멈추고 다리를 주무르는데 천만다행으로 비가 그쳤다.

경기 외적인 변수. 스포츠에서는 이런 상황을 그렇게 말한다. 운이 따라주면 선수는 힘을 내기 마련이다. 무릎 통증도 가시고 체력도 회복됐다. 1022m봉을 지나 잡목숲을 통과하자 동쪽 지평선으로 시원한 운해가 나타났다. 처음엔 구름 위에 산봉우리가 살짝 걸린 모양이더니 구름이 잘게 부서지며 산 밑을 둘러싸는 형국이다. 흐르는 구름을 카메라에 담는데 지금까지와는 다른 종류의 바람이 얼굴을 때린다. 분명 찬바람이다. 강원도의 백두대간에는 벌써 가을이 찾아온 모양이다.

832m봉을 넘어서니 사방에서 돌 캐는 소리가 요란하다. 백두대간

의 가장 큰 상처, 한라시멘트의 자병산(872m) 채석장이다. 엄밀히 말하자면 백두대간에서 자병산은 사라졌다. 단지 대간 마루금에서 자병산이 있던 자리를 바라볼 수 있을 뿐이다. 벌거벗고 신음하는 안쓰러운 모습이다. 동해와 정선을 연결하는 백복령에 이를 때까지 산을 찢는 소리는 그치지 않았다. 백복령은 행정구역상 강릉시 옥계면과 정선군 임계면의 경계선이다.

길을 만드는 산꾼, 박 선생

백복령-삽당령 구간은 동해에 사는 박 선생과 함께하기로 했다. 박 선생께선 나의 백두대간 종주기를 읽고 동해 지역의 구간을 함께 탔으면 좋겠다는 메일을 보냈다. 나는 박 선생에 대해 전혀 아는 바가 없었지만, 전화 한 통화만으로도 이분이 대단한 내공을 다진 산꾼임을 알아차렸다. 내가 태어나던 1969년부터 전국의 명산을 찾아다녔다는 그는 스스로 평한 것처럼 '산 속에서 길을 만드는 사람'이다.

8월 20일 밤. 동해로 가는 기차표는 이미 매진됐다. 서둘러 강남터미널로 달려갔지만 고속버스 차표도 모두 팔렸다. 나는 할 수 없이 늦깎이 피서 인파를 태운 밴 승용차에 합승했다. 차가 어찌나 빨리 달리던지 마치 전자오락기 속에 들어 있는 경주용 자동차 같은 착각이 들었다. 강남터미널을 떠난 지 불과 3시간 만에 동해시에 도착했다. 박 선생과 만나려면 3시간 이상을 기다려야 할 것 같아서 근방의 망상해수욕장을 찾았다. 택시기사에게 "올해는 날씨가 더워서 해수욕장 경기가 좋았을 것 같습니다"라고 말을 건네자, 그는 "모르는 소리 하지 마세요. 음식은 서울의 대형마트에서 다 사오고, 해수욕장에는 쓰레기만 버리고 갑니다"며 손사래를 쳤다.

태풍이 불어닥친 해수욕장은 폐허처럼 망가져 있었다. 산에서 떠내려온 나무뿌리들이 백사장을 뒤덮고, 피서객들이 버린 쓰레기가 여기저기 지저분하게 나뒹굴고 있었다. 이런 상황에서도 불꽃놀이를 즐기고 노래를 부르는 사람들이 보였다. 어수선한 백사장을 가로질러 바닷가에 이르자 막힌 가슴이 확 트였다. 동해바다는 언제 봐도 분위기를 압도하는 위엄이 있다. 눈을 감고 파도 소리에 취했다. 파도 소리가 들리지 않을 때쯤 천천히 눈을 뜨니 멀리 오징어 잡이 배의 불빛이 보였다. 배가 들어오는 것으로 보아 머지않아 동이 틀 모양이다.

다시 택시를 타고 동해터미널로 나와 박 선생을 만났다. 우리는 시내버스를 타고 북평을 거쳐 백복령 고개로 향했다. 버스 뒤편엔 할머니 여러 분이 앉았는데 고개 너머 감자밭에 김매러 간다고 했다.

백복령에 내리자 볼썽사나운 자병산 줄기가 드러났다. 상처가 너무 커 산이라고 부르기도 민망할 정도다. 백두대간을 타는 사람들은 자병산 일대를 지나면서 종종 한라시멘트 관계자들에게 화풀이를 하는데, 환경 파괴의 책임을 그들에게만 떠넘길 수는 없다. 새만금 사업이나 영월 동강의 사례에서 보듯이 우리에게 절실한 것은 사회적 합의에 따른 보존과 개발이다.

박 선생은 쌍용양회에서 오랫동안 근무했다. 비록 쌍용양회 채석장이 백두대간 마루금에서 다소 비켜나 있다고는 하지만 환경 파괴의 책임에서 자유로울 수는 없다. 그런 이유로 나는 자병산 일대를 지나면서 박 선생의 생각에 촉각을 곤두세웠다. 과연 그는 어떤 반응을 보일 것인가? 나의 예상대로 그는 자연에 대해 겸손한 사람이었다. "개발의 불가피성을 인정하더라도 뒤처리는 확실히 해야 한다. 그것은 경제 논리 이전에 예의의 문제다."

백복령에서 생계령까지는 쉬지 않고 걸었다. 도중에 철탑과 함몰지를 무수히 지나쳤다. 백두대간이 마구잡이로 훼손된 곳을 되도록 빨리 지나가고 싶었다. 뒤따라오던 박 선생은 궂은 날씨를 원망했다. 맑은 날이면 이 구간에서 동해를 시원하게 조망할 수 있는데, 짙은 안개와 구름 때문에 산세를 제대로 살필 수 없었던 탓이다. 나에게도 아쉬움은 있었다. 대간의 왼편으로 넓게 분포한 임계지역의 카르스트지형이 안개에 가려 있었기 때문이다.

석병산 정상의 점심식사

카르스트지형은 석회암 지대의 지질구조

산 머리가 사라진 자병산. 백두대간 전 구간 중 가장 심하게 훼손된 곳이다.

로서 특수한 침식에 의해 형성되는데, 우리나라에서는 충북 단양과 강원도 삼척 등지에 발달해 있다. 특히 임계면 직원리 일대에는 단계별로 다양한 유형의 카르스트가 펼쳐져 있고, 그중 직원리 군대동의 묘혈은 사방이 산으로 둘러싸인 가운데 자연수가 흘러내리는 장관을 연출한다. 이런 곳을 지질학에서는 카르스트지형의 중간 단계인 돌리네(지역 방언으로는 '쇠곳')라고 부르는데, 보통 석회암 지질이 빗물에 녹아 움푹 패면서 만들어진다.

생계령에서 석병산(1055m)까지는 900m 안팎의 봉우리를 다섯 개쯤 넘어야 한다. 경사가 그다지 가파르지 않아 부담 없이 오를 수 있지만 등산로에 잡목이 많아 다소 거추장스럽다. 석병산은 '바위가 병풍처럼 둘러싸인 산'이라는 뜻으로 날씨가 좋으면 정상에서 강릉시 왕산면 일대를 한눈에 바라볼 수 있다. 우리는 이곳에서 김밥으로 점심을 해결했다. 짙은 안개 속에서 석병산 정상에 홀로 바짝 붙어 서 있는 소나무의 품이 제법 의젓해 보였다.

박 선생은 곧 백두대간 종주에 나설 예정이라고 했다. 모르긴 해도 그의 종주는 나보다 품위 있고 아기자기할 것이다. 나는 무엇보다 박 선생이 야생화에 관한 책을 구입해서 탐독했다는 점에 관심이 쏠렸다. 고백하건대 나는 대간을 걷는 동안 나무와 꽃을 제대로 보지 못했다. 눈으로는 보았으되 머리로는 알지 못했다. 하지만 박 선생은 뭔가 다를 것 같다. 점심을 먹고 쉬는 동안 삽당령 쪽에서 단체 등산객 수십 명이 올라왔다. 그들에게 일일이 인사를 건네며 석병산을 떠났다.

석병산부터 삽당령까지는 기분 좋게 산책하며 걸을 수 있는 내리막이다. 도중에 두리봉(1033m)이 있지만 경사는 그리 급하지 않다. 박 선생은 이 구간에서 다리에 통증이 온다고 했다. 내가 "대간을 종주하려면 몸을 좀 만드셔야겠습니다"라고 하자, 그는 "벌써 이럴 나이가 아닌데……. 어제 술을 많이 마셔서 그런 모양입니다"라고 답했다. 그러고 보니 박 선생은 벌써 페트병 2개 분량의 물을 마셨다.

삽당령은 강릉시 왕산면 지역으로 35번 도로가 지난다. 나는 지난 여름 백두대간 종주자로부터 삽당령의 묵은 김치에 관해 들은 적이 있다. 삽당령에서 매점을 하는 할머니가 김치를 3년 동안 땅에 묻어두었다가 라면의 밑반찬으로 내놓는데 그 맛이 일품이라는 얘기였다. 그래서 직접 매점에 들어가 할머니에게 "묵은 김치 좀 주세요"라고 말했다. 그러자 할머니는 "김치는 전병 속에 넣어요"라고 답했다. 김치를 맛보려면 전병을 시키라는 얘기였다. 그래서 우리는 옥수수막걸리 안주로 전병을 주문했다. 메밀을 갈아서 넓적하게 부친 뒤 묵은 갓김치를 넣고 둘둘 말아서 썰어낸 음식이었다. 메밀의 구수함과 갓김치의 시큼함이 입안에서 적절하게 어울렸다. 이런 것을 두고 음식 궁합이 맞다고 하는 모양이다.

삽당령엔 시인이 산다

박 선생이 먼저 술을 따랐다. 잔을 비운 뒤에는 내가 따랐다. 박 선생은 격동의 한국 현대사에서 집안 어른들이 겪은 비극을 소개했다. 막걸리에 취한 것일까, 박 선생의 이야기에 취한 것일까. 취기가 적당히 오를 무렵 갑자기 할머니가 연신 음식을 만들어내는 매점 안을 들여다보고 싶어졌다.

우선 좁은 공간의 벽을 가득 메운 시구(詩句)가 눈길을 끌었다. 문구가 예사롭지 않아 할머니에게 사연을 물으니 아들의 글이라고 했다. 나는 글을 쓴 당사자를 만나고 싶었으나 들일을 나갔다고 했다.

아쉽지만 어쩔 수 없는 노릇이다. 나그네는 시구를 통해 농부의 심정을 헤아릴 뿐이다.

> 술은 입으로 오고 사랑은 눈으로 오나니,
>
> 그것이 우리가 늙어 죽기 전에 진리로 알 전부이다.
>
> 나는 손에 잔을 들고 그대 바라보며 한숨짓노라.

우리는 삽당령에 놀러온 사람들의 차를 얻어 타고 강릉으로 빠져나왔다. 삽당령에서 강릉으로 이어지는 골짜기는 지난 수년간 태풍 피해를 심하게 겪은 곳이다. 특히 2002년의 루사와 2003년의 메기가 입힌 상처는 엄청났다. 2002년에는 동막댐과 장현댐이 터져 강릉 시내가 물바다를 이뤘으며, 2003년에는 삽당령 근방의 민가 상당수가 송두리째 흙더미에 매몰되는 대형사고가 발생했다.

8월 29일. 다섯 살 된 아들과 함께 동해시로 갔다. 박 선생과 함께 무릉계곡을 둘러보기 위해서였다. '무릉(武陵)' 이라는 말에서 알 수 있듯이 무릉계곡은 예로부터 신선들이 노니는 곳으로 불렸다. 실제로 무릉계곡의 골짜기에는 곳곳에 기암괴석과 폭포가 자리잡고 있다. 1977년 국민관광지 제1호로 지정됐지만, 아직까지 사람의 발길이 드문 곳이 있을 정도다. 박 선생은 무릉계곡으로 오르는 동안 이따금씩 나에게 산 쪽을 가리키며 "길이 보이느냐?" 고 물었다. 나의 눈에는 아무것도 보이지 않았지만 그는 길이 보인다고 했다. 바로 자신이 만든 길이다.

용추폭포 쪽으로 들어서기 직전 왼편으로 길이 하나 보이는데 이 쪽으로 계속 오르면 두타산성이 나온다. 임진왜란 때 왜적의 침략에

▲ 아직도 발길이 닿지 않은 두타산 깊은 계곡. 두타산은 골짜기와 계곡이 많아 보는 각도에 따라 다양한 풍광이 펼쳐진다.

◀ 두타산 용추폭포. 무릉계곡을 따라 오르는 길은 두타산의 진수로 꼽힌다.

대비해 절벽 위에 쌓은 성인데, 당시 왜군의 앞잡이가 산성의 뒷길을 적에게 알려주는 바람에 주민들이 몰살을 당했다고 한다. 용추폭포는 상 · 중 · 하로 이어지면서 세 번에 걸쳐 바위 웅덩이에 물을 담았다가 아래로 떨어뜨리는 모양새가 일품이다. 1797년(정조 21년) 삼척부사 유한전이 바위에 '용추(龍湫)'라고 썼는데, 이때부터 가뭄 때 이곳에서 기우제를 지냈다는 기록이 남아 있다.

애국가 배경 화면 된 감추사 해변

신선봉을 지나 관음사로 내려오는 코스는 다소 가파르다. 70도 가까운 철계단을 오르는 동안 아들 녀석은 꾀를 부렸다. 끝까지 내려가면 아이스크림을 사주겠다고 달래서 겨우 발길을 재촉할 수 있었다. 관음사 주변은 기도하는 사람이 많은데, 이곳에서 건너편 능선을 바라보면 무릉계곡에서도 가장 신비롭다는 신성12폭이 눈에 들어온다.

관음사 갈림길에서 30여 분 걸려 내려서면 삼화사다. 이곳은 신라 선덕여왕 때 자장조사가 창건한 유서 깊은 사찰이다. 1979년 본래 삼화사가 있던 자리에 쌍용양회 시멘트 공장이 들어서면서, 천년 고찰은 무릉계곡 입구로 옮겨왔다.

삼화사 아래쪽의 금란정은 조선시대 선비들의 의기가 배어 있는 곳이다. 1910년 한일합방으로 향교가 폐강되자 선비들은 이곳에 모여 금란계라는 모임을 만들고 정각을 세우고자 했으나 일본의 반대로 무산됐다. 1945년 광복이 되자 당시 뜻을 모았던 선비들의 후손이 정각을 세우고 해마다 봄 · 가을에 시회(詩會)를 열고 있다.

금란정 아래쪽은 석장암동으로 불리는 무릉반석이다. 이곳은 화강암으로 이루어진 너럭바위가 무려 1500평에 달한다. 바위 위에는 갖가지 문자가 음각돼 있어 흥미를 더해준다.

석장암동에서 아들 녀석과 물놀이를 하다가 늦은 점심을 먹고 감추사로 향했다. 예전엔 이곳으로 감로수가 흘러들었다고 전해지는데, 해안 쪽으로 여러 개의 도로가 뚫리면서 물길도 끊겼다고 한다. 하지만 감추사 아래편의 한적한 해변에서 바라보는 동해의 풍광은 그야말로 절경이다. 좌우로 절벽이 막아서고 푸른 파도가 쉼 없이 해변으로 밀려온다. 얼마나 아름답던지 모 방송사는 애국가 중 '동해물과 백두산이 …'의 배경 화면으로 감추사 해변을 방영한 일도 있다.

감추사 해변에서 박 선생과 멍게를 안주 삼아 소주를 마셨다. 인적이 드물어 더욱 마음에 드는 곳이지만, 최근엔 이곳도 입소문이 났던

감추사 해변. '작은 것이 아름답다'는 생각이 절로 드는 곳이다.

지 지난 여름엔 외지인들로 꽤 북적거렸다고 한다. 술자리를 파하고 박 선생께 작별 인사를 할 무렵 아들 녀석이 의기양양한 표정으로 손바닥만 한 청거북을 잡아왔다. 박 선생은 단번에 거북이 죽었음을 알아보고, "민물에 사는 어종인데, 누군가 이곳에 방생을 한 모양"이라고 말했다. 아들 녀석은 그것도 모르고 거북을 살려주겠다며 해변으로 갔다.

방생의 취지는 생명 존중에 있다. 하지만 최근의 방생 행태를 보면, 본래의 목적에서 벗어난 경우가 많다. 생태계를 파괴하는 외국 어종을 들여오거나, 민물고기를 바다에 풀어놓는 것이 단적인 예다. 우리에게 진정으로 필요한 것은 이벤트가 아닌 생활 속의 방생이 아닐까.

[댓재에서 삽당령까지]

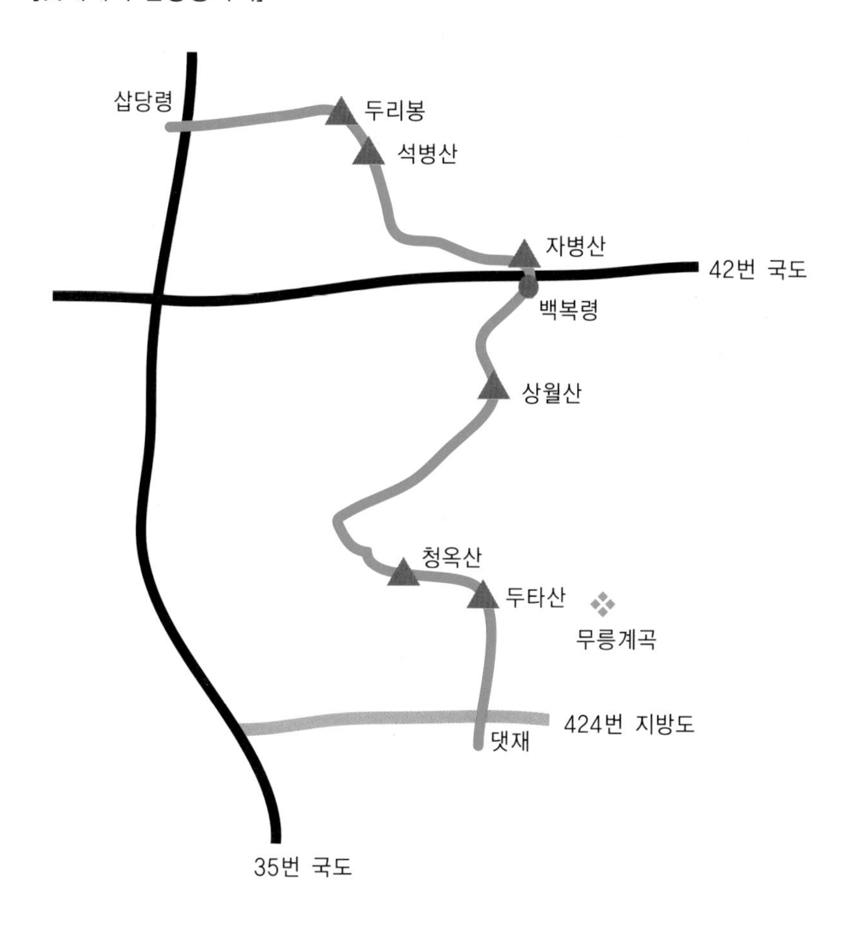

댓재: 태백에서 택시로 오를 수 있으나 비용 부담이 크다. 하장까지 버스로 이동한 뒤 접근 가능. 자가운전 시엔 삼척이나 태백에서 424번 지방도로 진입할 수 있다.

종주로: 댓재 → 두타산 → 청옥산 → 상월산 → 백복령 → 자병산 → 생계령 → 석병산 → 두리봉 → 삽당령

"산은 벗고 걸어야 제 맛, 한번 훌훌 벗고 걸어보시게"

삽당령에서 진고개까지

강원도(江原道)의 어원은 강릉(江陵)과 원주(原州)에서 나왔다. 옛 문헌을 살펴보면 우리나라의 도 단위 행정구역 명칭에 쓰인 고을들은 몇 가지 유형으로 나뉜다. 첫째 물산이 풍부하거나 교통이 발달해서 먹고살기에 걱정 없는 땅, 둘째 대대로 인재가 많이 태어나 벼슬에 오른 사람이 많은 곳, 셋째 다른 지역과 구분되는 고유한 멋을 가진 장소, 그리고 마지막으로 국가변란 시 숨어 지내기에 적당한 터다.

그렇다면 강릉과 원주는 어떤 경우일까. 이중환의 『택리지』는 이렇게 쓰고 있다. 먼저 강릉지방이다. '이름난 호수와 기이한 바위가 많아 높은 데 오르면 푸른 바다가 넓고 멀리 아득하게 보이며 골짜기에 들어가면 물과 돌이 아늑하여 경치가 나라 안에서 참으로 제일이다. 사람들은 노는 것을 좋아하여 노인들은 기악과 술, 고기를 싣고 호수와 산 사이에서 흥겹게 놀며, 이를 큰일로 여긴다.'

다음은 원주다. '경기도와 영남 사이에 끼여서 동해로 수운(輸運)

하는 생선 · 소금 · 인삼과 궁전에 소요되는 재목들이 모여 하나의 도회가 되었다. 두메와 가까워 난리가 나면 숨어 피하기가 쉽고 서울과 가까워 세상이 평안하면 벼슬길에 나갈 수 있는 까닭에 한양 사대부들이 이곳에서 살기를 좋아한다.'

같은 강원도라지만 강릉과 원주는 오래 전부터 이처럼 전혀 다른 모습으로 살아왔다. 어찌나 차이가 나던지 세상 사람들은 대관령을 중심으로 동쪽의 강릉지방을 영동, 서쪽의 원주지방을 영서로 구분했다. 영동과 영서의 살림살이에 가장 큰 영향을 끼친 것은 역시 백두대간이다. 차가운 북서계절풍을 맨 몸으로 맞아야 했던 영서지역 사람들이 한가위를 지내기 무섭게 겨울을 준비해야 했던 것과 달리 영동지역 사람들은 백두대간이 바람을 막아주는 데다 난류의 도움까지 받아 한겨울에도 추위를 걱정하지 않았다(기상청 자료에 따르면 강릉의 1월 연평균 기온은 영상 0.3도, 원주는 영하 4.8도다).

두 지역의 희비는 농사철에도 엇갈린다. 가장 중요한 것은 높새바람. 이것은 동해에서 백두대간을 타고 넘어가는 북동풍으로 농사에 결정적 영향을 끼친다. 영동지방이야 알맞게 부는 바람이 나쁠 게 없지만, 영서지방은 다르다. 바람이 백두대간을 타고 넘어가면서 일으키는 푄(Fohn, 바람이 높은 산을 통과할 때 기온이 상승하는 현상) 때문에 영서지방의 농작물이 말라죽는 일이 허다하기 때문이다. 본격적인 도로교통 시대가 열리면서 영동지방이 영서지방을 넘어 수도권과 긴밀하게 연결됐다지만, 백두대간에서 바라본 두 지역의 풍경은 여러모로 다르게 느껴진다.

정동진에서 강릉으로

9월 11일 밤. 청량리역에서 강릉행 열차를 탔다. 비가 내릴 것이라는 일기예보가 있었지만, 정동진으로 향하는 사람들은 이에 아랑곳하지 않는 듯했다. 기차가 정동진역에 멈춰 서자 예상대로 승객 대부분이 내렸다. 객차 안에 남은 사람은 배낭을 짊어진 중년의 아저씨와 나 둘뿐이었다.

열차는 정동진역에서 한참을 머물렀다. 가랑비에 젖어가는 차창 밖으로 파도가 거세게 밀려온다. 날이 밝으려면 아직 1시간 남짓 남았다. 비까지 내리는 걸 보면 일출은 이미 물 건너갔음에도 사람들은 백사장을 거닐거나 플랫폼을 서성거리며 그 무엇인가를 찾으려 한다. 기차가 출발한다. 밤바다를 뚫고 밀려오는 파도는 열차의 발목까지 차오를 것 같다. 정동진에서 강릉으로 가는 길을 제대로 맛보려면 철로보다도 7번 국도를 타야 한다. 이 길을 달리다 보면 파도가 도로까지 넘나들면서 바다와 육지가 한데 뒤섞이는 진풍경을 감상할 수 있다.

강릉이다. 이중환의 『택리지』는 영동지방에 큰 인물이 나지 않는 이유로 수려한 경치와 척박한 토양을 거론한 뒤, "오로지 강릉만이 예외"라고 평한 바 있다. 강릉 사람의 교육열은 예로부터 유명했는데, 특히 율곡 이이를 길러낸 신사임당의 일화가 잘 알려져 있다. 두 사람 이외에 주목할 만한 인물이 바로 조선 사회의 혁명을 꿈꾸었던 『홍길동전』의 저자 허균이다. 후세 사가들은 그를 국가가 배척한 불교를 믿고 기행을 일삼다 수차례 탄핵과 유배를 당했다고 기록했지만 조선 민중의 처지에서 보자면 그는 신분제도의 구조적 모순을 정확하게 꿰뚫어 본 탁월한 사상가였다.

강릉역에서 삽당령으로 가는 버스를 수소문했다. 젊은 택시기사는 "오래 전에 버스 운행이 중단됐다"며 택시로 오를 것을 권했다. 하지만 나이가 지긋한 아저씨는 "구 시청 앞에서 출발하는 버스가 하루에 2대 있다"고 알려주었다. 택시를 타고 구 시청으로 가서 20여 분쯤 기다리자 정말 버스가 왔다. 승객은 두 사람. 일찌감치 들에 나가는 할머니와 나뿐이었다. 버스기사는 언제까지 삽당령 노선이 계속 운행될지 알 수 없다고 했다. 강릉에서 삽당령으로 가는 길은 구불구불한 산길이다. 버스기사는 두 사람을 위해 조심스럽게 벼랑을 올랐다. 도중에 할머니가 내리자 기사는 저녁 버스 시간을 알려준다. 할머니는 고개를 끄덕이며 기사를 향해 손을 흔든다. 세상에 이처럼 정겨운 모습이 또 있을까 싶었다.

날이 밝아오면서 벼랑 왼편의 강릉저수지가 눈에 들어왔다. 물안개가 자욱하게 피어오르는 저수지 위로 군데군데 우뚝 솟은 봉우리들이 운치를 더해주었다. 마침내 삽당령이다. 버스기사는 중요한 임무라도 끝낸 것처럼 한숨을 내쉬며 나에게 안전한 산행을 당부했다. 나도 방금 전의 할머니처럼 떠나가는 버스에 손을 흔들고 고마움을 표했다. 버스에서 내리자 빗줄기가 더욱 세차게 느껴졌다. 방수 파커를 껴입고 배낭 커버를 씌운 뒤 산행을 시작했다.

닭목재, 닭목골, 닭목

삽당령을 출발해 862m봉을 지나면서 빗줄기가 가늘어지는가 싶더니 들미재를 거쳐 석두봉(982m)에 이르자 다시 굵어졌다. 거의 폭우 수준이다. 석두봉 못 미쳐 펼쳐진 잡목지대와 석두봉 너머 길게 늘어선 산죽밭을 통과하자 온몸에 물기가 스며들었다. 다행스러운 건 산세가 험하지 않아 힘들이지 않고 걸을 수 있다는 점. 산길 곳곳에 도토리와 깨금(개암)이 떨어져 있고, 이따금씩 다람쥐와 산토끼가 뛰어다니며 먹이를 챙긴다. 여유롭게 이어지던 대간 마루금은 화란봉(1069.1m)에 이르러 모처럼 급하게 올라선다. 빗물에 발이 미끄러지기를 수차례, 천천히 호흡을 가다듬고 올라서니 구름이 산을 감싸는 모양새가 일품이다. 왼편으론 구름에 가려 있다 나타난 소나무들이 도도한 자태를 뽐낸다. 날씨만 쾌청하면 이곳에서 다리를 두드리며 건너편 산세를 조망하는 것도 좋을 듯하다.

화란봉 너머는 가파른 내리막이다. 겨울철 눈밭산행이라면 꽤나 애먹었을 구간을 몇 군데 지나자 멀리 닭목재(706m) 주변의 채소밭이 보인다. 이곳은 5 · 16 이후 군인들이 개간한 것으로 전해지는데, 강원도의 특산물 감자의 채종 지역으로 유명하다. 보통 감자는 한곳에서 내리 재배하면 바이러스 등에 쉽게 감염되는데 이를 '퇴화'라고 한다. 그러나 강원도의 고랭지 지역에서 재배한 감자를 종자로 쓸 경우 퇴화를 예방할 수 있다. 더구나 강원도 감자는 알이 굵고 녹말 함유량이 많아 전국적으로 인기를 누리고 있다.

강원도에서 많이 생산되는 감자와 옥수수는 통일 이후의 한반도 식량문제와도 밀접한 관련이 있다. 북한 지역은 남한보다 산지 비율이 더 높아 벼농사에 한계가 있는 반면, 고랭지 지역이 광범위하게 분포하고 있어 옥수수나 감자 재배에 유리하기 때문이다. 혹자는 글로벌 시대에 식량안보는 어울리지 않는 논리라고 주장한다. 하지만 선진국일수록 농산물 자급수준이 높은 것 또한 엄연한 현실이다. 한국의 농산물 자급률은 쌀을 제외할 경우 OECD 국가 중 최하위권이다. 우리가 식량문제에 새롭게 대비해야 하는 이유가 여기에 있다.

닭목재 위로는 강릉과 임계를 연결하는 410번 도로가 지나간다. 닭목재라는 이름에 걸맞게 근방에 위치한 마을 이름도 닭목골과 닭목이다. 비가 쉬이 멈출 것 같지 않아 도로 옆 농산물 저장창고에 퍼질러 앉아 김밥으로 점심을 해결했다. 걸음을 멈추자 한기가 올라왔다. 확실히 가을은 가을인가 보다. 몸이 떨리자 의욕도 한풀 꺾였다. 잠시 발길을 돌릴까 하는 유혹이 들었으나 계속 내치기로 했다. 다음 코스를 따져보니 대관령까지 끊는 것이 무난할 듯싶었다.

목장길 지나 마주친 구름바다

닭목재를 떠나자 곧바로 넓은 배추밭이다. 싱싱한 배춧잎에 떨어지는 빗물이 흐르지 않고 튀는 것으로 보아 배춧잎이 제법 싱싱한 모양이다. 저 정도면 중간상인들의 등급 심사를 무난하게 통과할 것 같다. 보통 서울의 도매상들은 배추를 고를 때 밑동을 걷어차 본 뒤 품질을 가늠한다. 956.6m봉을 지나자 오른편으로 철조망이 보였다. 이곳은 한우 목장과 대간 마루금의 경계선이다. 온통 구름에 가려진 목장 아래쪽으로 희미하게나마 소 울음소리가 들려왔다.

백두대간은 956.6m봉을 오른편에 두고 빙글 돌아서 지나간다. 목장 밖으로 펼쳐진 광활한 초지 위에 듬성듬성 서 있는 소나무가 보인다. 바람의 영향으로 소나무는 하나같이 대간 마루금 쪽으로 기울어 있다. 비탈에 위태롭게 붙어 있는 소나무를 바라보자니 강인한 생명력이 느껴진다. 조금 더 걸어가니 소나무와 고사목이 구름 속에서 어우러지는 광경이 연출된다. 사진기를 꺼내 연신 셔터를 눌러댔다.

956.6m봉에서 고루포기산(1238.3m)까지는 2km마다 쉼터가 있

나무들 비탈에 서다. 삽당령에서 대관령으로 가자면 목장을 끼고 돌아간다. 비탈에 바람을 맞으며 살아가는 나무들이 인상적이다.

다. 강릉시 왕산면에서 설치한 시설인데, 알루미늄으로 튼튼하게 만들어 길손들이 쉬어가기에 안성맞춤이다. 고루포기산에서부터 백두대간은 강릉시 왕산면과 평창군 도암면의 경계선을 달린다. 고루포기산을 넘으면 왼편으로 폭포 소리가 들리는데 이곳이 바로 실폭이다. 폭포의 물줄기를 따라 곧장 내려가면 평창의 명소인 용평 리조트로 연결되는 길이 나오고, 대간 마루금은 리조트 반대편인 횡계현으로 향한다.

횡계현에서 능경봉(1123.1m)까지는 힘을 좀 쏟아야 한다. 군데군데 너덜지대가 있고 길이 사라진 잡목숲도 뚫어야 한다. 물기를 머금은 나무줄기를 걷어내고 간신히 길을 확보하면 어디선가 보이지 않던

능경봉에서 바라본 동해 운해

나뭇가지가 얼굴을 때린다. 처음엔 따갑고 아프지만 물기가 얼굴을 타고 흐르다 보면 부드럽고 시원하게 느껴진다. 능경봉을 수백 미터 앞둔 지점에서 온종일 내리던 비가 그치고 오른편 동해 쪽으로 장엄한 운해가 펼쳐졌다. 운해는 능경봉 정상에서 절정을 이루었다. 바다와 구름이 맞닿은 곳에서부터 백두대간의 중턱까지 온 천지가 구름으로 뒤덮였다.

능경봉에서 대관령으로 내려서는 길에서는 새로 뚫린 영동고속도로를 바라볼 수 있다. 백두대간 남쪽의 마지막 고속도로를 땅 밑으로 떠나보내고 길손들이 목을 축이는 약수터를 지나치면 멀리 추억의 구 영동고속도로가 나타난다. 새 고속도로가 생기기 전 많은 사람들이 쉬어가던 대관령 휴게소엔 몇 대의 관광버스만 서 있을 뿐, 과거의 명성은 어디에서도 찾아볼 수 없다. 지난 수십 년간 강원도 사람들의 삶을 가장 크게 바꿔놓았던 그 길 위로 자동차가 아닌 롤러스키와 사이클의 기나긴 행렬이 지나가고 있었다.

붉은 기운이 구름을 태우고…

9월 24일 밤 서울 강남터미널에서 강릉행 고속버스를 탔다. 한가위 귀향 인파 탓에 서울 도심에서 다소 밀리긴 했지만 3시간 20분 만에 강릉에 도착했다. 산에 오르기는 이른 시각이라 택시를 타고 경포해수욕장으로 향했다. 명절을 앞둔 탓인지 해변은 한산했다. 모래사장 군데군데에서 몇몇 연인들이 뜨거운 포옹을 나누고 있었다. 혹시라도 방해가 될까 싶어 멀찌감치 떨어져서 해변을 바라보다가 모래사장에 누웠다. 소리로 바다를 느껴보기 위해서였다.

깜빡 잠이 든 모양이다. 시계를 보니 20여 분쯤 지나 있었다. 모래사장을 걸어나와 밤바다가 바라다 보이는 카페로 갔다. 손님은 단 두 사람. 30대 중반으로 보이는 여인이 창가 옆 테이블에서 홀로 술잔을 따르고 있었다. 의자에 앉아 졸던 아르바이트 직원을 깨워 커피 한잔을 주문한 뒤, 테이블 위에 놓인 낙서 노트를 읽었다. 사랑에 빠진 사람, 사랑에 목마른 사람, 사랑에 지친 사람……. 낙서 노트에는 사랑 때문에 경포대에 찾아온 사람들의 갖가지 사연이 절절하게 담겨 있었다.

새벽 5시. 수평선 너머에 기나긴 불빛들이 늘어섰다. 밤새 오징어를 잡던 어선들이 귀항을 서두르는 모양이다. 이제 머지않아 동이 틀

경포대 일출. 경포대해수욕장은 정동진 일출이 유명해지기 전까지 동해에서 가장 인기 있는 일출 관광지였다.

것이다. 종업원을 깨워 커피 값을 지불하고 해변으로 걸어나갔다. 해수욕장 주변의 숙소에서 하나둘씩 기지개를 켜고 나오는 사람들이 보였다. 언제나 그렇듯 일출은 어느 순간 갑자기 찾아온다. 새끼손가락만 한 불덩어리가 바다 위로 고개를 내미는가 싶더니 순식간에 붉은 기운이 검은 구름을 태워버렸다. 이 순간을 기다리며 새벽잠을 포기했던 사람들은 일제히 환호성을 질렀다.

해수욕장을 빠져나와 경포호수 주변을 걸었다. 경포호수 주변은 자전거를 타고 산책하기에도 좋은 코스다. 누가 뭐라 해도 경포호수를 제대로 감상하려면 경포해수욕장에서 10분 거리에 있는 경포대에 올라야 한다. 송강 정철이 「관동별곡」에서 '관동의 으뜸'이라고 극찬했던 경포대는 바다와 호수를 한눈에 굽어볼 수 있는 명승지로 유명하다. 경포대가 가장 아름다운 때는 봄철인데, 경포대에서 벚꽃으로 물든 경포호수를 바라보는 광경이 압권이다. 한때 둘레가 30리에 달했던 경포호수가 이젠 토사가 밀려들면서 10리 안팎으로 줄어들었다는 점이 다소 아쉽기는 하지만.

추억 속의 고개, 대관령

택시를 타고 대관령으로 향했다. 대관령 정상에 이르기 직전 강릉 방향으로 '대관령 옛길 반정(反程)'이라고 쓰인 비석이 보인다. 이곳이 바로 대관령 옛길의 끝점으로, 신사임당이 이율곡의 손을 잡고 넘었고 궁예가 명주성(강릉의 옛 지명)을 차지하기 위해 말을 몰았던 '진짜 대관령'이다. 대관령의 본래 이름은 '대굴령'으로, '대굴대굴 구르는 고개'라는 데서 유래했다. 다시 말해서 대굴령을 한자로 표기한 것이 대관령인 셈이다.

영동과 영서지방을 연결하는 가장 큰 고개인 대관령은 조선 중종 때 고형산이라는 사람이 소로(小路)를 낸 것이 그 시초로 알려져 있다. 하지만 고형산은 길을 만들었다는 이유로 훗날 두 번 죽는 곤욕을 치르게 된다. 병자호란 때 주문진에 상륙한 오랑캐가 이 길을 이용해 빠르게 한양으로 진입했는데, 전쟁 도중 오랑캐에게 삼전도(三田渡)의 굴욕을 당한 인조가 뒤늦게 이 사실을 전해 듣고, 고형산의 무덤을 파헤쳐 없애라고 어명을 내렸던 것이다.

대관령을 관통하는 국도와 고속도로가 생겨나면서 대관령 옛길은 잘리고 끊겼다. 옛길을 모두 살펴보려면 이제는 나누어서 걸을 수밖에 없다. 자동차로 달리자면 별로 힘들이지 않고 넘어설 수 있는 대관령이지만, 옛길로 걸어가자면 여전히 힘든 고개다. 새삼 신사임당이 아흔아홉 구비를 넘어서면서 남긴 시구의 의미를 알 것도 같다.

늙으신 어머님을 강릉에 두고
이 몸은 홀로 서울 길로 가는 이 마음
돌아보니 북촌은 아득한데
흰 구름만 저문 산을 날아 내리네

대관령에서 10여 분 올라서면 왼편으로 넓은 초원이 시작된다. 여기서부터 동해 전망대까지는 백두대간 전 구간에서 가장 평탄한 코스. 서쪽으로는 광활한 목장지대가 펼쳐지고, 동쪽으로는 시원한 동해를 만끽할 수 있다. 이 구간에서 한번쯤 살피고 지나야 할 곳이 바로 선자령(1157.1m) 조금 못 미쳐 있는 대관령 국사성황당이다. 강릉 사람들은 당나라에 가서 불법을 공부하고 돌아와 중생들에게 불법을 설파한 범일국사를 오래 전부터 대관령 국사성황당에 모셔왔는데, 지금도 이 신이 화를 내면 영동지방에 재앙이 찾아온다고 믿고 있다.

선자령에서 곤신봉(1127m)으로 가는 길의 왼편으로 삼양축산 목초지가 보인다. 산 정상을 깎아내고 축구 경기장처럼 만든 고랭지 채소밭도 보인다. 주변을 살펴보니 한 젊은이가 시야가 트인 곳에서 열심히 카메라 셔터를 누르고 있다. 선자령 갈림길을 지나자 산 중턱을 둘러쌌던 안개가 깨끗이 걷혔다. 그러자 유럽에서나 볼 수 있는 대초원의 풍경화가 등장했다. 초여름이면 이곳에서 양떼들이 뛰놀고 가을의 문턱으로 접어들면 젖소들이 풀을 뜯는다. 이런 느낌 때문에 수많은

▲ 대관령 목장의 양떼들
양목장 입구에 가면 양
노는 모습을 볼 수 있다.

◀ 대관령 풍력발전기.
령은 바람이 강하기로 유
다. 풍력발전기는 대체에
개발의 단초를 보여준다.

백두대간 종주자들이 대관령에 이르러 '길 떠나기를 잘했다'는 포만감에 휩싸이는 모양이다. 곤신봉을 넘어서자 초원에서 풀을 깎고 내려오는 트랙터가 나타났다. 가볍게 인사를 건네자 트랙터 운전사도 클랙슨을 눌러 답례한다.

동해전망대가 가까워지자 여러 대의 자동차들이 보였다. 서편 아래쪽의 삼양목장 쪽에서 올라온 차들이다. 총면적 600만 평에 달하는 삼양목장은 여의도의 7.5배 규모로, 이곳에 놓여진 도로만도 무려 120km를 넘는다. 그래서 자동차를 타고 순환코스를 산책하는 사람들이 많다. 젖소들이 떼지어 다니면서 풀을 뜯는 모습이나, 계절따라 풍광이 변하는 광활한 초원, 그리고 동해를 시원하게 조망할 수 있는 전망대……. 삼양목장의 풍경은 도시인들의 빈 마음을 채워줄 수 있는 그림들로 가득하다.

동해전망대 쪽으로 걷다 보면 두 가지 물건이 눈길을 끈다. 먼저 시선을 사로잡는 것은 풍력발전기. 옛부터 대관령지역은 바람이 강하기로 유명한데, 최근 이곳에 풍력을 에너지로 활용하는 시설이 대거 들어선 것이다. 곧이어 낯익은 영화 포스터 한 장이 발걸음을 멈추게 만든다. 바로 한국영화사상 가장 많은 관객을 동원한 〈태극기 휘날리며〉의 촬영 현장 안내판이다.

동해전망대 휴게소의 주메뉴는 라면이다. 지역이 지역인 만큼 라면도 삼양라면만 판다. 라면 한 그릇을 비우고 멀리 동해를 배경으로 사진을 찍는데, 한눈에 베테랑 산꾼으로 보이는 사람이 말을 건넨다. 내가 백두대간 종주자라고 밝히자 앞으로 남아 있는 코스를 자세하게 일러준다. 그는 강원도의 산속 곳곳에 바위로 온돌을 만들어 놓고, 산이 그리워지면 들어가서 불을 때고 지낸다고 했다. 나의 눈에 그는 산을 탄다기보다 산과 연애를 하는 것 같아 보였다.

노인봉산장의 기인

동해전망대를 떠나 매봉(1173.4m)으로 가는 길목에는 '목초는 우유와 고기입니다' 라고 쓰인 푯말이 자주 등장한다. 관계자에게 물으니 삼양목장으로 산책 나온 사람들이 좀 더 실감나는 분위기를 연출하고자 목초지로 들어가는 일이 허다하다고 했다. 목장길을 따라 그냥 걷기만 해도 흥에 겨울 노릇인데, 무슨 욕심이 그리 많아 목초를 밟고 젖소들의 휴식까지 방해하는 것일까.

매봉부터는 오대산국립공원 지역이다. 큰 산에 들어서자 길도 달라졌다. 목장 길은 끝나고 백두대간 특유의 굴곡이 시작됐다. 그러나 급경사가 없는 완만한 산책로라서 부담 없이 걸을 수 있다. 소황병산(1328m)을 지나 40여 분 걸어가자 노인봉산장이 보였다. 이곳에는

노인봉산장. 이곳에 백두대간 지킴이를 자처하는 운피 성량수 선생이 산다.

백두대간의 파수꾼을 자처하는 운피 성량수 선생이 산다. 그는 누구보다 백두대간의 오염을 걱정하는 사람이다. 올해는 '광복 60주년 백두대간 청소등반'을 계획하고 있다는데, 지리산 천왕봉부터 향로봉까지 65일간 쓰레기를 수거하면서 걷는 산행이다.

나는 오래 전 지인에게서 성량수 씨에 대한 얘기를 듣고 노인봉산장에 이르면 한번 만나볼 참이었다. 내가 도착했을 때 마침 성량수 씨는 한가위를 맞아 고향으로 가기 전에 빨래를 하고 있었다.

먼저 성량수 씨가 직접 담갔다는 곡주를 한 잔 청해 마시자 머리가 어질어질했다. 성량수 씨도 두 잔 마시면 내려가기 힘들 거라며 더 이상 권하지 않았다. 그는 오대산이야말로 휴전선 이남에서 가장 아름다운 산이라며, 나에게 달밤에 벌거벗고 걷는 산행의 매력에 대해 한참을 설명했다. "산은 벗고 걸어야 제 맛이야. 언제 한번 벗고 걸어보시게."

노인봉산장에서 곧장 하산하면 오대산의 백미인 소금강계곡이 나온다. 나는 이곳을 둘러보지 못하고 대간 길을 재촉하는 것이 못내 아쉬웠다. 그러자 성량수 씨가 한마디 거들었다.

"이 사람아, 어찌 계곡을 내려가면서 보려고 하나. 계곡은 올라서면서 즐겨야 하고 능선은 내려가면서 살펴야 한다네. 세상 사람들은 그저 힘들다고 거꾸로 갈 줄만 알지."

한 수 단단하게 가르쳐준 청학산 노인봉(1338.1m)의 기인에게 인사를 드리고 오늘의 목적인 진고개를 향해 발길을 재촉했다. 강릉과 진부를 연결하는 진고개 위로는 6번 도로가 지난다. 이 길은 구 영동고속도로가 막히던 시절 우회하는 길이었지만, 최근 새 도로가 뚫리면서 오대산 등산객들의 쉼터로 변모했다. 진고개에서부터 오대산은 본격적인 세를 드러낸다.

[삽당령에서 진고개까지]

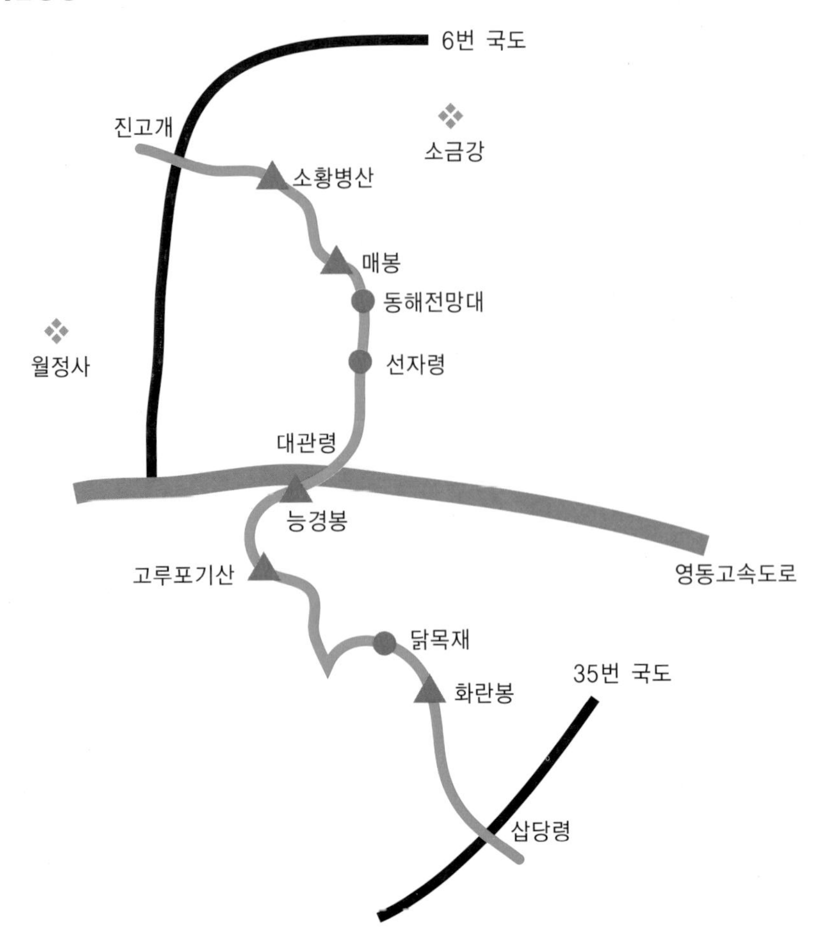

삽당령: 강릉에서 시내버스나 택시로 접근한다. 자가운전 시 35번 국도 이용.

종주로: 삽당령 → 화란봉 → 닭목재 → 서득봉 → 고루포기산 → 능경봉 → 대관령 → 선자령 → 동해전망대 → 매봉 → 소황병산 → 진고개

설악산 공룡능선에 단풍드니 가을 나그네 바빠진다

진고개에서 한계령까지

강원도 평창에서 홍천으로 넘어가는 고갯마루. 그곳은 본래 화전민들이 머물던 땅이다. 시대의 풍파에 쫓긴 백성들과 일제의 토지조사사업으로 삶의 터전을 잃어버린 농민이 하나둘씩 모여들어 정착했던 땅. 강원도 내륙의 백두대간은 바로 그곳을 지나간다.

비록 강원도 일대의 화전민들은 1973년을 기점으로 대부분 사라졌지만, 척박한 땅에서 강인한 생명력을 이어온 민초들의 잔향은 여전하다. 산이 끝나고 마을이 시작되는 지점마다 옥수수와 감자밭이 보인다. 세상 사람들은 그것을 구황작물이라 불렀으나, 화전민들에게는 하루하루 먹고사는 데 없어서는 안 될 중요한 식량이었다.

산에서 잘 자라는 작물은 제한돼 있다. 토양이 척박하고 일조량이 모자란 탓이다. 이런 현상은 겨울이 긴 북쪽으로 갈수록 더욱 심해진다. 때문에 화전민들은 새로운 땅을 찾아 백두대간을 타고 조금씩 북상하다가 어느 지점에선가 걸음을 멈추고 촌락을 형성했다. 옛 문헌에 따르면 현재의 오대산국립공원 부근이 한 차례 숨을 골랐던 곳이다. 강원도 강릉시와 홍천군 그리고 평창군에 둘러싸인 298.5㎢의 오대산. 그곳은 한때 화전민들의 생명을 지켜준 젖줄이었으나, 요즘은 연간 100만에 달하는 탐방객이 찾아드는 국민관광지로 변모했다.

단풍에 미친 가을 나그네

10월 2일 토요일 오후. 동서울터미널에서 강릉행 시외버스를 탔다. 강릉까지 빨리 도착하려면 강남고속터미널에서 고속 직행버스를 이용하는 것이 좋지만, 도중에 영동고속도로 선상에서 내리려면 시외버스가 오히려 편리하다. 시간이 넉넉하다면 지방 도시를 두루 거쳐 지나가는 시외버스에 몸을 맡겨보는 것도 낭만적이다. 특히 진부 장평을 거쳐 횡계로 빠지는 버스에 올라타면 강원도 내륙 특유의 풍경을 둘러볼 수 있다.

서울에서 강원도로 흘러가는 차량이 줄을 이었다. 단풍이 절정을 이루려면 아직도 2주쯤 더 기다려야 하지만, 설악산 깊은 산골은 벌써부터 불을 뿜고 있었다. 발 빠른 산꾼들은 이런 그림을 절대 놓치지 않는다. 그들은 등산객들로 뒤덮인 단풍 관광보다도 클라이맥스를 기다리는 미완의 풍경에서 더 큰 감동을 맛본다.

그러고 보면 산을 타는 것과 연인을 사랑하는 것은 서로 닮은 구석이 있다. 얼마 전 오대산 노인봉에서 만난 어떤 나그네는 단풍의 전조를 따라 남하한 지 벌써 보름째라고 했다. 그는 1년 동안의 휴가를 한데 몰아서 가을에만 산을 찾는 단풍 마니아다. 남들이 단풍을 기다릴 때 그는 산속을 달리고, 남들이 단풍을 찾아 몰려올 때 그의 산행은 막을 내린다. "설악산 공룡능선에 단풍이 들면 가을 나그네가 움직입니다." 그가 오대산을 떠나 두타산으로 향하면서 던진 말이다.

날이 어두워질 무렵 평창군 진부면에 내렸다. 갑자기 추워진 날씨 탓에 시가지 상점마다 일찌감치 불을 꺼 초겨울 분위기다. 요기를 할 만한 곳을 찾았으나 마땅한 곳이 보이지 않았다. 한참을 걷다가 막 문을 닫으려는 식당 아주머니를 채근해 다음날 산행에 가져갈 김밥을 주문했다. 순식간에 김밥 네 줄을 말아준 아주머니는 "이런 날씨에도 산에 가느냐. 일기예보를 보니까 내일은 얼음이 언다는데……"라며 길손의 안전을 걱정했다. 10월 초에 얼음이라. 역시 남한에서 겨울이 가장 먼저 찾아오는 동네답다.

진부에서 택시를 타고 10여 분 달리면 오대산 월정사 갈림길이 나오는데 백두대간 종주자들은 여기서 오른쪽 방향, 즉 진고개 쪽으로 들어가서 동대산으로 붙는다.

월정사는 자장율사가 신라 선덕여왕 12년(643) 비로봉 밑에 적멸보궁을 짓고 2년 뒤에 창건한 고찰로, 역시 자장율사가 창건한 것으로 알려진 상원사와 더불어 오대산 자락을 대표하는 불교 유산이다. 흔히 오대산에 들어선 사람들은 월정사 초입의 전나무 숲길에서 한차례 마음을 씻고 월정사에서 상원사로 이어지는 호젓한 오솔길에서 새로운 마음을 담는다고 한다. 특히 8km나 이어지는 월정사~상원사 코스는 경사가 거의 없어 부담 없이 걸을 수 있는 산책로다.

한편 오대산 주 능선에서 백두대간을 타려면 상원사에서 1시간 남짓 올라선 뒤 동대산에서 뻗어나온 산줄기를 만나야 한다. 결국 백두대간은 오대산 주 능선을 빼놓고 동쪽 줄기만 걸치고 지나가는 셈이다.

택시기사는 자신이 잘 아는 민박집으로 나를 안내했다. 하지만 그곳은 이미 등산객들로 가득했다. 할 수 없이 길을 돌아 내려오다 예전에 민박집을 운영했다는 농장으로 찾아가니 비닐하우스 채소를 재배하는 50대 부부가 나를 맞았다. 요즘은 민박 손님을 받지 않는다며 손사래를 치는 그들을 설득해 타향으로 유학을 떠난 아들 방에 짐을 풀었다. 일단 손님이 들자 집주인의 태도는 완전히 달라졌다. 출출한 속을 달래라며 과일과 과자를 차려내고 다음날 아침 등산로 입구까지 태워주겠다며 나의 걱정까지 덜어주었다. 역시 산골 마을의 넉넉한 인심이다.

문을 열고 밖으로 나와 밤하늘을 바라보니 별빛이 장관이다. 하늘 가득 촘촘히 박힌 별들의 행렬이 산 너머로 이어지고, 하늘과 산이 만나는 공지선을 따라 오대산의 시원스런 산세가 부드러운 실루엣을 연출한다. 별자리를 살피며 발걸음을 옮길 때마다 옥수수 밭에서 불어오는 가을바람이 콧날을 스쳐 콧속 깊숙이 빨려든다. 바람에 취해 한참을 서성거리는데 집주인이 잰걸음으로 다가와 빨리 들어가라고 재촉한다. 안방에서는 TV뉴스 일기예보가 흘러나온다. '내일 아침에는 강원도 전역에 서리가 내릴 것으로 예상됩니다.'

동대산에서 바라본 노인봉

10월 3일 새벽. 주인집 아주머니의 문 두드리는 소리에 잠이 깼다. 이불을 걷어내고 몸을 일으키자 한기가 느껴졌다. 간단히 세수만 하고 밖으로 나오니 밤사이 내린 서리에 사방이 하얗다. 주인집 아저씨는 하룻밤 묵고 가는 나그네를 위해 졸린 눈을 비비며 채소를 운반하는 트럭에 올라타 시동을 걸었다. 진고개까지는 10여 분 거리. 짧은 시간이었지만 아저씨는 백두대간에 대해

조목조목 물었다. 그는 백두대간 밑에서 평생을 살아왔지만, 집 앞으로 백두대간이 지나가는 줄은 몰랐다고 한다.

진고개 휴게소에서 커피 한 잔을 마시고 동대산으로 향했다. 날이 밝으려면 30분 남짓 기다려야 하지만 이 구간의 등산로는 어둠 속에서도 쉽게 식별할 수 있을 만큼 뚜렷하다. 몸이 채 풀리기도 전에 1km가 넘는 긴 오르막을 통과하자니 온몸이 뻐근했다. 얼마나 지났을까. 등줄기에 땀이 흥건해질 무렵 동쪽 노인봉 너머에서 붉은 기운이 솟구쳐 올랐다. 오대산 마니아들이 감탄해 마지않는 노인봉 일출이 시작된 것이다. 가던 걸음을 멈추고 나뭇가지 사이로 떠오르는 해를 감상했다. 새벽 공기에 묻어나는 산 내음이 더없이 향긋하다.

동대산(1434m) 정상에 이르자 먼저 출발한 등산객이 담배를 피우고 있었다. 첫눈에 단단한 내공이 느껴질 만큼 빈틈이 보이지 않는 산꾼이다. 동대산, 말 그대로 오대산의 다섯 봉우리 가운데 동쪽에 우뚝 솟은 산이다. 오대산은 본래 중국 산서성 청량산의 다른 이름으로 신라시대 자장율사가 당나라 유학 당시 공부했던 곳이다. 그가 신라로 돌아와 한반도 전역을 순례하다가 이 산에 이르러 청량산과 매우 닮았다 해서 붙인 이름이 바로 오대산이다. 이때부터 우리 민족은 문수보살이 1만 명의 권속을 거느리고 오대산에 살고 있다고 믿어왔고, 그런 연유로 고려시대 일연 스님은 『삼국유사』에서 "오대산은 불법이 가장 흥할 곳"이라고 적었다.

동대산에서 두로봉(1421m)으로 향하면서 아침 햇살이 산 주위로 퍼져가는 광경을 감상했다. 처음에는 나뭇잎 사이로 조금씩 스며들던 기운이 어느새 나무를 붉게 물들이고 숲 전체를 태웠다. 고개 들어 하늘을 보니 구름 한 점 없는 것이 마치 비취색 바다가 펼쳐진 듯한 착각에 빠져들었다. 어찌 보면 물 항아리를 거꾸로 세워놓은 듯하고, 달리 보면 오대산 자락이 바다에 빠져 있는 모양새다. 얼마나 오랫동안 머리를 젖히고 걸었던지 고개가 아플 지경이다. 배낭을 풀어놓고 아침을 먹는 동안에도 나의 시선은 눈부시도록 푸른 하늘에서 떨어질 줄 몰랐다.

산에 미친 60대 노인

강원도 평창군과 홍천군이 갈리는 두로봉에서 신배령으로 가려면 거추장스런 잡목지대를 두 번 통과해야 한다. 이 구간의 나무들은 벌써 단풍철을 지나 초겨울의 문턱에 이르렀다. 한 부모 밑에 여러 형제가 있듯이, 같은 산이지만 살아가는 양태는 골짜기마다 제각각이다. 나뭇잎들은 이미 바짝 말라 쭈글쭈글해졌고 앙상한 가지를 드러낸 나무들도 수두룩하다. 낙엽이 수북한 길은 딱딱한 길보다 걷기에 편하지만 이따금씩 고통을 안겨주기도 한다. 바로 낙엽 밑에 숨어 있는 돌멩이 때문이다. 잘못 디디면 발목이 삘 수 있으므로 각별히 조심해야 한다.

쌓인 낙엽을 헤치면서 천천히 걷다 보니 야릇한 냄새가 콧등을 자극한다. 바로 은행 껍질이 풍기는 비릿한 향내다. 은행을 수확해본 사람은 안다. 은행 껍질을 벗기는 것이 얼마나 고단한 일인지를.

마침내 신배령이다. 백두대간은 이곳에서 오대산국립공원과 이별하고 설악산을 향해 달린다. 신배령에서부터 대간 마루금은 굴곡이 심한 능선을 이룬다. 강릉시와 양양군의 경계지점인 1210m봉에서 왼편으로 90도 틀었다가는 만월봉(1280m)에서 다시 오른쪽으로 휘어져 꿈틀댄다. 이 구간의 백미는 역시 응복산(1359m). 이곳에서는 서

만월봉 지나 응복산 가는 길. 가을 하늘과 산 빛깔이 절묘하게 어울린다.

쪽의 홍천과 동쪽의 양양을 시원하게 조망할 수 있다.

응복산에서 다리를 두드리며 쉬는 사이 이른 아침 동대산에서 만났던 산꾼이 도착했다. 그도 나와 비슷한 시기에 백두대간을 타기 시작해 혼자서 종주하는 중이라고 했다. 우리가 백두대간을 소재로 대화를 나누는 사이 또 한 명의 산꾼이 나타났다. 3년 6개월 일정으로 길을 떠났다는 이 60대 노인은 기인 중의 기인이었다. 힘이 있을 때 남한의 높은 산들을 모두 오르는 게 꿈이라고 했다. 집 떠난 지 벌써 70일. 자동차에서 먹고 자며 산만 찾아다니는 이 노인을 이해하는 사람이 얼마나 될까? 얼마 전 오대산에서 만난 어느 산꾼의 말이 떠올랐다.

"산에 미치면 아무것도 안 보인답니다"

응복산에서 마늘봉(1126m)과 약수산(1306m)을 지나 구룡령(1013m)으로 가는 길은 다소 굴곡이 심하다. 특히 마늘봉에서 시작되는 긴 오르막에서 어지간한 사람은 다리가 풀리게 마련이다. 내가 걸어가는 동안에도 더 이상 못 가겠다고 응석을 부리는 어린이와 아예 나무 밑에 드러누운 청년을 여럿 봤다. 또 어떤 중년 부인은 "어차피 못갈 길이면 구경이라도 하겠다"며 나무 위를 오르기도 했다.

고진감래(苦盡甘來)라는 말이 있듯이 여기서 조금만 더 땀을 흘리면 약수산의 시원한 조망이 기다리고 있다. 약수봉에 거의 다다를 지점에 북쪽으로 설악산 능선을 굽어볼 수 있는 전망대가 있는데, 산꾼들이 너무 힘들다 보니 이곳을 알아보지 못하고 지나치곤 한다. 나는 이곳에서 간식을 먹으면서 지나가는 사람들에게 설악산 구경을 하라고 귀띔했다. 나의 권유에 이곳에 들른 사람들은 모두가 탄성을 질렀다. 남설악의 관문 한계령에서 구름 속에 살짝 가려진 대청봉에 이르기까지, 이곳은 남녘 백두대간의 최북단 능선을 감상하기에 모자람이 없는 명소다.

'이승복'이라는 이름의 상처

약수산에서 구룡령까지는 급한 내리막으로, 앞서 오르막에서 진을 뺀 산꾼이라면 특히 조심해야 한다. 더욱이 비가 내린 뒤에는 곳곳에 토사가 흘러내려 미끄러운 곳이 적지 않다. 그나마 다행인 것은 경사가 심한 곳마다 나무계단이 놓여져 있는 점. 내가 이곳을 지날 때도 일꾼 10여 명이 등산로를 보수하고 있었다. 이마엔 굵은 땀방울이 흐르고 통나무를 들어올릴 때마다 경쾌한 구령이 울려 퍼졌다. 쉴새없이 작업장을 통과하는 등산객들이 귀찮을 법도 한데, 짜증 한마디 없이 "고생하셨습니다. 조심해서 내려가세요"라는 인사를 잊지 않는다.

구룡령에 도착하자 두로봉에서 인사를 나누고 먼저 출발한 아저씨가 나를 기다리고 있었다. 자신이 차를 불렀는데 특별한 일정이 없으면 함께 타고 가자고 했다. 아무런 대안도 없이 히치하이킹을 하려 했던 나에게는 너무나도 고마운 선물이었다. 이렇게 해서 나는 '소나무와 샘'이라는 민박집을 운영하는 아주머니의 차에 동승해 오대산 자락을 빠져나올 수 있었다. 민박집 아주머니는 굽이굽이 산길을 돌아설 때마다 지명에 얽힌 유래와 산세의 특징을 설명했다. 가만히 듣다보니 그 깊이와 구수한 말솜씨가 보통이 아니다. 후일 기회가 온다면 꼭 '소나무와 샘'에 들러야겠다고 다짐했다.

깜빡 잠이 들었다 깨보니 자동차는 아주 낯익은 곳을 지나고 있었다. 바로 강원도 평창군 용평면 노동리의 이승복 기념관이다. 현재의 기념관 자리에서 동북쪽으로 4.6km 떨어진 곳이 바로 1968년 이승복 일가가 북한 무장공비들에게 처참하게 살해된 현장으로 알려져 있다. '나는 공산당이 싫어요'라는 이승복의 절규는 지난 수십 년간 우리 사회 반공 교육의 핵심적인 기능을 수행해 왔다. 또한 1990년대 중반 이후에는 이 사건의 실체를 둘러싸고 『조선일보』와 일부 시민단체가 치열한 법정공방을 벌였다.

나는 1990년대 중반 이 사건을 최초로 외부에 알린 이승복의 친형을 장시간 인터뷰한 일이 있다. 비록 업무였다지만, 혈육의 죽음을 둘러싼 세간의 의혹에 대해 캐물은 것은 돌이켜 생각해도 괴로운 기억이다. 분단 반세기를 얼룩지게 만든 비극의 역사가 어디 이뿐일까마는, 이승복 사건의 사회적 의미가 끊임없이 확대 재생산되고 그때마다 우리 사회가 홍역을 치른 것은 안타까운 일이 아닐 수 없다. 다소 늦은 감이 있지만 나의 공세적 인터뷰에 고통스럽게 응해준 이모 씨에게 미안한 마음을 전하고 싶다.

10월 23일 새벽. 양양시 낙산해수욕장을 거닐다가 의상대로 향했다. 의상대는 본래 신라의 의상 스님이 도를 닦은 곳인데, 후세 사람들에게는 일출이 아름다운 장소로 더 많이 알려져 있다. 일출말고도

홍련암에서 본 동해바다. 바닷물이 절벽을 찌를 때마다 육지는 조금씩 조금씩 뒤로 물러선다. 그렇게 해서 만들어진 것이 홍련암 밑바닥의 굴이다.

의상대에서 놓쳐서는 안 될 포인트가 하나 더 있다. 이곳에서 왼편으로 바라다보이는 홍련암이다. 홍련암에 가면 신발을 벗고 법당으로 들어가 부처님께 예를 표한 뒤 마루를 유심히 살필 것을 권한다. 법당의 중간쯤에 조그마한 뚜껑이 있는데 이것을 열면 암자 밑으로 바닷물이 들이치는 장관을 구경할 수 있다.

불가의 전설에 따르면 의상 스님은 홍련암에서 관음보살을 보기 위해 기도를 드렸지만 뜻을 이루지 못하자 바닷물에 투신하려 했다. 바로 이때 바다 속에서 관음보살이 나타나 여의주와 수정염주를 건네며 "산 위로 수백 걸음을 올라가면 대나무 두 그루가 있으니 그곳으로 가보라"고 말했다고 한다. 관음보살의 말대로 의상 스님은 대나무 두 그루가 심어진 곳을 찾아 절을 세웠다. 그곳이 바로 현재의 낙산사 원통보전이고, 불자들은 그때부터 홍련암을 관음굴이라 부르기 시작했다.

낙산사에서 가장 유명한 건축물은 높이 6m에 달하는 해수관음상이다. 이 화강암 불상은 962년에 세워져 천년이 넘도록 자리를 지켜왔는데, 이곳에서 굽어보는 동해야말로 한 폭의 그림이다. 이밖에도 낙산사에는 수많은 문화재가 산재해 있는데, 낙산사가 빛나는 건 가람이 숲과 충돌하지 않고 자연스럽게 어우러졌기 때문이다. 경내를 그냥 걷기만 해도 마음이 편안해지고, 어디 한 군데 모난 구석이 없는 도량. 누가 뭐라 해도 낙산사는 오랜 시간 마음을 의지해 볼 만한 곳이다.

오전 8시 양양터미널로 이동해 동해시에서 올라온 박 선생을 만났다. 백복령-삽당령 구간을 함께 탄 이후 2개월 만의 해후다. 양양에서 구룡령으로 가는 버스는 하루에 1대뿐이어서 아침 차를 놓치면 택

대간 마루금에서 내려다본 구룡령 길. 구룡령은 이름만큼이나 길고도 깊다.

시를 타야 한다. 구룡령은 그 이름만큼이나 길고도 야무진 고개다. 단풍은 벌써 오대산을 넘어 소백산까지 내려갔음에도, 구룡령 자락은 여전히 절정의 색채를 뽐내고 있다. 이 때문에 차안에서 잠깐이라도 눈을 붙이려던 나는 연신 창밖으로 시선을 던지지 않을 수 없었다.

구룡령 위로는 홍천군 내면과 양양군 서면을 연결하는 56번 도로가 지난다. 이 도로는 비교적 최근에 뚫렸는데 주변에 약수터와 자연휴양림이 많아 여름철 피서지로 주목받고 있다. 구룡령 동쪽의 미천골 불바라기약수는 위장병과 피부병에 특효가 있고, 갈천약수는 광물이 다량 함유된 것으로 널리 알려져 있다. 이 밖에도 구룡령에서 인제 방향으로는 삼봉약수와 방동약수 등이 유명하다.

구룡령에서 산행을 시작한 지 2시간쯤 지났을까. 우리는 홍천과 인제가 갈라지는 갈전곡봉(1204m)에서 길을 잘못 들어 2시간이나 헛걸음을 했다. 결국 방태산 휴양림과 연결되는 가칠봉에 이르러서야 지도를 거꾸로 읽었음을 확인하고 길을 되돌아 나왔다. 나는 초장부터 괜한 고생을 하게 된 박 선생께 미안한 마음을 표했는데, 박 선생은 아무렇지도 않다는 듯이 "덕분에 가칠봉도 구경했잖아요. 다음엔 방태산에서 이쪽으로 한번 올라와야겠습니다"며 넉넉하게 받아주셨다.

시간을 따져보니 야간산행이 불가피해 보였다. 허비한 시간을 만회하고자 속도를 냈으나, 2시간을 만회하기에는 역부족이었다. 결국 우리는 야간산행을 감수하기로 했다. 일단 마음의 부담을 벗어버리자 산세가 새롭게 보이기 시작했다. 무엇보다 956m봉을 지나 1시간 남짓 이어진 단풍 군락지에서는 노을 빛에 물드는 늦가을의 풍경에 한껏 취할 수 있었다.

'소나무와 샘' 민박집과 행복론

해는 순식간에 넘어갔다. 단풍잎은 붉은색에서 고동색으로 다시 검정색으로 시시각각 바뀌었다. 이제 등산로를 희미하게나마 구분해 주는 것은 달빛뿐이다. 처음엔 랜턴 없이 달빛을 따라 걷는 것도 꽤나 운치 있었으나 차츰 기온이 내려가자 빠른 속도로 피로가 몰려왔다. 조급한 마음에 조침령에서 우리를 기다리고 있을 민박집 아주머니에게 수차례 연락을 시도했으나 그마저도 여의치 않았다. 그나마 다행인 것은 멀리 쇠나들이 마을과 바람불이 야영장 쪽으로 길게 늘어선 불빛이었다. 그것은 오늘의 목적지인 조침령이 얼마 남지 않았음을 알려주는 반가운 신호였다.

'소나무와 샘' 민박집 아주머니는 조침령에서 30분이 넘게 우리를 기다려 주었다. 내가 조침령에서 그리 멀지 않은 민박집에 들지 않고 1시간 이상 떨어진 '소나무와 샘'을 숙소로 택한 것도 바로 아주머니의 남다른 인심 때문이었다. 도시의 삶을 버리고 강원도 산골에 들어와 정착한 그의 민박집에는 오랜 단골이 많다고 한다. 한 번 '소나무와 샘'에 묵은 사람들은 이곳의 묘한 매력에 끌려 다시금 찾게 된다는 것이다. 무슨 까닭일까. 나는 아주머니의 얘기 속에서 그 이유를 넌지시 짐작했다. '우리 집에 온 사람들은 제철 나물을 뜯어서 반찬을 만들고, 냇가에서 물고기를 잡아서 드시고…….'

깊은 밤 박 선생이 먼저 잠을 청하고 나는 마루에서 탈이 나기 시작한 다리를 주무르고 있었다. 아주머니는 마침 '소나무와 샘'에 투숙한 지인들과 어울리고 있었는데 그 모습이 무척 편안해 보였다. 제법 심각해 보이는 대화가 오가다가도 금세 웃음소리가 흘러나왔다. 둥그렇게 모여 앉은 사람들의 머리 위로 익숙한 시구가 적힌 액자가 보였다. 이 상황에 절묘하게 어울리는 조지훈 「행복론」이다. '행복이란 스스로 만드는 것. 혼자서 들여다보며 가만히 웃음 짓는 것.'

민박집 아주머니는 새벽같이 일어나 장작보일러에 불을 지피고 우리를 위해 아침상을 차렸다. 가는 길에 먹으라고 주먹김밥과 오이까지 챙겨주었다. 그리고는 우리가 산행을 시작하는 조침령까지 차로 데려다주었다. 해가 뜨기 직전의 구룡령은 어제의 아침 풍경과는 또 다른 묘미를 발산했다. 56번 도로에서 조침령으로 접어드는 길은 돌멩이가 깔린 비포장도로라서 백두대간을 타는 산꾼들이나 이따금씩 드나들 뿐이다. 하지만 얼마 전부터 이곳에도 도로포장을 위한 지반 다지기가 시작됐고 조침령터널이 뚫렸다. 그간의 수많은 사례로 미루어 보아 아마도 단풍철에 호젓하게 조침령을 드나드는 건 올해가 마지막이 될 듯하다.

조침령에서 아주머니에게 작별 인사를 건네고 산길로 접어들었다. 밤새 다리가 부어올라 어찌 걸을까 싶었으나 막상 걸음을 내치자 통증이 깨끗이 사라졌다. 잘 이해가 안 되는 일이지만 산에서는 가끔씩 이런 일이 일어난다. 마치 금방이라도 쓰러질 것 같은 축구 선수가 응급 치료만 받고 운동장에 들어가 펄펄 나는 격이다.

1시간쯤 걸어가자 왼편으로 진동리 양수발전소가 보였다. 이곳은 한국전력이 환경단체와 지역주민의 반대를 무릅쓰고 5000여억 원을 들여 두 개의 댐을 건설중인 현장이다. 환경단체의 조사에 따르면 상부댐이 들어설 인제군 기린면 지역에는 하늘다람쥐 · 수달 · 산양 등 30여 종의 천연기념물이 자라고 있으며, 하부댐 건설 예정지인 양양군 서면의 후천은 남대천의 지류로서 산천어와 은어가 사는 1급수 하천이다. 현 상태에서 진동리 양수발전소가 향후 강원도 내륙지방에 어떤 영향을 끼칠지는 확신할 수는 없으나, 최근 주변에서 나타나고 있는 생태계 변화 징후는 심상치 않다. 강원도에서도 환경의 보고라 할 이 지역이 발전소 때문에 망가지는 일이 없기를 간절히 바란다.

조침령에서 북암령으로 가는 길은 멀리 푸른 동해를 시원하게 바라볼 수 있다. 여름철에 이곳에서 야영하면 밤바다를 수놓은 불빛을 감상할 수 있고, 겨울철에는 오징어 잡이 배들이 항구로 돌아가는 이국적 풍경에 빠져들 수 있다.

북암령을 지나서 단목령으로 가는 길은 앞이 훤히 트인 능선이다. 표고 차도 크지 않아서 부담 없이 즐길 수 있다. 대간 마루금에 북암령 표지판이 없기 때문에 독도에 애를 먹을 수도 있으나, 멀리 우뚝 솟은 점봉산(1424m)을 중심으로 산세를 파악하면 별 문제가 없을 듯하다.

청산에 홀로 가는 나그네

단목령부터는 산 아래쪽으로 남설악의 길목인 오색약수터가 눈에 들어온다. 바야흐로 설악산의 초입에 들어선 셈이다. 단목령에는 '백두대장군 백두여장군' 이라 쓰인 나무장승이 서 있는데, 자세히 들여다보면 나무 틈 사이로 백두대간 종주자들이 써 놓은 다양한 문구가 보인다. 이번에 나의 시선을 사로잡은 문구는 다소 특이하다. 아마도 문구를 쓴 사람은 백두대간 완주를 목전에 두고 마음의 병을 앓고 있는 듯하다. '진부령 가까워오니 산보다 사람이 더 무섭다.'

단목령부터 점봉산까지는 기나긴 오르막이다. 이 구간에서 나는 두 사람의 백두대간 종주자를 만났다. 그들도 나와 박 선생처럼 산에서 만난 인연이라고 했다. 한 사람은 쉴 새 없이 사진을 찍으면서 수첩에 무언가를 적고 있다. 그는 백두대간 코스에 대한 정보를 모으는 중이라고 했다. 또 한 사람은 키보다 높은 배낭을 짊어지고도 나보다 빠르게 걷는다. 그가 바로 길이 애매한 지점마다 '청산에 홀로 가는 나그네' 라는 표지를 매단 사람이었다. 노란 리본에 초록색 글씨. 나는 지난 여름 태백산을 지나면서 그 표지를 처음 보았는데, 설악산에 이르러 주인공을 직접 만난 것이다. 뒤에 오는 사람을 위해 갈림길마다 리본을 다는 나그네라니…….

점봉산은 남설악의 절경을 굽어보기에 더없이 좋은 명소다. 멀리 설악산을 바라보면 귓때기청봉부터 끝청 · 중청 · 대청이 한눈에 들어오고 산 아래를 내려다보면 기암절벽들이 산행의 피로를 너끈하게 풀

남설악에서 바라본 점봉산

어준다. 우뚝 솟은 바위 사이로 가는고래골 · 십이담계곡 · 흘림골이 차례로 늘어서 있고, 절벽이 끝나는 지점마다 등선폭포 · 십이폭포 · 용소폭포가 떨어진다. 또한 점봉산 서편으로는 멀리 곰배령으로 이어지는 등산로가 아늑하게 펼쳐져 있는데, 이곳은 남설악의 진수를 아는 사람들이 즐겨 찾는 코스다.

"이 바위 두고 못 가겠습니다"

점봉산에서 망대암산(1236m)을 거쳐 한계령(1003.6m)으로 내려서는 코스는 다소 험하다. 도중에 아찔한 암릉이 두세 군데 있어서 악천후나 해질 무렵에는 특히 조심해야 한다. 예전에는 이곳에 철계단과 밧줄이 설치돼 있었으나, 설악산국립공원관리공단 측에서 통제구간으로 지정한 뒤 모두 철거했다. 때문에 원칙적으로 이곳을 통과하려면 사전에 공원 측의 허가를 받아야 한다. 이런 이유로 어지간한 등산객들은 망대암산을 지나 십이담계곡

쪽으로 빠져나간다. 망대암산은 예전에 도적들이 망을 본 곳이라는 데서 나온 말이고, 십이담계곡은 오래 전 주전골로 불렸는데 주전골은 위조 지폐범들이 숨어살았다는 데서 유래했다. 지명에 얽힌 이런 사연을 더듬어보면 이 지역이 꽤나 험한 곳이었음을 짐작할 수 있다.

계곡의 절경을 마다하고 암릉으로 향한 사람은 모두 4명. 앞서 가던 2명의 종주자와 박 선생 그리고 나다. 첫 번째 암릉을 통과한 직후 앞서 달리던 '청산에 홀로 가는 나그네'의 주인공이 갑자기 걸음을 멈추었다. 그리고는 긴 숨을 내쉰 뒤 허공에 대고 중얼거렸다. "저는 이제 더 이상 못 가겠습니다." 나는 행여 탈이 났나 싶어 조심스럽게 그의 곁으로 다가갔다. 그때 그가 만면에 웃음을 띠며 나의 궁금증을 풀어주었다. "산꾼은 미련을 두지 말아야 하는데, 저는 이 바위를 두고 더는 못 갈 것 같습니다." 자신을 몹시도 괴롭혔던 바위, 바로 그 바위에 미련이 남아 더 가지 못하겠다는 사람. 나는 비록 짧은 순간이었지만 '청산에 홀로 가는 나그네'의 심성을 어렴풋이나마 짐작할 수 있었다.

[진고개에서 한계령까지]

진고개: 진부나 횡계에서 택시로 접근한다. 강릉에서 진입할 수도 있다. 자가운전 시 6번 국도를 이용한다.

종주로: 진고개 → 동대산 → 두로봉 → 신배령 → 만월봉 → 응복산 → 약수산 → 구룡령 → 갈전곡봉 → 조취령 → 북암령 → 단목령 → 점봉산 → 망대암산 → 한계령

금강산이 어드메뇨,
바위들의 축제 속에 설악 삼매경 빠져든다

한계령에서 미시령까지

설악산국립공원 일대는 한국전쟁 당시 가장 치열한 교전이 벌어졌던 곳으로 알려져 있다. 이름하여 '설악산 전투'다. 1951년 중공군의 제1차 춘계공세가 시작된 이후 국군 제11사단과 수도사단은 인민군 제6사단 및 제12사단과 밀고 밀리는 사투 끝에 지금의 양양과 간성지역을 탈환했다.

그 뒤 국군은 중공군의 제2차 공세 때 대관령과 강릉지역으로 후퇴해 설악산을 최후 방어선으로 활용했고, 휴전협정을 앞두고 다시 설악산 지구를 회복했다. 전사(戰史)에 따르면 세 차례의 대접전 끝에 설악산을 지켜내고 산화한 사람 중에는 이름도, 군번도 확인할 수 없는 군인이 유난히도 많다. 하여 설악산 외설악 입구인 소공원에는 이들 무명용사들의 희생을 추모하는 비가 남아 있다.

설악산은 휴전선 남쪽에서 한라산과 지리산 다음으로 높고, 산세가 금강산 못지않게 빼어나 오래 전부터 남한의 금강산이라 불려왔다. 수많은 무명용사의 죽음을 대가로 남쪽의 수중에 들어온 설악산.

그러나 남쪽 사람들의 설악산에 대한 애정은 늘 불완전한 것이었다. 마음은 금강산에 가 있으면서 설악산을 통해 대리만족을 즐겼다고나 할까? 설악산 마니아조차 "설악이 이 정도면 금강은 얼마나 아름다울까" 하는 아쉬움을 내비치곤 한다.

2000년 6월 역사적인 남북정상회담 이후 남쪽 사람들은 분단 반세기 만에 금강산을 직접 만나게 됐다. 최근 금강산에 다녀온 사람 중에는 설악산을 한 수 아래로 평가하는 이가 적지 않다. 그들의 눈에 설악산은 예나 지금이나 금강산보다 한참 밑이다. 하지만 나의 생각은 다르다. 현재의 금강산 관광은 일종의 전시용 상품에 불과하다. 시간에 따라 느낌에 따라 각도에 따라 수만 가지 형상으로 변신하는 금강산을, 정해진 시간에 그것도 누군가의 안내를 받으며 돌아봐서야 어찌 제대로 취할 수 있을 것인가. 그런 이유로 나는 좋은 세상이 올 때까지 금강산을 조급하게 훑기보다 설악산을 여유 있게 감상하는 쪽을 택하련다.

설악산은 크게 남설악 · 내설악 · 외설악으로 구분된다. 남설악은 한계령을 중심으로 남쪽의 점봉산, 오색약수터 주변의 계곡, 대청봉 남쪽의 등산로 등을 일컫는다. 내설악과 외설악은 대청봉에서 마등령을 지나 미시령까지 이어지는 백두대간 주 능선의 양편을 지칭한다. 즉 능선의 안쪽 내륙이 내설악이고 동해와 맞닿은 바깥쪽이 외설악이다. 백담사에서 오세암이나 수렴동을 지나 봉정암으로 이어지는 내설악이 부드러운 여성의 몸짓이라면, 울산바위와 비선대가 우뚝 솟아 있는 외설악은 뜀박질하는 남성을 연상케 한다.

내설악의 바위. 외설악의 바위와 달리 부드러움이 느껴진다.

설악산 3위 일체의 진수

남설악과 외설악 그리고 내설악은 서로 이어져 한울타리를 이루면서도 저마다 독특한 매력을 갖고 있다. 그래서 설악산 마니아는 한곳에 머무르기보다 내설악에서 외설악으로, 남설악에서 외설악으로 넘어가는 코스를 즐긴다. 이렇게 걷다 보면 한 번의 산행으로 두 가지 맛을 느낄 수 있기 때문이다. 지리산 종주 코스가 대중화되기 전 우리나라 사람들이 가장 많이 찾았다는 설악산이지만, '내 · 외 · 남 3위 일체'의 진수를 제대로 체득한 사람은 그리 많지 않다.

나는 백두대간이 지나는 주 능선을 먼저 타고 내설악과 외설악을 차례로 둘러보기로 했다. 첫 번째 산행은 한계령을 출발해 대청에 오른 뒤 공룡능선을 타고 마등령을 거쳐 미시령으로 빠져나가는 코스다. 이번 산행에는 정태웅 선생과 대학 후배 2명이 동참했다.

2004년 11월 7일 새벽 동서울터미널. 아직 날이 밝지 않은 시간에 버스는 출발했다. 해 뜨기 직전의 한강은 가로등 불빛에 붉게 젖어 있었고, 추수를 끝낸 들녘 너머 농가의 굴뚝에선 밥 짓는 연기가 뭉실뭉실 피어올랐다. 버스는 홍천강가의 휴게소에서 잠시 멈췄다. 이곳에서 군대 생활을 했다는 후배는 옛일이 떠오르는지 흥분을 감추지 못했다. 하긴 제주도 서귀포에서 태어나 강원도 산골에서 군복무를 했으니 그 심정을 헤아릴 만도 하다. 버스는 인제와 원통을 지나 한계령으로 향했다. 강원도에서도 인적이 드문 오지여서 '인제 가면 언제 오나. 원통해서 어이하나' 라는 유행어를 만들어낸 군사지역이다.

대청봉 가는 길

한계령이다. 남설악의 관문이자 자타가 공인하는 한국에서 가장 아름다운 고개다. 불과 2주 만에 다시 찾았지만 풍광은 사뭇 달랐다. 단풍은 거의 사라지고 산자락엔 낙엽이 수북하다. 휴게소에서 산채국밥으로 늦은 아침을 먹고 계단으로 붙었다. 멀리 점봉산과 망대암산이 눈에 들어왔다. 2주 전 무척이나 애를 먹였던 봉우리가 아무 일도 없었던 것처럼 서 있다.

한계령에서 1시간 정도는 완만한 오르막으로 힘깨나 써야 한다. 숨소리가 거칠어질 무렵 1310m봉을 지나쳐 고갯마루에 이르는데, 여기서 오른쪽으로 휘어져 나가는 암릉구간이 남설악의 포인트 중 하나다. 왼편으로는 내설악의 기암괴벽이 한눈에 들어오고 오른편으로는 남설악과 외설악을 시원하게 굽어볼 수 있다.

오랜만에 산행에 나선 후배의 페이스에 맞추다 보니 속도가 떨어졌다. 후배는 쉬었다 가자며 자주 발걸음을 멈추었으나 해가 떨어지기 전에 대피소까지 가려면 마냥 쉬어갈 수는 없는 노릇이었다. 할 수 없이 후배의 고통을 모른 척하며 걸음을 내쳤다. 왼편으로 불쑥 솟구친 귀때기청봉(1577.6m)을 지나 3시간쯤 걸어가면 끝청(1604m)이다. 여기서부터 중청(1676m)을 거쳐 대청(1707.9m)으로 가는 길은 밋밋한 고원지대를 산책하는 기분으로 편안하게 걸을 수 있다. 중청의 정상 부근에는 군사시설이 들어서 있어 접근할 수 없으나 산허리를 끼고 중청대피소 쪽으로 내려서다 보면 설악산의 명물 공룡능선과 동해를 한눈에 바라볼 수 있는 명당이 나온다.

중청대피소 주변에서 등산객들이 휴식을 취하고 있었다. 발걸음이 무뎌진 후배가 이곳에서 자고 가면 안 되겠냐며 투정을 부렸다. 안 될 거야 없지만 다음날 산행스케줄을 감안하면 좀더 나아가야 했다. 후배를 앞세우고 대청으로 향했다. 중청대피소에서 대청으로 가는 오르막은 아고산대 특유의 식생이 분포하는 지역이어서 등산로 양옆에 가이드라인이 설치돼 있다.

설악산의 정상 대청봉이다. 지리산 천왕봉(1915m)과 더불어 한국인이 가장 많이 찾는 명소다. 천왕봉에 서면 끝없이 이어지는 남도의 산자락을 굽어볼 수 있고 대청봉에 서면 바다로 스며드는 산 그림자를 감상할 수 있다. 또한 대청봉은 내 · 외 · 남설악이 갈리는 분기점으로 이곳에 올라서야만 비로소 설악산 전체의 윤곽을 살필 수 있다. 대청봉에서 내설악으로 향하려면 소청산장이나 중청대피소를 이용하고, 외설악으로 가거나 주 능선을 타려면 희운각대피소에 묵는 것이 좋다. 위급한 경우에는 대청봉 최단 코스인 남설악의 오색약수터로

대청봉. 지리산 천왕봉과 더불어 한국의 명소다. 저녁 무렵이면 설악산 그림자가 동해바다에 물드는 장관을 감상할 수 있다.

대청봉에서 본 중청. 중청 정상엔 군사시설이 있어서 접근할 수 없다. 중청 너머가 내설악이다.

하산할 수도 있다.

희운각대피소의 저녁 식사

일부 지도에는 대청봉을 조금 지나친 곳에서 희운각대피소로 이어지는 코스가 있다. 하지만 백두대간 종주자들은 대청봉 조금 못 미친 지점에서 죽음의 계곡을 따라 희운각대피소로 내려선다. 나도 어느 길로 갈까 잠시 고심하다가 대구에서 온 단체 종주자(대구 K-2산악회)들을 따라 죽음의 계곡 코스로 향했다. 이곳은 해가 비치지 않는 응달이어서 며칠 전 내린 눈이 녹지 않은 채 깔려 있었다. 이 때문에 아이젠을 착용하고 조심스럽게 움직여야 했다.

일몰이 시작되면서 설악산에서만 볼 수 있는 바위들의 축제가 시작됐다. 왼편의 공룡능선은 일찌감치 어두워졌지만 오른편의 천불동 암릉은 시시각각 미세한 색감의 변화를 보였다. 천변만화(千變萬化)라고 할까. 몇 발짝 걷다가 바라보면 조금 전과 어딘가 다른 느낌의 풍경으로 바뀌었다. 주변의 나무들이 빛을 잃은 탓인지 바위만 보이는 천불동은 풍경화보다는 수묵산수화에 가까웠다. 앞서 걷던 후배는 겸재 정선의 진경산수화가 연상된다며 연신 카메라 셔터를 눌렀다. 가장 멀리 그리고 가장 동쪽에 위치한 탓에 늦게까지 태양 빛을 빨아들이는 울산바위는 다른 바위들이 색감을 잃은 뒤에도 계속 반짝거리며 설악의 저녁 축제를 빛내주었다.

사방이 어두워질 무렵 희운각대피소에 도착했다. 이곳은 나와 남다른 인연이 있다. 아내와 결혼하기 전 함께 설악산을 올랐다가 비 내리는 밤에 길을 잃고 가까스로 찾아든 곳이 바로 희운각대피소였다. 이번에도 그때처럼 먼저 도착한 사람들이 김치찌개를 끓이며 소주잔을 기울이고 있었다. 저절로 침이 넘어갔다. 우리도 한쪽 구석에 좌판을 벌였다. 오늘의 메뉴는 삼겹살이다. 고기가 익기도 전에 술잔이 오갔다. 밤이 되면서 기온이 뚝 떨어진 탓에 소주를 삼킬 때마다 목덜미를 타고 올라오는 열기가 더없이 편안했다. 가져온 소주가 다 떨어진 뒤에는 내가 직접 담근 복숭아주를 돌렸고, 그 다음엔 발동이 걸린 정 선생과 후배가 대피소에서 소주를 샀다.

술기운이 얼근히 돌 무렵 여자 후배가 먼저 노래를 불렀다. 1980년대 초반 양희은이 불렀던 〈한계령〉이다. 설악산 마니아들이 좋아하는 노래다. '저 산은 내게 오지 마라 오지 마라 하네. 발 아래 젖은 계곡 첩첩산중. 저 산은 내게 잊으라 잊어버리라 하네. 내 가슴을 쓸어내리네. 아 그러나 한 줄기 바람처럼 살다가고파. 이 산 저 산 눈물구름 몰고 다니는 떠도는 바람처럼. 저 산은 내게 내려가라 내려가라 하네. 지친 내 어깨를 떠미네.'

남자 후배가 바통을 이어받았다. 이번엔 내가 대학 시절 어지간히 좋아하던 민중가요 〈꽃다지〉다. 나는 이따금씩 집회 장소나 공연장을 지나치면서 이 노래를 듣는데, 그때마다 소중한 기억들을 너무 빨리 잊고 사는 것은 아닌지 하는 질문을 스스로에게 던지곤 한다. 이날 밤도 그랬다. 노래가 채 끝나기도 전에 연거푸 소주잔을 비웠다. '그리워도 뒤돌아보지 말자. 작업장 언덕길에 핀 꽃다지. 나 오늘 밤 캄캄한 창살 아래 몸 뒤척일 힘조차 없어라. 진정 그리움이 무언지 사랑이 무언지 알 수 없어도 퀭한 눈 올려다본 흐린 천정에 흔들려 다시 피는 언덕길 꽃다지.'

내가 답가를 부를 차례. 설악산 골짜기에서 달빛을 안주 삼아 술잔을 나누는 이 마당에 나는 뜬금 없이 서해의 연락선과 갈매기를 떠올렸다. 중국집에 들어가 자장면을 시키면 짬뽕이 먹고 싶고, 짬뽕을 먹으면서 자장면을 그리워하는 격이다. 허나 어쩌랴. 취기가 오를수록 눈앞에 자꾸만 서해의 노을이 아른거리는 것을. '눈물에 옷자락이 젖어도 갈 길은 머나먼데, 고요히 잡아주는 손 있어 서러움을 더해준다. 저 사공이 나를 태우고 노 저어 떠나면, 또 다른 나루에 내리면 나는 어디로 가야 하나.'

암릉산행의 압권, 공룡능선

희운각대피소는 희한한 곳이다. 겉보기에는 30명쯤 겨우 들어갈 수 있을 것 같은데 악천후 때 보면 200명까지 수용한다. 자다 보면 얼굴에 누군가의 발이 올라오고 생면부지의 이성과 얼굴을 마주하게도 된다. 다행히도 간밤엔 불쑥 찾아든 등산객이 없어서 두 다리 뻗고 편히 잠을 청할 수 있었다. 마음 같아서는 늘어지게 늦잠을 자고 싶으나 아직 갈 길이 멀었다.

새벽 3시경, 밖으로 나오니 벌써 길 떠나는 사람들이 있었다. 일찌감치 대청봉에 올라 일출을 보고 서둘러 내려갈 계획이란다.

저녁에 섞어 마신 술이 탈을 일으켰다. 두 번이나 화장실에 다녀왔는데도 속이 편치 않았다. 이제 더 눈을 붙이긴 틀렸고 나무 식탁에 앉아 배를 주무르는데 별들이 촘촘히 늘어선 밤하늘이 간밤의 여운을 또 한번 자극했다. 별을 보며 대청봉에 올라 해맞이를 하고 싶은 욕심이 꿈틀댔다. 그러나 오늘 가야 할 대간 길은 대청봉과 반대 방향이다. 서둘러 아침을 준비하기 위해 정 선생과 후배들을 깨웠다. 후배들은 예서 곧장 천불동으로 하산하고 정 선생만 나와 동행하기로 했다. 산중이별이었다.

새벽 5시40분. 해가 뜨려면 30여 분 더 기다려야 하지만 구간거리가 만만치 않음을 감안해 일찌감치 배낭을 꾸렸다. 희운각대피소에서 공룡능선으로 진입하는 길은 애매하다. 그래서 앞서 달리지 않고 일단 대구 K-2산악회 회원들을 뒤따르기로 했다. 50대 초반의 아주머니와 10대 초반의 중학생까지, 어둠 속에서 가파른 벼랑을 타고 오르는 모양새가 예사롭지 않았다. 지칠 만하면 우스갯소리를 주고받으면서 서로 힘을 돋우는 모습도 더없이 정겨웠다.

공룡능선. 이 얼마나 짜릿하고 가슴 설레는 구간인가. 설악산을 찾는 사람은 울산바위에서 한 번, 대청봉에서 한 번, 그리고 공룡능선에서 한 번 가슴이 툭 터지는 희열을 맛본다. 그중 압권은 역시 공룡능선으로, 3시간 넘게 이어지는 가파른 암릉에 몸을 맡기다 보면 설악

대청봉에서 본 설악산 공룡능선. 한국 최고의 암릉구간으로 설악산의 백미이기도 하다.

산 특유의 날렵함에 자신도 모르게 취하게 된다. 물론 악천후 때는 매우 위험한 코스로 잊을 만하면 한 번씩 조난사고가 나는 곳이기도 하지만.

공룡능선을 넘다 보면 산꾼의 내공이 자연스럽게 드러난다. 어지간한 산꾼이라도 공룡능선을 통과할 때는 몇 번씩 한숨을 내쉬게 되기 때문이다. 공룡의 등뼈가 워낙 깊고 굵어 한번 들어서면 벗어나기가 버겁다. 등산객 대다수가 준봉의 구멍 또는 사잇길을 찾아 줄에 매달리고 바위에 납작 엎드리며 난코스를 통과하는 사이, 고수들은 능선의 양편에 우뚝 솟은 봉우리까지 훌쩍 올라선다.

공룡능선에 관한 무용담은 주로 이런 선수들에 의해 만들어져 세인의 입에 오르내린다. 하지만 부럽다고 무작정 따라할 일이 아니다. 내가 수차례 경험한 바 공룡능선은 그냥 등산로를 따라가기에도 벅찬 길이다.

함께 산을 탄다는 것

공룡능선이 거친 숨을 내쉬다가 조금씩 호흡을 가다듬는 나한봉 부근에서 등산객들은 밧줄을 타고 절벽을 올라야 한다. 여기서는 앞사람이 완전히 올라갈 때까지 기다려야 한다. 자칫 앞사람이 산마루에 도착하기 전에 뒷사람이 줄을 잡아끌면 위험한 상황이 벌어질 수도 있어서다. 정 선생과 나는 뒤편에서 앞사람이 올라가는 모습을 지켜보고 있었다. 그런데 절벽 한중간에 매달린 아주머니 한 분이 전진하지 않고 자꾸 뒤를 돌아보는 것이었다. 누군가를 열심히 찾더니 갑자기 남편으로 보이는 남자에게 소리쳤다.

"니 내 사랑하나 안 하나? 사랑 안 하믄 밧줄 콱 놔부릴 끼다." 남자가 웃으면서 받았다. "장난하지 마라. 퍼뜩 올라가라." 이에 뒤질 여인이 아니었다. "장난 아이다. 내 사랑하나 안 하나? 빨리 말해라." 이번엔 남자가 신경질적으로 반응했다. "드라마 고만 찍고 얼른 가라." 그러자 여인이 몸을 좌우로 흔들며 마지막 위협을 가했다. "니 참말로 사랑 안 한다 그 말이제?" 밧줄이 출렁거리자 여인의 몸도 절벽 양옆으로 시계추처럼 흔들렸다. 결국 남자가 항복을 선언했다. "고만 알았다. 니 사랑한다." 그제야 여인은 날렵하게 몸을 솟구쳐 산마루에 내려앉았다.

잠시 후 나와 정 선생이 산마루에 도착하자, 방금 전 1970년대 스타일의 애정영화를 찍던 중년의 부부는 사과를 입에 물고 정담을 나누고 있었다. 정말 아름다웠다.

3시간의 고행 끝에 공룡능선을 통과해 마등령에 도착했다. 마등령에서 왼편으로 내려서면 내설악의 오세암이고 오른편으로 가면 외설악의 금강굴을 지나 비선대에 닿는다. 그래서 마등령은 내설악에서 외설악으로, 외설악에서 내설악으로 넘어가는 등산객이 쉬어가는 고개로 알려져 있다.

나보다 앞서간 대구 K-2산악회 선발대가 마등령에서 휴식을 취하고 있었다. 내가 건포도를 나눠주자, 아주머니 한 분이 사과 반쪽을 건넸다. 나는 반쪽을 다시 반으로 쪼개 정 선생에게 주었다. 이처럼 산속에서는 나눔의 기쁨이 배가 된다.

배낭을 풀고 다리를 주무르는 산악회원에게 다가가 물었다. "왜 백두대간을 타세요?" 그의 대답은 간결했지만 새겨들을 만했다. "그냥 앞만 보고 달릴 수 있어서 좋습니다." 나도 그렇다. 백두대간을 출발할 때는 수만 가지의 생각이 떠오르지만, 막바지에 다다르면 어느 한 순간 머릿속이 맑아진다. 그게 산의 매력이고, 자연의 교훈이다.

마등령에서 저항령으로 가자면 1249.5m봉을 지나야 하는데, 마루금이 험난해 등산객들은 대부분 이곳을 왼편으로 우회한다. 하지만 돌아가는 길도 긴 너덜지대(돌이 많이 깔린 비탈)라서 만만치 않다. 지도상으로는 마등령-저항령 구간이 2시간 거리라고 나와 있지만, 실제로 걷다 보면 더 걸리는 경우가 많다. 나는 이 구간에서 또다시 배탈이 나 애를 먹었다. 속이 편치 않은 상태에서 새벽부터 무리하게 달린 것이 원인이었다. 할 수 없이 정 선생을 앞서 가게 하고, 고개를 넘어설 때마다 수풀에 거름을 뿌리며 속을 가라앉혔다.

1249m봉을 지나 긴 오르막을 넘어서면 아래쪽으로 저항령이 보인다. 여기서 내려가는 구간도 너덜지대라서 조심해야 한다. 특히 여기쯤 오면 다리에 힘이 풀리기 때문에 발을 옮길 때 관절을 다치기 쉽다. 저항령은 희운각-미시령 당일 종주자들이 쉬면서 점심을 먹는 장소다. 정 선생과 나는 오이와 소시지로 간단히 요기하고 황철봉(1381.m)으로 향했다. 그러나 속이 불편한 상태에서 먹은 음식이 또다시 탈을 일으켰다. 이번엔 상태가 심해서 구토 증세까지 나타났다. 어쩔 수 없이 정 선생께 양해를 구하고 뒤로 처졌다. 배가 고픈데도 음식을 먹을 수 없는 최악의 상황, 한마디로 악전고투다. 나는 황철봉 정상 부근에서 아예 배낭을 풀어놓고 10분 이상 아랫배를 문질렀다. 그랬더니 조금씩 회복되는 기미가 느껴졌다.

악전고투, 미시령 가는 길

페이스를 만회하고자 속도를 높였다. 1318.8m봉에 이르자 정 선생이 기다리고 있었다. 정 선생은 물이 떨어진 모양이었다. 나는 정 선생께 물을 나눠주고 잠시 쉬다가 함께 일어섰다. 여기서부터가 백두대간에서 가장 긴 너덜지대로 알려진 구간이다. 어찌나 바위가 많은지 화산지대를 연상케 한다. 나는 한 발짝씩 내디딜 때마다 방귀가 나왔다. 설사 기운이 가라앉으면서 몸속의 가스가 배출되는 모양이었다. 정 선생도 다리가 아픈지 내려서는 속도가 눈에 띄게 느려졌다. 우리는 멀리 미시령휴게소가 보이는 산 중턱에서 퍼질러 앉아 이야기를 나누었다.

정 선생은 오랫동안 외국에서 살다가 돌아왔다. 본격적으로 산을 탄 것은 최근이지만, 그의 발걸음을 보면 초보 수준은 아니다. 정 선생은 나의 종주에 두 차례 동참한 강원도 동해시의 박 선생 덕에 용기를 내어 백두대간 종주 계획을 세웠다고 한다. 혼자서 종주하려니 부담스럽던 차에 박 선생이 종주 계획을 세우고 있다는 얘기를 읽고, 나에게 이메일을 보내왔던 것이다. 베테랑 산꾼 박 선생과 나이 들어 산의 묘미를 발견한 정 선생이 함께 백두대간 종주에 나선다면, 뜻 깊은 여정이 될 것으로 믿어 의심치 않는다.

마침내 미시령이다. 이 고개 위로는 강원도 인제 원통과 속초 간성을 연결하는 56번 도로가 지난다. 먼저 도착한 대구 산악회 회원들이 맥주와 막걸리로 목을 축이고 있었다. 정 선생은 정말 기분 좋은 산행이었다며 속초의 대포항으로 가서 술 한잔 하자고 제안했다. 이런 자리를 마다할 내가 아니지만 이날따라 뱃속이 산해진미를 받아들일 처지가 아니었다. 정 선생께 또 한 번 죄송스런 마음을 전하고 서둘러 서울행 버스에 올랐다. 나는 버스 안에서 캔맥주와 김밥으로 무사 완주를 자축했다. 젊은 나이에 경제적 성공을 거두고 40대부터 인생을 즐기는 정 선생의 여유와 자신감이 인상적이었다.

11월 13일 저녁 동서울터미널에서 원통행 막차를 타고 원통에서 택시로 갈아타 내설악 입구인 용대리에 도착했다. 이번 산행엔 어머니가 따라나섰다. 나의 어머니는 독실한 불교 신자라서 유명한 절이 있는 산들을 자주 다니는데, 그중 설악산 내설악을 가장 많이 찾았다. 이곳에 백담사-오세암-봉정암으로 이어지는 고찰들이 자리잡고 있는 까닭이다. 어머니가 내설악을 잊지 못하는 사연이 하나 더 있다. 젊은 시절 사람 머리 두개 만한 수박을 두 통이나 지고 내설악 코스로 대청봉에 오른 일이 있으시다는 거다. 대청봉의 수박파티라, 생각만으로도 시원한 느낌이 다가온다.

14일 새벽 4시. 용대리를 떠나 백담사로 향했다. 이 코스는 마이크로버스가 드나들 만큼 길이 좋다. 새벽에 계곡 물소리를 들으며 걷자니 신선이 부럽지 않았다. 어제부터 갑자기 날씨가 추워져 걱정스러웠지만 30분 정도 지나자 목덜미에서 훈훈한 기운이 올라왔다.

백담사는 신라 자장율사가 진덕여왕 1년(647년)에 지은 사찰인데, 일제시대 당시 만해 한용운이 머물면서 「님의 침묵」과 「불교유신론」을 집필한 장소로 더 유명하다. 한용운의 항일정신과 불교개혁운동으로 대변되던 백담사. 그 역사적 현장은 1988년 5공 비리 파문에 휩싸인 전두환씨가 이곳에 칩거하면서 전국 각지의 불자들이 찾아와 전씨를 용서하고 위로하는 묘한 장소로 바뀌었다.

백담사와 오세암의 전설

1980년 광주를 피로 물들이고 7년여 동안 이 땅의 민주주의를 가로막았던 독재자. 그는 자신의 쿠데타 동료에게 정권을 물려주고, 이 나라 국정을 배후조종하기 위해 재벌들로부터 거액의 정치자금을 모금했다. 세월이 흘러 역사의 재판정에 선 그는 전 재산이 채 30만원도 안 된다고 항변한다. 자신의 과오에 대해 한마디도 사과하지 않는 상황에서, 피해자들은 진심으로 그를 용서하고 위로할 수 있을까? 비록 전씨가 전국의 사찰을 돌아다니며 대규모 불사에 힘을 보탠 것은 사실이지만, 전두환 시대가 남긴 상처는 시간이 갈수록 깊어지고 있다. 이런 상황에도 불자들은 넓은 마음으로 그를 뜨겁게 환영한다. 불교 신자인 내가 보기에도 참 아이러니한 일이다.

백담사에서 영시암으로 가는 동안 해가 떠올랐다. 날이 밝으면서 백담사 계곡의 아기자기한 자태가 시원하게 드러났다. 영시암은 오세암 코스와 수렴동 코스로 갈리는 분기점으로, 등산객들은 이곳에서 숨을 고르고 본격적으로 내설악에 파묻힌다. 봉정암까지 빨리 가려면 오른쪽의 수렴동 코스로 가는 것이 좋지만 오세암을 보고 싶다는 어머니의 뜻을 좇아 왼편으로 방향을 틀었다. 영시암부터는 몸에 조금씩 땀이 흘렀다. 어머니는 그때까지 잘 따라오셨다.

오세암은 백담사의 부속사찰로 신라 자장 스님이 선덕여왕 13년(647년)에 지은 사찰이다. 조선시대에는 세조반정에 항거한 매월당 김시습이 여기서 출가했고, 해인사에 보관돼 있던 고려대장경 1부가 이곳에 봉안되었다고 한다. 하지만 오세암의 본래 건물은 대부분 한국전쟁 당시 불타 없어졌고, 현재 남아 있는 것은 암자를 떠받치던 주춧돌뿐이다.

한편 불가에서 내려오는 전설에 따르면, 오세암의 '오세'라는 이름은 고려시대 설정 조사의 조카 오세 동자가 한 해 겨울 동안 관세음보살의 가호를 입어 성불했다는 데서 유래했다고 한다. 이런 이유로 지

오세암. 신라 때부터 이어온 고찰. 다섯 살에 득도한 동자의 설화가 남아 있다.

금도 오세암 법당에 들어가면 다섯 살에 성불한 동자부처를 볼 수 있다.

오세암에서 봉정암으로 가는 길은 제법 가파르다. 오세암까지 거뜬하게 따라붙던 어머니도 이 구간에서는 발걸음이 무뎌졌다. 우리는 자주 쉬면서 주먹밥과 비상식량으로 원기를 보충했지만, 시간이 갈수록 어머니를 기다리는 시간이 길어졌다. 어머니는 마침내 봉정암 가기 직전의 칼날처럼 솟은 암릉에서 주저앉았다. 눈이 녹지 않아 빙판을 이룬 이 고개는 내가 오르기에도 힘겨웠다. 나는 할 수 없이 어머니의 짐을 받아 먼저 봉정암으로 넘어갔다. 어머니는 쉬엄쉬엄 가겠다며 해가 다르게 무거워지는 몸을 아쉬워했다.

봉정암이 내려다보이는 고갯마루엔 유명한 사리탑이 있다. 신라의 자장 율사가 당나라에서 석가모니 부처님의 사리를 모셔와 설악산 봉정암과 영월의 사자산 법흥사, 정선의 정암사, 평창의 오대산 상원사, 경남 양산의 통도사 등에 나누어 봉안했는데, 불교계에서는 이 다섯 개의 사찰을 가리켜 '오대 적멸보궁'이라 부른다. 봉정암 사리탑은 오대 적멸보궁 가운데 가장 높은 해발 1500m 지대에 있으며, 불교계에서는 수도자가 반드시 거쳐가는 순례지로 알려져 있다.

사리탑 앞에 서면 일단 봉정암과 그 뒤편의 암릉 그리고 암릉을 덮어쓴 소청봉과 대청봉을 굽어볼 만하다. 설악산 내설악에 수많은 절

사리탑에서 내려다본 봉정암. 봉정암은 수많은 불자들이 기도하기 위해 찾는 도량이다.

경이 있지만 나의 눈에는 이곳이 가장 아름답다. 봉정암에 도착해서 쉬는 동안 어머니가 다리를 절룩거리며 경내로 들어오셨다. 모처럼의 장거리 산행으로 다리에 문제가 생긴 모양이다. "무슨 일이든 불심이면 다 할 수 있다"고 믿는 어머니도 이 순간만은 "더 이상 못 가겠다"며 한숨을 내쉬었다. 나는 할 수 없이 어머니를 봉정암에 모셔두고 산행을 재촉했다. 더 지체하면 야간산행을 감수해야 하기 때문이다. 또 다시 산중의 이별이다. 다행히 어머니가 봉정암에서 하룻밤을 보낼 수 있게 된 것을 기뻐하셔서 나는 가벼운 마음으로 길을 떠날 수 있었다.

봉정암에서 소청·중청을 거쳐 대청봉으로 오르는 동안 단 한 번도 숨을 고르지 않았다. 가파른 산길이었지만 서둘러야 한다는 생각에 쉴새없이 발걸음을 옮겼다. 대청에 이르자 1주일 전 굽어본 공룡능선과 동해가 또 다른 느낌으로 다가왔다. 1주일만 지나도 이렇게 달라지는 풍광이 설악산의 진면목이다. 고개를 내설악으로 돌리니 석양에 물드는 바위들이 또 한 번 축제를 벌일 태세다. 여기에 취하다 보면 하산길이 어려워진다. 언제나 다소 모자랄 때 끊어야 한다는 생각으로 애써 눈길을 거두고 오색약수터를 향해 달렸다. 정말 숨 가쁜 레이스다. 내가 이렇게 빨리 대청봉을 내려온 적이 있을까 싶을 만큼 내달았다. 봉정암을 출발한 지 2시간 30분 만에 오색매표소에 골인, 산악마라톤 선수라도 된 듯한 기분이었다. 오색관광단지를 빠져나와 서울행 버스에 오를 무렵 사방에 어둠이 깔리기 시작했다.

12월 4일 밤 11시30분. 서울 강남터미널에서 심야 우등고속을 타고 속초에 도착했다. 서울 하늘에 촉촉이 내리던 겨울비가 속초에 이르자 그쳤다. 터미널 근처의 찜질방에서 잠시 쉬다가 새벽같이 시내

버스를 타고 설악동으로 향했다. 설악산 3부작의 대미를 외설악에서 장식하기 위해서다. 고등학교 수학여행을 시작으로 지금까지 10여 차례 찾았던 외설악이기에 주변의 모든 경관이 눈에 익었다. 하지만 돌이켜 생각해보니 날도 밝기 전에 설악동에 들어선 것은 이번이 처음이다.

울산바위, 비선대, 금강굴

졸린 눈을 비비며 표를 팔던 국립공원관리공단 직원은 지금이 통제기간이라고 알려줬다. 통제기간에는 대청봉을 비롯한 정상 부근에 접근할 수가 없다. 나도 가볍게 트래킹한다는 기분으로 산을 탈 생각이었다. 먼저 찾은 곳은 흔들바위-울산바위 코스. 설악산으로 수학여행이나 신혼여행을 온 사람들이 가장 즐겨 찾는 외설악의 명소다. 특히 석굴암자인 계조암 앞에 있는 흔들바위는 지나는 길손들이 한번씩 밀어보면서 진짜 흔들리는지 확인하는 설악산의 오랜 명물이다. 또한 계조암은 신라의 고승 자장 · 동산 · 봉정 · 원효 · 의상 스님이 차례로 수도했던 유서 깊은 도량이다.

울산바위는 예로부터 바람이 강하기로 유명하다. 울산바위에 올라가려면 철계단을 808개나 지나야 하는데 이 때문에 겨울철에는 각별히 주의해야 한다.

울산바위는 지명에 얽힌 전설로도 널리 알려져 있다. 먼 옛날 조물주가 하늘 아래 가장 아름다운 산(금강산)을 만들기 위해 전국의 명산과 바위들을 모집했는데, 울산을 대표하는 바위도 참가했다가 거대한 몸집으로 인해 그 시기를 놓쳐 고향으로 돌아가려던 중 설악의 경치에 반해 그대로 눌러앉았다는 것이다.

▲ 울산바위. 외설악의 대표적인 명소. 가파른 철계단을 오를 때 특히 주의해야 한다.
▼ 비선대. 겨울철이면 빙벽등반을 즐기는 사람들을 볼 수 있다

전설처럼 울산바위는 거대한 바위덩어리다. 얼른 보면 작은 바위들을 아무렇게나 쌓아놓은 것 같지만, 자세히 보면 그 속에 나름의 질서와 균형이 있다.

외설악의 비경을 간직한 비선대로 가려면 울산바위에서 신흥사까지 3.2km 거리를 되돌아 내려와야 한다. 신흥사는 설악산의 대표적인 사찰로 부근의 수많은 절은 대부분 신흥사의 말사에 해당한다. 비선대는 신흥사에서 3km 정도 올라서야 하는데 길이 산책로처럼 편안해서 소풍가는 기분으로 걸을 수 있다.

비선대에서는 계곡의 바위에 새겨진 각종 문구를 새겨보는 맛과 겨울철 눈으로 뒤덮인 절벽을 감상하는 재미가 쏠쏠하다.

외설악의 마지막 포인트는 금강굴. 비선대에서 20여 분쯤 가파르게 올라서야 한다. 금강굴에서 비선대를 내려보는 풍경과 멀리 대청봉을 바라보는 경치가 아름답다. 가을철이면 대청봉 쪽으로 붉게 물든 단풍이 절경을 이룬다. 금강굴 안쪽에는 조그만 법당이 있는데, 이곳에서 1400여 년 전 원효 스님이 수행했다고 전해진다. 금강굴이라는 이름도 원효 스님의 금강삼매경에서 따왔다고 한다.

[한계령에서 미시령까지]

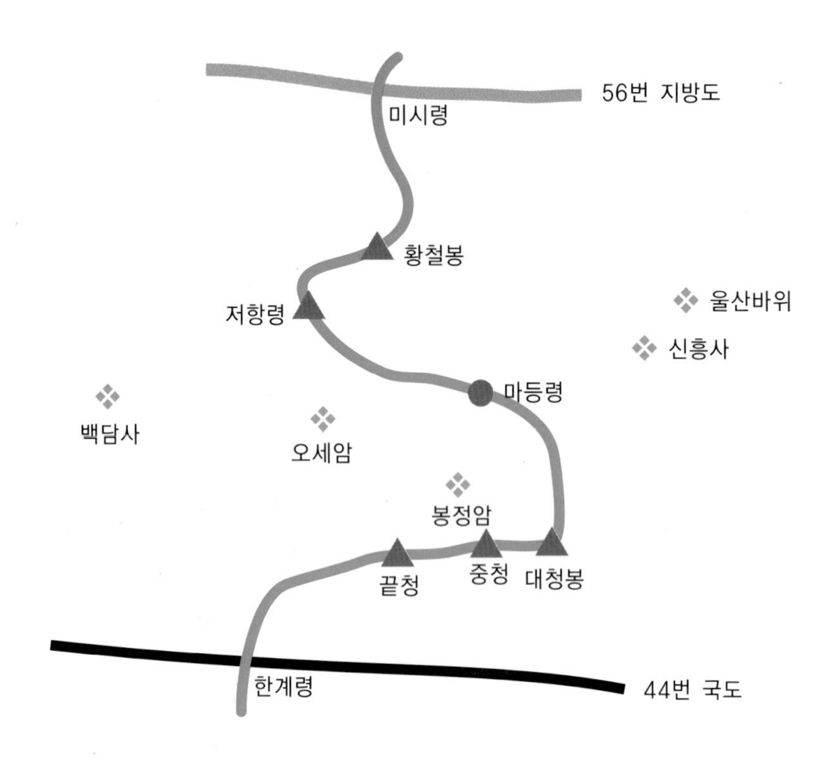

한계령: 서울이나 강릉에서 고속버스 또는 시외버스로 접근. 자가운전 시 44번 국도를 이용한다.

종주로: 한계령 → 끝청봉 → 중청봉 → 대청봉 → 희운각산장 → 공룡능선 → 마등령 → 저항령 → 황철봉 → 미시령

비바람, 눈보라에 바랜 향로봉 …
나그네 발길 묶는 녹슨 철조망

미시령에서 향로봉까지

2003년 10월, 나는 백두대간을 출발하면서 우리나라 산맥체계의 문제점을 거론한 바 있다. 잘 알려진 것처럼 현행 교과서에 수록된 산맥 개념은 일제시대에 일본인 지리학자의 연구를 수용한 것이다. 또한 산맥 개념은 한반도의 산줄기와 지형을 설명하는 데 상당한 무리가 있으므로, 우리의 전통적인 지리인식체계인 백두대간 개념을 복원해야 한다는 주장이 끊임없이 제기돼왔다. 하지만 최근까지도 백두대간 개념은 논리적 탁월성에 비해 과학적 실증자료가 부족하다는 지적을 받았다.

그런데 2005년 새해 벽두, 대부분의 신문에 대서특필된 백두대간 관련 기사에 나는 흥분을 넘어 감동을 느끼지 않을 수 없었다. 국토연구원이 위성영상과 지리정보시스템(GPS) 등 첨단기법을 동원해 백두산부터 지리산까지 산줄기가 하나로 이어져 있음을 보여주는 새로운 지도를 완성했다는 내용이었다. 물론 이 지도가 일본인이 만든 구 산맥지도를 대체하기까지는 많은 시간이 걸릴 것이다. 그럼에도 우리 스스로 우리 땅의 연속성을 직접 확인했다는 것은 그 자체로 값진 쾌거임에 분명하다.

여기서 한 가지 짚고 넘어갈 게 있다. 우리가 과학의 힘을 빌려 100년 만에 되찾은 지도는 놀랍게도 인사동 헌책방에서 먼지를 뒤집어쓴 채 발견된 '산경표'를 쏙 빼닮았다는 점이다. 고산자 김정호가 눈물겹게 만들어낸 '대동여지도'의 숨결도 그대로 옮겨진 듯하다. 그들은 어떻게 우리보다 앞서 이 땅의 모습을 그토록 세밀하게 바라볼 수 있었을까? '산경표'를 처음 발견해 소개한 고지도연구가 고(故) 이우형 선생은 생전에 그 이유를 이렇게 말했다고 한다.

"김정호 선생이 애국을 뭐라고 그랬는지 아십니까? 첫째는 자신이 살고 있는 땅을 사랑하는 것이고, 둘째는 그 땅에 살고 있는 사람들을 사랑하는 것이라고 했어요. 바로 그런 생각 때문에 고산자는 당시 6m가 넘는 '대동여지도'를 만들 수 있지 않았을까 생각합니다."

2004년 12월 19일 새벽. 속초터미널에서 동해에 거주하는 산행 동반자 박 선생을 만나 택시를 타고 미시령으로 붙었다. 미시령 고개를 오르는 길은 언제 봐도 아슬아슬하다. 동쪽에서 막 솟구치기 시작한 태양은 가장 먼저 외설악의 명물 울산바위를 비추더니 곧이어 가을을 벗어 던지고 겨울로 들어선 설악산 속으로 빨려 들어갔다.

미시령 정상에서 곧바로 상봉(1239m)을 향해 붙는데 양편에서 불어오는 찬바람이 예사롭지 않았다. 잠을 제대로 이루지 못한 탓인지 두 번이나 현기증을 느끼고 발까지 헛디뎠다. 차가운 날씨에 갑자기 기운을 쓰려고 하니 일시적으로 몸의 밸런스가 깨진 모양이다. 심호흡을 하고 초콜릿을 몇 개 입에 넣으니 겨우 진정됐다.

가을과 겨울의 공존

미시령에서 상봉까지는 긴 오르막이지만 일단 상봉에 이르면 남쪽으로 설악산을 시원하게 굽어볼 수 있는 바위가 있다. 이곳에서 박 선생에게 설악산의 매력에 대해 한 수 배우고 신선봉(1204m) 쪽으로 발걸음을 옮겼다.

상봉부터는 암릉구간이어서 긴장을 늦추지 말아야 한다. 암릉을 통과하면 밧줄에 몸을 맡겨야 하는 가파른 내리막인데 며칠 전 내린 눈이 녹지 않은 채 쌓여 있어서 애를 먹었다. 상봉을 사이에 두고 남쪽은 늦가을이고 북쪽은 초겨울이다. 박 선생은 "백두대간에서 첫눈을 보았다"며 즐거워했다.

눈길을 따라 20분쯤 내려가면 화암재다. 여기서 왼편으로 하산하면 내설악 어귀인 용대리로 이어지는 마장터가 나온다. 화암재부터는 정신을 바짝 차려야 한다. 오른편의 신선봉을 두고 길이 애매하게 나 있기 때문이다. 혹 신선봉 부근에서 길을 잃기라도 한다면 일단 왼편의 산기슭을 향해 내려서는 것이 좋다.

대간 줄기는 왼쪽으로 쭉 뻗다가 큰새이령(대간령)에서 한 차례 숨을 고르고 다시 솟아오른다. 큰새이령에서 박 선생을 기다리는데 중년 부부가 먼저 도착했다. 이들 부부에게 박 선생에 대해 물으니 도중에 아무도 만나지 못했다고 했다. 아마도 신선봉 주변에서 길을 잃은 모양이다. 30여 분쯤 기다리니 박 선생이 도착했다. 꽤나 힘들었을 텐데도 "덕분에 좋은 구경 많이 했다"며 너털웃음을 지었다. 역시 산을 즐길 줄 아는 분이다.

마산에서 길을 잃다

큰새이령에서 고성군 토성면과 간성읍의 경계 지점인 마산(1051.9m)까지는 2시간 남짓 걸린다. 도중에 암봉과 병풍바위를 지나치는데 남북으로 탁 트인 곳이 여러 군데 있다. 나는 박 선생보다 먼저 출발하면서 적당한 곳에서 점심을 먹자고 했다. 원래는 병풍바위쯤에서 쉬어가려 했는데 걸음이 빨라지다 보니 어느덧 마산까지 지나쳐버렸다. 왼편으로 시원하게 내려다보이는 알프스스키장과 목장을 바라보면서 달리다 보니 나도 모르게 속도가 붙은 모양이다.

산에서는 너무 페이스가 좋아도 탈이 날 수 있다. 이날 내가 그랬다. 마산에서 왼편으로 꺾어지는 길이 분명치 않다는 지인의 충고를 잊고 그냥 내치다 보니 대간이 지나지 않는 고성군 죽왕면까지 가버린 것이다. 그제야 나침반을 펴들고 간 길을 되돌아오려니 여간 고단한 게 아니었다. 할 수 없이 7부 능선을 타고 마산 아래쪽 대간 길로 파고들었다. 눈과 얼음이 발목을 붙들고 칡덩굴과 잡목이 몸을 밀어냈다. 비지땀을 쏟으며 겨우 능선으로 돌아왔으나 여전히 대간 길은 선명하지 않았다. 지도를 손에 쥐고 30여 분쯤 걸었을까. 산기슭 아래쪽에서 밭을 갈던 농부가 "제대로 찾아왔다"며 진부령 가는 길을 일러줬다.

강원도 고성군 간성읍 흘리, 알프스스키장 너머로 이어지는 백두대간의 행정구역상 주소지다. 여기서부터 진부령까지는 낮은 산들을 휘돌아 가는데 주변에 목장과 고랭지 배추밭이 펼쳐져 있다. 그런데 유난히도 작황이 좋았다는 김장 배추가 밭에서 그대로 얼어 죽어가고 있었다. 수만 포기의 배추가 세찬 바람에도 조금의 흔들림이 없다. 들일을 마치고 돌아가는 아주머니에게 아깝지 않느냐고 물으니 "3년에 한 번 정도만 뽑으면 된다"고 말했다. 3년에 한 번씩만 돈벼락을 맞아도 이문이 남는다는 얘기일 것이다. 물론 그것은 여러 사람들이 망하는 것을 전제로 한 계산일 듯하다.

진부령이 가까워오자 왼편에 알프스스키장 전경이 드러났다. 예년보다 따뜻한 초겨울 날씨 탓에 한 개의 슬로프에만 인공눈을 뿌려놓았다. 흥겨운 랩뮤직에 맞춰 수많은 사람이 스키와 스노보드를 즐기고 있었다. 길가의 스키용품 대여점과 식당들은 곧 닥쳐올 대목을 앞두고 분주한 모습이다. 갈증을 달래기 위해 아이스크림을 하나 사들고 올 겨울 경기가 어떻겠느냐고 물으니, 주인은 "날씨가 너무 따뜻하면 스키장 수지가 안 맞고, 너무 추우면 사람이 모이지 않는다"고 말

진부령. 남녘 백두대간의 공식적인 종착점

한다.

마침내 진부령이다. 이곳은 남녘 백두대간의 공식적인 종착점으로 강원도 고성과 인제를 연결하는 46번 도로가 지난다. 백두대간을 북진하면 이곳에서 쫑파티를 열고, 남진하면 여기서 발대식을 갖는다. 옛 문헌에 따르면 진부령은 보부상들의 이동통로였다가 1631년 간성현감 이식이 우마차 길을 내면서 널리 알려졌다고 한다.

나보다 먼저 진부령에 도착한 박 선생은 식당에서 막걸리를 시켜놓고 나를 기다리고 있었다. 김치찌개가 막 끓기 시작하는 것으로 보아 박 선생은 나의 도착시간까지 짐작하고 있었던 모양이다.

성탄절 오후에 길을 나서다

백두대간 종주에 나선 지 1년 3개월이 됐다. 지리산 중산리를 출발해 어느덧 더 갈 수 없는 곳까지 왔다. 아직도 가야 할 길이 3000리나 남아 있고, 넘어야 할 봉우리가 수백 개에 이르지만 말이다. 남녘 백두대간의 최북단 향로봉(1293m)에서 반나절만 가면 남북을 가르는 철조망을 만날 수 있고 거기서 다시 하루를 내치면 민족의 명산 금강산에 도달할 수 있다. 어디 그뿐인가. 두류산, 마대산, 북포태산, 소백산, 백두산……. 그러나 그곳은 머리와 가슴으로만 가볼 수 있는 땅이다. 그곳으로 가기 위해서는 끊어진 허리를 보듬어야 하고 녹슨 철조망을 걷어내야 한다.

이향지 시인은 2001년 『북한쪽 백두대간, 지도 위에서 걷는다』(도서출판 창해)라는 긴 제목의 책을 펴냈다. 제목에서 알 수 있듯이 이향지 시인은 북녘의 백두대간을 지도와 문헌으로 분석하고, 시인의 상상력을 마음껏 펼치며 휴전선을 지나 백두산까지 도달했다. 언제가 될지는 알 수 없으나 남북을 자유롭게 드나들 수 있는 세상이 온다면, 아마도 이향지 시인의 역작은 산꾼들의 필독서가 될 것이다.

12월 25일 성탄절 오후. 나는 육군본부의 향로봉 출입허가 결정을 최종 확인하고 진부령으로 떠났다. 진부령부터는 육군 제12사단이 관할하는 군사지역이어서 허가를 받은 사람만이 들어갈 수 있다. 26일 아침 진부령식당에서 아침을 먹는 도중 제12사단 정훈장교 이건일 소위가 도착했다. 동안인데다가 목소리까지 부드러워서 동생처럼 느껴지는 신참 군인이었다. 나는 위병소에서 인적사항을 확인한 뒤 향로봉을 향해 출발했다. 이 소위는 지프를 타고 앞쪽에서 길을 안내했고 나와 박 선생을 포함한 5명의 등반대는 시계 차를 따르는 마라토너처럼 10m쯤 떨어져서 따라갔다.

엄밀히 말하자면 우리 일행이 올라간 길은 백두대간 주 능선이 아니다. 지도상 백두대간은 진부령에서 칠절봉(1172.2m)과 1166.2m봉을 지나 향로봉 갈림길에서 왼편으로 꺾어져 고성재를 거쳐 남한 땅의 마지막 지점인 삼재령에 이른다. 하지만 이 구간은 군사시설이 들어서 있어 일반인이 접근할 수 없다. 그래서 백두대간 종주자들은 군사 보급로를 따라 향로봉에 오를 수밖에 없다. 당연히 진부령-향로봉 구간은 산이라기보다 그 옛날 소달구지가 다니던 신작로 같은 분위기를 풍긴다.

산골 부대 병사들에게 겨울은 고된 계절이다. 무엇보다 폭설이 가장 괴롭다. 눈이 쌓이면 보급로가 차단되기 때문에 잠시도 쉬지 않고 눈을 쓸어내야 한다. 진부령에서 향로봉까지는 바쁘게 걸어도 3시간 이상 걸리는 긴 오르막. 이 길의 눈을 계속해서 쓸어낸다는 것은 여간 힘겨운 일이 아닐 수 없다. 이런 생각을 하면서 오르다 보니 맞은편

마산 기슭에 하얗게 드러난 알프스스키장이 전혀 다른 느낌으로 다가왔다.

향로봉에서 금강산을 보다

마침내 향로봉이다. 향로봉이라는 이름은 높은 산봉우리에 늘 향로에서 피어오르는 연기처럼 구름이 걸쳐져 있다는 데서 나왔다고 한다. 실제로 이곳은 남한 땅에서 가장 춥고 눈도 많이 내리는 곳으로 알려져 있다. 우리 일행이 추위를 호소했더니 이건일 소위는 "지금 체감온도가 영하 20도쯤 되는 것 같은데, 이 정도는 아무것도 아닙니다"라고 말했다. 군부대 막사에서 점심으로 주먹밥을 먹고 밖으로 나오자 이목구비가 뚜렷한 용모의 유동훈 중위가

향로봉 가는 길. 향로봉 중턱에 이르면 북녘 땅이 보인다. 산줄기로는 남과 북의 경계가 따로 없다. 오로지 철조망이 선을 긋고 있을 뿐이다.

우리 일행을 안내했다. 유 중위는 향로봉 정상의 초소에서 남북의 지형을 설명했다. 마음속로만 헤아리던 산들이 그의 짧은 강의로 분명하게 새겨졌다. 나는 그제야 설악산과 금강산의 경계가 불분명한 까닭을 짐작할 수 있었다.

흔히 금강산을 '1만2000봉' 이라고 하는데 그중 5개 봉우리는 휴전선 남쪽에 있다. 5개 가운데 향로봉이 가장 북쪽에 있고 그 밑으로 삼봉 · 둥글봉 · 칠절봉 · 신선봉이 있다. 만일 금강산보다 설악산에서 더 가까운 신선봉까지 금강산에 포함시킨다면, 금강산과 설악산의 경계지점은 미시령까지 후퇴할 수 있다. 하지만 남쪽에서는 흔히 향로봉까지를 설악산의 범위로 본다.

한편 이향지 시인은 누군가 신선봉까지를 금강산군으로 묶는 과정에서 향로봉이 산에서 봉으로 강등됐을 가능성이 있다고 추측한다. 실제로 조선시대 문헌에 향로봉이라는 지명은 찾아볼 수 없고 대신 그 자리에 마기라산(磨耆羅山)이 나온다.

아무튼 향로봉은 통일이 된다면 남북의 백두대간 종주자들이 쉬어갈 만한 곳으로 손색이 없을 듯하다. 남으로 굽어보면 설악산 대청봉이 시원하고 북으로는 금강산 주 능선이 한눈에 들어온다. 향로봉 정상엔 백두대간 종주자들이 남겨놓은 표지석과 이곳을 지키던 군부대 지휘관들의 문구가 여럿 있다. 그중 가장 인상적인 건 비바람과 눈보라에 조금씩 부서지고 떨어져나간 나무기둥. 이젠 글자조차 제대로 확인할 수 없는 나무기둥에는 '국토종주삼천리오차년도종착점' 이라는 열네 글자가 적혀 있다. 유 중위를 따라 향로봉 정상의 초소로 들어가자 두 명의 초병이 북녘 땅을 바라보며 경계근무를 서고 있었다. 망원경으로 바라보니 금강산이 훨씬 가깝게 드러났다. 비로봉 일출봉 · 월출봉을 모두 식별할 수 있을 정도다.

유 중위에게 고마움을 표하고 하산준비를 서둘렀다. 당초엔 그냥 걸어서 갈 계획이었으나 날이 빠르게 저물고 있었기에 이 소위의 양해를 얻어 지프에 동승하기로 했다. 올라오는 동안 말 한 마디 없던 박 선생이 그제야 고단했던 속내를 털어놨다.

"목표가 보이지 않으면 힘든 줄 모르고 갈 수 있지만, 빤히 보이는 정상을 두고 계속 모퉁이를 돌아가려니 여간 힘든 게 아니더군."

그 한마디에 참으로 많은 것이 담겨 있다는 생각이 들었다. 지프는 덜컹거리며 굽이굽이 향로봉 고개를 빠져나가고 있었다. 제대를 3개월 남겨두었다는 말년 병장 운전병은 아슬아슬한 고갯길에서도 능숙한 운전 솜씨를 발휘하며 우리 일행을 진부령까지 실어다 주었다. 이 지면을 빌려 향로봉 등반을 지원해준 육군 제12사단 관계자 여러분께 고마움을 표한다.

박 선생의 주선으로 속초의 대포항에서 백두대간 종주기념 파티를 열었다. 우리는 창밖으로 바다가 보이고 이따금씩 갈매기가 날아다니는 분위기 좋은 횟집에서 소주잔을 나누었다. 취기가 돌 무렵 박 선생이 "백두대간을 완주한 소감이 어떠냐"고 물었다. 나는 조금도 머뭇거리지 않고 "이 땅의 사람들을 사랑하게 됐습니다"라고 답했다. 더 보탤 것도 더 뺄 것도 없는 솔직한 심정이었다.

산에 취하고 역사에 감동하고 인물에 매료됐던 1년 3개월의 여정에서 나의 머릿속을 떠나지 않던 화두는 이 땅에서 살다 간 사람들이 간직했던 고결한 마음씨다. 내가 백두대간 앞에 겸허하게 고개를 숙이는 이유가 바로 여기에 있다.

통일전망대의 달라진 풍경

12월 27일 아침. 7번 국도를 따라 북으로 달렸다. 간성과 거진을 지나 통일전망대 입구에서 수속을 밟고 교육용 홍보영화를 관람했다. 예전엔 북한의 무력도발이나 한국전쟁의 상처 등을 보여주었지만, 이젠 금강산의 사계와 평화통일의 중요성을 강조하고 있다. 홍보물의 마지막 화면이 〈우리의 소원〉을 배경음악으로 처리되는 걸 보면 세상이 달라지긴 분명 달라진 모양이다. 하긴 유람선을 띄워 바닷길을 열고 육로관광까지 현실화된 상황이니, 남북관계는 어느 정도 냉전의 시대에서 벗어났다고 해도 무리는 아닐 듯하다.

통일전망대에서 바라본 해금강. 해금강은 바다에 떠 있는 다섯 개의 바위섬을 일컫는 말이다.

강원도 고성군 현내면 명호리에 위치한 통일전망대는 1983년 통일의 의지를 다지고 망향과 분단의 설움을 달래기 위해 세워졌다. 이곳에서 북쪽 해변을 바라보면 금강산 · 해금강이 눈앞에 있는 것처럼 가깝게 보인다. 해금강은 본래 현종암, 복선암, 부처바위, 사공바위, 외추도 등 바다 위에 떠 있는 다섯 개의 섬을 일컫는 말이다. 해금강 왼편으론 낙타 모양의 봉우리가 두 개 있는데 이것이 금강산 1만2000봉 가운데 가장 동쪽에 위치한 구선봉(九仙峰)이다. 9명의 신선이 바둑을 두었다는 데서 이런 이름이 나왔다고 한다. 구선봉 앞쪽 왼편엔 감호라 불리는 작은 호수가 있는데, 여기가 바로 나무꾼과 선녀의 전설이 깃들인 곳이다.

2004년 통일전망대에는 새로운 명물이 들어섰다. 다름 아닌 남북간 화해와 협력을 추진하기 위해 건설된 동해선 남북철도와 7호선 국도다. 이 도로와 철로는 남북의 비무장지대를 관통하는 최초의 통로로, 요즘은 하루에 1000여 명 이상이 왕래하고 있다. 통일전망대 난간에 기대어 시원하게 뚫린 도로와 철로를 바라보자니 새삼 역사는 발전한다는 경구를 되새기지 않을 수 없다. 2005년은 을사조약 100년, 광복 60주년 되는 중요한 고빗길이다. 이제 질곡과 모순의 역사를 걷어내고 상생과 관용을 추구할 때가 무르익었다.

통일전망대에서 차를 돌려 거진 쪽으로 나오다 오른편 건봉산으로 향하면 신라시대 때부터 내려오는 고찰 건봉사가 있다. 건봉사는 신라 법흥왕 7년(520년) 아도화상이 원각사라는 이름으로 창건한 뒤 고려 공민왕 7년(1358년) 송용화상이 건봉사로 중수한 한국 불교의 성지로, 선교 · 양종 대본산으로 지정된 유서 깊은 사찰이다. 건봉사가 얼마나 큰 사찰이었는지는 신흥사 · 낙산사 · 백담사 등 설악산 주변의 모든 사찰이 건봉사의 말사였다는 점과 조선 고종 때 건봉사가 전국 4대 사찰 중 하나였다는 사실에서 확인할 수 있다.

기록에 따르면 고종 당시 건봉사의 규모는 무려 3100여 칸에 이르렀다고 한다. 그러나 건봉사는 격동의 현대사를 거치며 급속도로 쇠락했다. 한국전쟁 동안 966칸의 가람이 불탔고, 휴전 이후에는 민통선 북방에 있다는 이유로 4월 초파일에만 개방되다가 1989년에 이르러서야 자유로운 출입이 허용됐다. 일제시대에는 만해 한용운이 머물면서 『건봉사지』를 저술했고 일제하 민족교육의 산실 봉명학교가 있던 유서 깊은 도량이었지만, 지금은 유구한 역사를 모두 잊은 듯 중생이 쉽게 찾아가기도 어려운 곳으로 변모했다.

건봉사를 떠나 화진포로 나왔다. 화진포 해수욕장은 남한에서 가장 북쪽에 있으며 근방의 호수와 소나무 숲이 잘 어울리는 아름다운 장소다. 해수욕장 앞쪽으로 바라보이는 금구도는 거북 모양을 닮은 바위섬인데 이곳엔 천연기념물 201호인 고니를 비롯해 많은 철새가 날아온다. 금구도는 본래 신라시대에 수군들이 기지로 사용하던 곳으로 지금도 당시의 성터가 남아 있다.

화진포의 풍취가 예로부터 얼마나 유명했는지는 광복 이후 남과 북에서 각기 권력을 장악한 이승만과 김일성이 이곳에 별장을 두었다는 데서도 짐작할 수 있다. 하지만 두 사람의 취향은 조금 달랐던 것 같다. 이승만 별장이 화진포 호수를 내려다보고 있는 데 비해 김일성 별장은 바다와 맞닿은 산기슭에 붙어 있다. 두 별장의 중간쯤에는 이승만의 심복이자 자유당 정권의 풍운아 이기붕의 별장이 있다.

[미시령에서 향로봉까지]

미시령: 서울이나 속초에서 시외버스로 진입한다. 진부령은 서울이나 간성에서 진입한다. 자가운전 시 미시령은 56번 지방도, 진부령은 46번 국도를 이용한다.

종주로: 미시령 → 상봉 → 화암재 → 신선봉 → 대간령 → 마산 → 진부령 → 칠절봉 → 둥글봉 → 향로봉

에필로그

다시 지리산으로

2004년 12월 31일. 아들과 함께 지리산으로 갔다. 백두대간을 출발한 지점으로 되돌아간 것이다. 가장 먼저 찾아간 곳은 경남 하동군 악양면 평사리. 최근 모 방송사가 대하드라마 〈토지〉를 방영하면서 소설 속 무대인 평사리가 새롭게 주목받고 있다.

경남 통영이 고향인 『토지』의 작가 박경리 선생은 단 한 번도 평사리에 가보지 않은 상태에서 평사리를 배경으로 대하소설을 집필했다. 문헌을 뒤져보면 평사리에 조대호라는 참판 집이 있기는 했으나, 그의 생애는 『토지』의 최 참판 댁과 아무런 연관성이 없다고 한다.

예상대로 최 참판 댁은 관광객들로 붐볐다. 전에는 없던 입장료가 생겼고, 평범한 시골집 앞에 주막 또는 상회라는 간판이 나붙었다. 마을 어귀를 돌아 최 참판 댁 대문으로 들어서자 한눈에 잘 지은 한옥이라는 느낌이 전해져 왔다. 안채를 중심으로 왼편의 별당, 오른편의 사

경남 하동군 악양면 평사리. 소설 〈토지〉의 배경을 이루는 최 참판 댁 뒤켠 대숲에서.

랑채, 앞쪽의 행랑채, 뒤편의 뒤채는 소설 속의 현장을 비교적 완벽하게 복원했다. 사랑채에 앉아서 마을 주변을 둘러보다가 뒤편의 대숲을 거닐자니 마치 아들과 함께 소설 속으로 빨려 들어가는 것 같은 착각이 들었다.

평사리를 빠져나와 연곡사로 향했다. 백두대간 종주를 시작하기에 앞서 장시간 대화를 나눈 지리산국립공원 관리사무소의 주성근 계장을 만나기 위해서였다. 평사리에서 연곡사로 가는 길은 왼편으로 섬진강을 끼고 달리는 환상의 드라이브 코스다. 도중에 화개장터에서 늦은 점심을 먹고 연곡사에 도착하자 주 계장이 반갑게 맞았다. 그는 먼저 백두대간 무사 종주를 축하하며 "다 걸어보니 기분이 어떻습니까?"라고 물었다. 나는 "이 땅의 산은 작은 봉우리 하나도 가볍게 볼 수 없는 것 같습니다"라고 답했다. 주 계장은 "그렇죠. 뒷동산도 수십 번 올라보면 스스로 감동하게 된답니다"라고 맞장구를 쳤다.

섬진강에 흰 눈이 내리고

우리는 함께 연곡사를 올랐다. 신라시대에 창건된 연곡사는 지리산 일대의 수많은 사찰 가운데 시련을 가장 많이 겪었다. 임진왜란 때 불탄 것을 서산대사의 제자인 소요대사가 중창했으나, 조선 영조 이후 연곡사가 밤나무를 국가에 바치는 사찰로 지정되면서 고통이 가중되자 승려들이 하나둘씩 도량을 떠나갔다. 그 뒤 수차례 중건된 연곡사는 광복 전후의 격변기엔 빨치산들이 흘린 피로 물들었다. 연곡사 바로 위쪽의 피아골은 지리산 빨치산들이 가장 치열하게 저항했던 현장으로 알려져 있다.

연곡사 대웅전 뒤편에 남아 있는 동부도와 북부도 등 국보급 문화재들을 둘러보고 일주문을 나서는데 눈발이 흩날리기 시작했다. 주 계장과 작별하고 섬진강변으로 나서자 어느새 함박눈으로 변했다. 섬진강 푸른 물결 위로 흰 눈이 퍼붓는 풍경은 가슴이 설렐 만큼 아름다웠다. 아들과 함께 눈발이 강물 위에서 부서지는 모습을 한참 동안 지켜보다 발길을 돌렸다. 함박눈은 계속 퍼붓고 있었다. 2004년 갑신년의 마지막 날은 그렇게 저물어가고 있었다.